アジア的ということ

吉本隆明
Yoshimoto Takaaki

筑摩書房

アジア的ということ・目次

アジア的ということ

編者　宮下和夫
＊
装幀　間村俊一

序　「アジア的」ということ

ヘーゲルの間接的なお弟子さんたちは、大ヘーゲルとか老ヘーゲルとか呼んでヘーゲルの歴史哲学を尊重した。だが余りの理想主義的な段階説で、アジアはヨーロッパに接して交渉を持つ地域だけを問題にし、アフリカは未開、野蛮だから世界史の外に置くという理念だった。マルクスだけがこの図式に疑いをもち、原始と古典的な古代のあいだに「アジア的」という歴史段階を設定した。そこは農業とか漁業とか林業といった自然産業が大部分を占め、なかなか工業は起らず、年々歳々種を播《ま》き、実らせ、苅り取るといったおなじ作業が繰返されて、停滞した地域だったが、長年の停滞した自然産業のあいだに、ヨーロッパとは異なった産業支配の特色を生み出していった。わたしはその世界史的な意味での「アジア的」ということの入口に立ちたいと思い、これらの論考を試みた。まだまだ「アジア的」のなかでの「日本的」や「島嶼的」とはどんな特質か、どんな貢納制か、どんな市場性かという課題も残されており、第二次大戦後に著しく世界史に登場してきた「アフリカ的」段階とはなにか、その世界史的な意味とは何かとか、引き続き解明したかぎりで説明すべきことが存在している。折をみて続篇を試みてゆきたいと願っている。

I

アジア的ということ　Ⅰ

英国の東インド会社のインド支配が苛酷さをくわえながら、インドの主要地域をおおいつくそうとしていたその時、別言すればヒンドスタン－アジアへ侵出したイギリスの民間会社にすぎないものが、しだいに英国の国家的なヒンドスタン－アジア支配へと変貌せざるを得なくなってゆく過程において、インドにおけるアジア的な農業（と手工業の結合の）村落共同体の根柢的な破壊のされ方と、東インド会社を支配する英国の植民地産業支配人たちが国家にたいして次第に融着してゆく過程とを対応させながら、真剣な考察をしめしたのはマルクスであった。このマルクスの考察において、わたしたちが思わず嘆声を挙げるほど驚かされる点（その点はまたマルクスがもっとも力をこめたことでもあったろう）は、ふたつである。ひとつはアジア的な制度と心性からは奇異に感ぜられるが（そして奇異に感ぜられることが重要であるが）、ヒンドスタン－アジアをはじめに、経済的にそしてだんだんと政治的に従属させていったのは原則的には、国家の政治的権力とは区別されるべき民間の社会的勢力であったということである。アジア的な制度では政治的な国家権力の指名と支配と保護なしに、ひとつの社会的あるいは産業経済的な勢力が、いわば国家の代理のようにして他国を侵蝕するほどの行動を実現することはない。また国家権力は産業経済的な勢力が他国を経済社会的な支配下におくほどの勢いをしめすことを許容することはない。けれども英国の東インド会社によるインド支配は、すくなくともその進行過程では、まったく国家と関わりなく行われ、やがて後になって他国家からの介入の兆候をしめしてはじめて、国家の政治中枢がいかにして東インド会社のインドにおける挙動に介入するかが論議されるようになった。その経過をマルクスは詳細にジャーナリストの眼をもって追跡している。社会的な勢力は国家の政治的な勢力とすくなくとも原則的には異質のものであり、異質の根拠をもって挙動するものであることを、マルクスは東インド会社のヒンドスタン－アジア支配の経緯を分析しながら明示している。もうひとつはインドのアジア的な、社会的政治的な制度の特質を鋭く抽出し、英国の支配によってもたらされた決定的な近代の悲惨とそして近代化の不可避性とを摘出したことであった。

ヒンドスタン－アジアの特質として挙げられるべきは、歴史上の幾多の外来の征服者に支配されてきたために（また政治的な征服者を招き寄せるかのように）、閉鎖的に自立した都市と村落の多数が、そのまま小国家のように群立し相争っていることであった。いわば国家以前の小国家と小村落共同体がそれぞれ独立の領主国のように分立して、ひとつの世界を形成し、民族的国家といえる統一的な規模はただ他所《よそ》からの侵入者や征服者や侵蝕者によってだけ可能であるような構造をもっていた。だがマルクスによれば英国の東インド会社による支配はこれら歴史上の征服者たちと根本的にちがっていた。

内乱や、侵入や、征服や、飢饉など、かわるがわる生ずるこれらすべての災厄が、どんなに複雑ではげしく、ヒンドスタンにたいしてどんなに破壊的に見えようとも、それらはただこの国の表面に触れただけであった。これに反してイギリスはインド社会の全骨組を、いまにいたるも復興のきざしさえ見えないまでに、破壊してしまった。このように、新世界を得ずに旧世界を喪失したことは、ヒンズー人の現在の不幸に悲劇的なかげをあたえ、イギリス人に支配されているこんにちのヒンドスタンをそのいっさいの古代の伝統およびその過去の全歴史から引きはなしている。

（マルクス「インドにおけるイギリスの支配」）

征服者たちも内乱や飢饉も、どんなひどくても「この国の表面に触れただけ」だとマルクスによって云われているとき、この「表面」という概念はアジア的な特質を語っている。そこでは（ヒンドスタン－アジアでは）征服者はただすべての閉鎖的な小分封国家や村落共同体の頭上にやってきて覆いかぶさればよい。極端なばあい帽子のように乗っかればいい。また自然が暴威をふるって飢饉をもたらしたとしても、自閉的に群立した小国家や村落共同体（その成員）はただじっと身をまかせて反撥も反抗も対抗もしないだろう。その意味ではこれらはヒンドスタン－アジアの「表面」以外のところに手を触れずに支配することも侵入することもできる。だが逆にいえば「表面」以外のところに手を加えることはできない。だが英国の支配はこれら征服者たちとちがってヒンドスタン－アジアの〈深層〉に手を入れその構造を破壊した。言葉でいえばこの破壊は単純ないくつかの概念に要約されてしまう。ひとつは東インド会社の支配はインド農業（一般的にはアジア的農耕）のカギを握る灌漑《かんがい》と水利にたいする配慮を怠ったことである。配慮を怠ったというよりも東部ヒンドスタン－アジアの地域の農業を繁栄させる意味を理解するほどの倫理をもちあわせなかったといった方がよかった。灌漑と水利との中央支配勢力による配慮なしに、自閉的なそして横には他の共同体の利害にたいして無関心で冷淡な、そして縦にはじぶんたちの手を動かして他の共同体を含む全域のために公共的な設備に力を尽すようなまねなど金輪際しないような、ヒンドスタン－アジアの農耕共同体が、衰えないはずがなかった。

もうひとつの英国の東インド会社による振舞いこそがヒンドスタン－アジアのアジア的社会構造にとって決定的な打撃であった。インド農耕村落共同体の特質は農業と家内工業的な規模によって結びついた「手織機と紡車」（マルクス）によって象徴される手織物産業である。これはインドの村落共同体や小分封国がアジア的な往古から変らない構成をたもっていたのとおなじように、変らない手工業的な特質であった。英国の東インドの支配は、インドの「手織機と紡車」を粉砕し、太古的な伝統をもった手織物工業をアジア的な村落共同体そのものと一緒に破壊しつくしたのである。インドの織物製品をヨーロッパ市場からたたき出し、逆に「撚糸をインドむけに輸出し」（マルクス）、産業革命による近代的蒸気機関をインドに導入して東ヒンドスタン－アジアにおける農業と手工業の家内工業的な結合を打ちこわしていったのである。

英国がインドで破壊したものはアジア的な特質のすべてであった。住民たちは牧歌的な農耕と手織工業との綿々たる結合の歴史のすべてを失って共同体から迷い出た。貧困であっても平和で安楽で融和的な親和関係を破壊された。迷信と伝習と蒙昧《もうまい》な儀式と従順さをなくした。すべての征服者や支配者の横暴にたいする無関心な無力な傍観と諦念と平穏と内閉的な排他性を揺さぶられ、いわば眠いのに無理矢理にたたき起された。カースト制のなかで閉じこもってきた伝統的な種姓も、近代的な機械と産業の規模にしたがって次第に混和し、統一化してゆくほかなかった。ヒンドスタン－アジアはそのアジア専制的な特質と長い遺制を、はじめて英国によって揺さぶられたのである。

これらはすでに過ぎ去った出来ごとにしかすぎないといえばいえる。ヒンドスタン－アジアは、戦後に英国の支配から離脱し統一的な国家の下に近代化の道をたどってきたといえばいうことができる。そこでのヒンドスタン－アジア的な特質はよりおおく形而上的な構造へと移行していった。けれどもそれは問題ではないし、またここでの問題でもない。またかつての群立した閉鎖的な農耕村落共同体や小分封国家の地域的な支配の位置が、商業資本的な代理人たちによってとって代られているかどうか、また依然としてカースト村落共同体的な規範が強固に残存するかどうか、またヒンズー教的な迷信と習俗の禁忌が強大であるかどうかもここでの問題ではない。マルクスがアジア的な普遍的特質とみなしたものが、それらの要素的な消失と残存が、それらの精神的な遺構の存続と消滅がいったい何を意味し、どう見做したらよいのかということが問題なのだ。マルクスが西欧的視角からそう問題にしたことが、いまも内在的に問題なのだ。

イギリスがヒンドスタンに社会革命をひきおこすにあたって低劣きわまる利益にのみ動かされ、しかもこれらの利益を追求するやりくちも間の抜けたものであったことはたしかである。しかし、それは問題ではない。問題はむしろ、人類はアジアの社会状態における基本的な革命なしにその使命をはたしうるかどうか、である。この使命をはたすことができないとすれば、イギリスは、その犯罪がいかなるものであったにせよ、この革命の招来にさいしては歴史の無意識の道具にすぎなかったのである。

（マルクス「インドにおけるイギリスの支配」）

イギリスは優越した征服者の最初のものであり、したがってヒンズー文明に影響されない最初の征服者であった。イギリス人は、土着の共同体を破砕し、土着工業（手織物工業のこと──註）を根こそぎ一掃し、そして土着社会における偉大であり高貴であるもののすべてを平準化することによって、ヒンズー文明を破壊した。イギリス人のインド支配の歴史の各ページは、この破壊のほかにはほとんどなにものをも語っていない。再生の仕事は廃墟の瓦礫のあいだからほとんどまだ芽ばえていない。それにもかかわらずこの仕事はすでにはじまったのだ。

（マルクス「イギリスのインド支配の将来の結果」）

マルクスのいう「将来の結果」なるものについていえば、その後ほぼ百年の経過がインドをどこにつれていったかを既にわたしたちは視ることができている。けれど問題はこうなのだ。英国の国家的な規模の財商たちによってもたらされたインドの最初の近代化の衝撃は、即自的に「土着社会における偉大であり高貴であるもののすべてを平準化する」ところのヒンズー文明の破壊であったこと。さらに徹底的にいえば「偉大であり高貴である」ヒンズー文明と文化こそはヒンドスタン－アジアの自閉的な村落共同体と小分封国家の群立をもたらした源泉であること。だからヒンズー文明が「偉大」で「高貴」であればあるほど、また永生的で強固なものであればあるほど、ヒンドスタン－アジアの停滞した内閉的な共同体社会とアジア的専制とを強固に存続せしめたものであること。アジア的または古代的な文明は、それが偉大で高貴であればあるほど、その後の展開を阻害し停頓せしめるものであったこと。一般にアジア的または古代的な文化は偉大で高貴であればあるほど「近代化」という概念における歴史の展開にたいして拒絶的であること。これらのすべての結論こそが問題なだけである。これらのことはただアジア的または古代的な文明と文化とが、自己完結的なものであり、人類の考えうることの全域にわたってすでに完結した解答を与えてしまっていたこと、そしてただ「近代化」と呼ばれている視点の転換だけが、新たな課題——歴史という課題にとって残されていたにすぎないことを語っている。

マルクスは英国のインド支配に詳細に触れながらただ「イギリスはインドにおいて二重の使命をはたさなければならない。一つは破壊的、他は創造的な使命である。旧アジア社会を絶滅すること、そしてアジアにおける西欧的社会の物質的土台をすえること、これである。」(「イギリスのインド支配の将来の結果」)と結論したに等しかった。けれどその後の歴史の百年はさらに事態が根柢的なことを教えた。その徹底化は一面ではマルクスがアジア的なものの絶滅を予言したその通りの課題を露呈していった。そしてそれとともに西欧的社会の展開自体がそれほど魅力的なばかりでないことをも徹底的に煮詰めていったのである。

わたしたちはロシア政治革命におけるレーニンらの理念のうちに、あたうかぎり理想的な形で展開された「近代化」（近代の止揚）を視たかにおもえた。けれどレーニンらは、ある意味ではインドにおける英国とおなじ問題に直面し、おなじことをやったと云うこともできる。ただこのばあいあきらかに問題は二重であった。ミール共同体の強固な構造に象徴されるロシア社会のアジア的な構成は絶滅し止揚されるべき遺構としてあらわれるとともに、レーニンらの中央集権的な専制（いわゆるプロレタリア独裁）にたいして、そのままの形でこそ最も大きな観念的な基礎を与えるものであった。ミール共同体的な遺構もまた歴史的に、アジア的な専制にたいする有力な支えであったとおなじように、中央集権的な独裁にたいしては物云わぬ閉鎖的な無関心の基盤であったし、共同体的な政策にたいしては私的な利害を徹底的に我慢してしまう心性の源泉を提供するものであった。むしろ公的な抑圧にたいしては被虐的なまでの容認をもって対応することに生き甲斐を感ずると云われても仕方がないほどであった。レーニンらの政治的な意志の構造のなかに独裁を専制になぞらえ、農業ミール共同体的な特質をコルホーズ的な集団農耕になぞらえ、これらが一元的に中央政府によって統御されるという心性の類縁がすこしも払底されていなかったことは確かである。レーニンらの意図した抑圧された労働者勢力による「近代化」（近代の止揚）は一面では近代以前の永続するアジア的な専制の遺構への退化であり、他の一面では西欧資本主義的な高度な技術と生産手段の計画的な投入によるミール共同体的な農耕村落の徹底的な破壊を意味したのである。

レーニンが保持した理想の「近代化」（近代の止揚）の理念は、その裏面に、あるいは具体的な政策に投影された場面で、陰惨なアジア的な桎梏（公的な名分のもとにおける大衆への残虐な弾圧、また逆に公的な名分のもとにおける大衆の手による大衆への残虐な内訌）に当面した。レーニンらが人類史上はじめての課題、つまり歴史のすべての時代を通じて抑圧された階級的な勢力が国家を掌握し、永続的ともみえた抑圧を以後に完全に歴史から撤廃するにはどうしたらよいかという課題に当面したのも、また確かである。だがそれとともに、レーニンらがロシアのアジア的な遺構、たんに遅れた農村のミール共同体のなかに残存するだけではなく、ロシアの大衆と知識人の心性のなかに残存するアジア的な遺構の存廃をめぐって、近代史上はじめての陰惨な混乱にさらされたのも確かであった。

だからレーニンらの理念にあった理想の「近代化」（近代の止揚）の過程を、人類史上もっとも強力に推進された大衆による大衆の弾圧と殺りくのさきがけとみなすことも可能であった。

ソルジェニーツィンは『収容所群島』のなかでレーニンらの理想の「近代化」（近代の止揚）の施策自体をそのまま史上最大の陰惨な大衆的な弾圧と、監禁と、殺りくの根源とみなしている。

イリイッチ（レーニンのこと—註）は主要な結論を司法人民委員にこう説明した。

「同志クルスキー！　私の考えでは銃殺刑（国外追放でそれに代える場合もあるが）の適用範囲をメンシェヴィキ、社会革命党員等々のあらゆる種類の活動に対してひろげねばならないと思う」

銃殺刑適用範囲を拡大する！　簡明直截これにすぎるものはない！（国外に追放された者は多かったろうか？）　テロとは説得の手段である。このことも明白だろう！　だが、クルスキーはそれでもなお十分には理解することができなかった。彼にはおそらく、この定式をどう作りあげたらいいか、この結びつきをどのようにとらえたらいいかわからなかったにちがいない。そこで翌日、彼は説明を求めるために人民委員会議議長を訪れた。この会談の内容は私たちには知る由もない。しかし五月十七日、レーニンは追いかけるようにしてゴルキから二通目の手紙を送った。

「同志クルスキー！　われわれの会談を補うものとして、刑法典の補足条項の草案をお手もとへおくる……原案には多々欠陥があるにもかかわらず基本的な考え方ははっきりわかっていただけるとおもう。すなわち、テロの本質と正当性、その必要性、その限界を理由づける、原則的な、政治的に正しい（狭い法律上の見地からみて正しいだけでなく）命題を公然とかかげるということがそれである。法廷はテロを排除してはならない。そういうことを約束するのは自己欺瞞ないし欺瞞であろう。これを原則的に、はっきりと、偽りなしに、粉飾なしに基礎づけ、法律化しなければならない。できるだけ広く定式化しなければならない。なぜならば革命的な正義の観念と革命的良心だけがそれを実際により広くあるいはより狭く適用する諸条件を与えるだろうからである。

共産主義者のあいさつをおくる。

レーニン」

私たちはこの重要な文書をあえて注釈しないことにする。この文書に対しては静寂と思索とが似つかわしい。

この文書はまだ病にとりつかれてないレーニンのこの世での最後の指令の一つであり、彼の政治的遺言の重要部分であるという点で特に貴重である。

（ソルジェニーツィン『収容所群島』木村浩訳）

注釈はあった方がいい。ソルジェニーツィンはソ連強制収容所の存在理由を裏づけ、その後の大衆と政治的な異なった見解をもった知識人にたいする弾圧と、殺害を正当づけたものの走りはこのようなレーニンの指示に基いたとみなしている。では何がここでは問題となりうるだろうか。法律化の根拠、法律制定のモチーフが、共同的な理念（つまり「革命的な正義の観念と革命的良心」）におかれている点である。なぜならば共同的な理念、共同的な公準にたいする違反、反抗、否定の行為はすべて観念的なものであり、個体が現実に負うべき負荷に属さないからだ。共同的な理念、共同的な制度に対向する振舞いはすべて観念的なものであり、それが個体に荷われたばあいでも（集団的でも個体に荷われるほかないのだが）個体の観念がその担い手であり、輪廓ある個人がその担い手ではない。それが「革命的な正義」や「革命的な良心」にたいする違反であっても「帝国的な正義」や「帝国的な良心」にたいする違反であっても、本来的には法的な刑罰の対象とはならない。〈その革命〉、〈その帝国〉に違反し、反抗し、否認することと〈革命〉、〈帝国〉

に違反し、反抗し、否認することとの間には、対立する概念、反対概念、敵対する矛盾の全てが包括される。だから無意味なのだ。もちろんレーニンの云いたかったことはそんなことではなかった。異った党派もまた死命をかけて正義と良心を主張し、自己党派の理念を実行しようとしているのだから、その間の対立、違反、敵対関係もまた死命を制しあうものとならざるを得ない。このことは自己欺瞞なしに正視され、容赦すべきではないから、テロもまた正当化されると云っているだけだ。その意味ではレーニンの言説はただの党派的な意味しかもっていない。ソルジェニーツィンがそのあとのソ連の強制収容所の群島を存続させ数百万の大衆を無意味に抑圧し、致死させた全過程の責任を負わせるほど高級なことをレーニンは云っていない。言葉だけの敵対から死を賭しての敵対まで、すべての人間の憎悪の心情や現実的な敵対行為は可塑的であり、これにたいする例外的人間など考えられない。レーニンらボルシェヴィキが革命時の党派的な敵対関係で死命を賭けるほどのものでなかったとは信じられない。かりにメンシェヴィキや社会革命党員が権力を掌握してもおなじことになったにちがいない。戦争や革命は殺りくの場面を伴えば伴うほど当事者を退廃させ、ならず者にしてしまう。何ととりかえっこならばそのならず者性は是認されるのか。あるいはいかなる代償や成果をもってしても是認されないものなのか。そのことはいまも残された課題のひとつだといえる。

わたしはここではただアジア的な遺構は許容されるのかというマルクスが、インド問題で提起した設問に沿って、レーニン以後のロシアにおけるアジア的な遺構の課題をみようとしているだけだ。

坊主頭に白髪の目立つ同房のエストニア人、アルノリド・スージは私に説明してくれた。「残忍性の裏には必ず感傷的なものがある。これは補足の法則だ。たとえば、ドイツ人の場合にはこのような結合が国民性の特徴にさえなっている」

（ソルジェニーツィン『収容所群島』木村浩訳）

いや、祭日には忘れずに囚人に差入れをしたという昔の風習はどうだ？　名も知らぬ囚人のために監獄の炊事場へ差入れをしなければ、ロシアでは誰も精進を始めなかったのだ。降誕祭の腿肉ハム、ピローグ、細長い大型パイ、復活祭の円い筒形ケーキなどが差し入れられた。貧しい老婆でも色をつけた卵の十個ぐらいは持ってきたのだ。それで老婆の心は軽くなるのだった。このロシア人の親切心はどこへ行ってしまったのか。階級意識がそれに取って代ったのだ！わが国の民衆は取返しのつかぬほどやみくもに圧迫されて、もはや苦しむ人びとの世話をやくことも止めてしまったのだ。今ではそんなことをしようものなら気違い扱いされる。今日どこかの企業でその地方の監獄にいる囚人たちのために祭日の前に現物カンパでもしたら――それこそ反ソビエト的暴動と受け取られるだろう！　それほど私たちは獣的な存在になりさがってしまったのだ。

（ソルジェニーツィン『収容所群島』木村浩訳）

ソルジェニーツィンはここで、ロシア大衆のアジア的なぶ厚い情緒と習俗の美しさ、自然で偉大な隣人扶助の情感にとって代った「階級意識」なるものを、ほとんど〈近代意識〉〈過剰に緊張した〉と同義の意味で知らず知らずつかっている。それはソルジェニーツィンのロシア的な嘆きが、ラフカディオ・ハーンの日本的な嘆きや、わたしたちの内省的な嘆きと酷似していることから一挙に理解することができる。レーニンらの政治革命以後ロシアで何がおこったのかをいわば、内在的に推量する素材をソルジェニーツィンは、意識せずにふんだんに振りまいている。ある場面ではロシアの旧いアジア的な専制の残忍さのソ連版を用捨なく摘発しているかとおもうと、ある場面ではロシア民衆のアジア的な情緒のぶ厚さが懐しまれている。そしてマルクスがインド問題で残した課題は、生々しくいまでも息づいている。

アジア的ということ　Ⅱ

マルクスがパリ・コンミューンの勃発から終息までの過程を分析して導いた、過渡期のコンミューン型の国家、つまり「反」国家のイメージは、じつに単純でしかも太いいくつかの支柱によって構成された画像であった。第一は国家によって常備された軍隊と警察の廃絶（それに代った武装した民衆の勢力）である。第二は民衆によって選出され、またいつでも民衆の意志表示でリコールできるように定められた公務員の採用である。そして国家公務員は、すべて国家機関以外の労働者や大衆の賃金を上廻る給与をうけとることはできない。

このコンミューン型の国家あるいは「反」国家への転換を推進し、その成立を強力に支えるために、マルクスが必要で不可避的なものとして描いた画像が、マルクスのいう「プロレタリア独裁」の規定性であった。

「プロレタリアートの独裁」というマルクスの言葉は、その概念とともに現在までの歴史的な経緯のうちに、歪んださまざまのどぎつい色彩が塗りたくられている。そしてその色彩は至極もっともらしい醜悪なものだったり、言葉のオドロオドロしさが生みだした幽霊の枯尾花の色であったりする。

人々は「プロレタリアート」と聞いただけでビクビクしたり、また逆に労働者大衆の平均貯蓄額四百万円、ほとんどが中産階級の生活意識をもっている現状で、何が「プロレタリアート」だと道化てみせる。また「独裁」という言葉にまつわる画像は、ファシズムとスターリニズムの恐怖政治を体験したあとでは、人々を身震いさせるものとなっている。そうかとおもうとアジアやアフリカの後進地域では、古典近代期にマルクスやエンゲルスが生々しく描きだしたような、低い生活水準と低賃金と貧困と疾病とに打ちひしがれた労働者や大衆が現存する。

そこでわたしたちは「プロレタリアート」の概念が、平均貯蓄額四百万円、大部分が自己を中産階級の生活状態を送っていると考えているわが国のような労働者や大衆から、古典近代期にロンドンの労働者街に輩出した貧困と過重労働と低賃金にあえいでいた労働者たちとおなじように、いまも最低の生活水準にいるアジアやアフリカの地域住民をも包括するような多様な内容をもつものだということを前提としなければならない。またマルクスが提出した「独裁」の概念は、スターリン主義やファシズムの諸変態の恐怖政治や強制収容所政治とはかかわりないものであることを、はっきりさせることを前提としなければならない。

ここで「プロレタリアート」という言葉を、エンゲルスがいうように「プロレタリア階級とは、自分自身の生産手段をもたないので、生きるためには自分の労働力を売ることをしいられる近代賃金労働者の階級を意味する」(『共産党宣言』の註)ことにする。そうすればこの言葉で示される存在は、現在もまた世界中のすべての国家で存在している。そしてその実体はいま述べたように比較的豊かな生活をしいられているものから、極貧な生活水準をしいられているものに至るまで、多様化しており、ただ「賃労働」（剰余価値を産出する労働）の担い手という以外に共通の画像を想定することが困難なほどである。

　わたしたちは、古典近代期にマルクスが提出した「プロレタリア独裁」の概念の吟味から入ってゆくことにしよう。もちろんわたしたちは「プロレタリア独裁」というマルクスが古典近代期に提出した概念が、いまも有効であるのか、それとも無効であるのかの吟味に到達すべきである。しかし、それ以前にこれが何を意味するのか、それがレーニンによってどう受容されたかを吟味すべき必須の課題をもっているとかんがえる。これを回避するかぎり、たぶんわたしたちは、思想的には生きることができないにちがいない。マルクスが「プロレタリア独裁」という言葉を用いた個所は誰もが知っている記述のなかで、すぐに二つはみつけられる。ひとつは『ゴータ綱領批判』であり、もうひとつはマルクスのワイデマイヤー宛の書簡のなかである。

> 　そこで自ら疑問が生ずる。国家制度は共産主義社会においてはいかなる変革をうけるか？　換言すれば、そこには今日の国家機能に類似する、いかなる社会的機能が残るか？　この疑問はただ科学的にのみ答ふべきものであつて、人は民族といふ言葉と国家といふ言葉とを千度結び合せても、蚤の一飛びほども問題に近づきはしない。
>
> 　資本主義と共産主義社会との間には、前者から後者への革命的転化の時期が横わる。それに

はまた一つの政治過渡期が照応し、この過渡期の国家はプロレタリアートの革命的独裁以外の何物でもありえない。

（マルクス『ゴータ綱領批判』西雅雄訳）

こんどは僕自身についていえば、近代社会における諸階級の存在を発見したことも、それらの階級相互間の闘争を発見したことも、僕自身のてがらではない。市民的歴史家たちは、僕よりもずっとまえに、この階級闘争の歴史的発展を、そして市民的経済学者は、諸階級の経済上の解剖をのべていた。僕があらたにやったことといえば、つぎのことを証明したことである。㈠諸階級の存在は、ひとえに生産の特定の、歴史的な発展段階とむすびついているということ、㈡階級闘争はかならずプロレタリアートの独裁をまねくということ、㈢この独裁そのものは、いっさいの階級の揚棄と無階級社会へといたる過渡をなすにすぎないということ。

（「マルクスからワイデマイヤーへ」一八五一年三月五日）

これらの例はただつぎのようなことを本質的に（マルクスのいう科学的に）云っている。「プロレタリアートの革命的独裁」とは、ただコンミューン型の国家あるいは「反」国家（あるいは解体的な国家）へ、現在の世界における国家（大なり小なり資本主義的な）から転換するために必要な強制力、と統御力、それを行使する主体としての「プロレタリアート」（この言葉に付着するイメージが気にくわなければ、賃労働者、そしてこの言葉に付着するイメージに拒絶的ならば余剰価値を産出するための労働をしている大衆）ということを意味し、それ以外のものを意味していないということ。
コンミューン型国家への転換とは、その当該の国家の基礎をなしている社会への国家の埋め込みを意味している。この埋め込みの過程において賃労働（余剰価値を産出している労働）と資本との対立は漸次的に解消させてゆく社会過程を意味している。

いうまでもなくコンミューン型国家がマルクスにおいてパリ・コンミューンの歴史的な経験の解明の結果として想定されたのは、「プロレタリア独裁」の自己目的のためではない。エンゲルスのいい方をすれば「階級は、以前にその発生が不可避であったのと同様に、不可避的に消滅するであろう。階級とともに、国家も不可避的に消滅する。」（エンゲルス『起源』）という歴史的動機を実現するためである。国家の消滅と一緒に階級が消滅することが歴史的必然であるとするならば、逆に階級が消滅されるためにはその消滅に向って開かれた条件が国家について成遂げられなければならない。その階級消滅にむかって開かれた国家が、コンミューン型の国家にほかならないとみなされた。コンミューン型国家は開かれた国家あるいは、「反」国家を意味していた。

このコンミューン型の国家権力の掌握は、マルクスによって「プロレタリアート独裁」、いいかえればこの開かれた、あるいは「反」国家権力のプロレタリアートによる掌握として把握されていた。このことはつぎのことを意味する。死滅にむかって開かれた国家の権力を掌握したときに、プロレタリアートもまた階級としての自己を死滅させる俎上に立たしめるものであること。「独裁」という概念は何ら抑圧を意味するものではなく（ことに高度に発達した、成熟した資本主義社会においては）、国家を死滅の条件に向って開くための国家権力の解体の掌握であり、それは同時にプロレタリアートが、はじめて自己を自らの手によって死滅させる俎上に立たせることを意味していること。

マルクスが『反デューリング論』のなかで明瞭に粗描したように、このときに行なわれる「社会の名においておこなわれる生産手段の掌握」は、コンミューン型の国家（「反」国家）を通じて行なわれるが、それは決して〈生産手段の国家的所有〉を意味しないことは云うをまたない。生産手段の資本制的な所有がひきおこす混乱と偏向と抑圧を解除するためにのみ提起される〈生産手段の社会化〉であり、それは〈生産手段の国有化〉とはまったく関わりもないことに属している。（〈生産手段の国有化〉と、〈生産手段の社会化〉とを、ただちに等式記号で結んだのはロシア・マルクス主義とドイツ・ファシズムに共通した錯誤であった。現在でも〈マルクス〉主義者や自称社会主義者はこの錯誤のなかにいる。）まして死滅に開かれたコンミューン型国家の条件なしに行われる〈生産手段の社会化〉は、たとえプロレタリアートの国家権力によって遂行されようとも全く無意味であることは、云うをまたないものであった。このことをマルクスは「国家が現実に全社会の代表者として登場する最初の行為——社会の名においておこなわれる生産手段の掌握——は、同時に、国家が国家としておこなう最後の自主的行為である。」（『反デューリング論』）という言葉で指摘した。マルクスのこれにすぐ引続いた記述が「社会的諸関係にたいする国家権力の干渉は、一つの分野から他の分野へと順次に余計なものとなり、ついでにおのずからねむりこんでしまう。」（『反デューリング論』）となっていることは、疑問の余地なくマルクスの構想の姿を彫り出している。

ではロシア革命の歴史はなぜ国家の死滅、したがってプロレタリアートの死滅、したがって階級の死滅へと開かれず、またむしろ国家の膨脹と強大化、民族排外侵略主義への転化の方向にむかったのか？　現実はマルクスの理論とおりに行かなかったのか？　それとも一般的に大人たちが子供に説教するように〈世の中は万事理窟とおりにいかない〉ものなのか？　それともロシア・国家、社会の特殊性に依るものなのか？　あるいはレーニンらロシア革命の指導者たちはどこかで錯誤した理念をもっていたのか？

すくなくともここでわたしたちが、現実は複雑で理論とおりにはいくはずがないという逃げ口上を排除しようとかんがえていることは確かだ。また理念上の問題を実行行為の問題にすりかえたり、逆に実行行為の問題を理念上の問題にすりかえたりすることを排除しようとかんがえていることも確かである。理念上の錯誤は理念上にあり、実行行為の錯誤は実行行為の上に立っている。たとえそのふたつがからみあって共存しているときもだ。

レーニンらは、政治革命によって権力を掌握したのち、コンミューン型の国家への転化の課題を保留し、きわめて初期に、すでにその骨格の形成を次第に放棄していった。内外の情勢に即応するモチーフをもって軍隊も警察も復活ないし存続せしめた。公務員のリコール制も、公務員給与を一般の労働者や大衆よりも上廻らないようにするという理念も放棄された。いいかえれば死滅にむかって開かれたコンミューン型の国家（あるいは「反」国家）の過渡的な形成の基本要項は、すべて放棄されていった。これらの初期の施策を、強いて規定しようとすれば〈「プロレタリアート独裁」の理念をもったプロレタリアートの前衛の集団に国家権力を掌握された近代民族国家〉が成立しただけであった。

すでに自明のことにすぎないが、コンミューン型国家の形成なしに実現された「プロレタリアートの武装支配」は、それ自体が社会主義体制を目指す課題にたいしては実践的な矛盾の実現にほかならない。無意味だといえないばあいでも、冷静にかんがえて〈プロレタリアート前衛集団による国家権力のクーデター的な掌握〉という意味しかもっていない。このような国家権力は、そのままでは社会主義への移行の実現は不可能であり、たかだか社会主義への〈意図的国家〉にとどまるほかはない。また〈生産手段の社会化〉はただ部分的にのみ可能な条件をもっていたが、レーニンらの実現したのは〈生産手段の国家権力による強制収容〉にしかすぎなかった。

たぶんロシア政治革命には、言葉の上の詐術が必要であった。それはふたつに帰せられよう。ひとつは〈プロレタリアート前衛集団による国家権力の近代民族国家的な掌握〉という事態を〈プロレタリアート独裁〉と呼び慣わすことである。もうひとつは〈プロレタリアートの前衛集団による生産手段の強制的国家所有化〉を〈生産手段の社会化〉と言い慣わすことである。だが繰返すまでもなくマルクスの「プロレタリアート独裁」の概念は、コンミューン型国家、死滅へと開かれた国家の形成と不可分な理念であり、それの成立を前提としなければ成り立たない概念である。どんな現実的な条件のもとであっても、近代民族国家の基本的な柱を保続したままの〈プロレタリア前衛集団による国家権力の独裁〉は、ただプロレタリア前衛集団による専制政治いがいのものを実現することはできないのは、自明であった。

けれどもレーニンのいう「プロレタリアートの前衛」なるものとプロレタリアートとはまったく別のものである。ことにロシアのような〈アジア的〉な社会では、前衛集団の内閉、密教化、プロレタリアートへの専制への転化、の危険をはらみながら、絶えず相互背反の契機をもつものであった。また〈プロレタリアートの前衛集団による生産手段の国有化〉は、すこしも資本制的な私有生産からおこる混乱を排除するための〈生産手段の社会化〉とおなじではない。ことに国家がコンミューン型に開かれるべき条件をまったくもたないときには、たんに生産手段の国家的な独占の意味しかもたないものであった。

わたしたちはいったい何にこだわっているのか？　もう半世紀以上もまえに起ったロシア革命という歴史的出来ごとを、歴史的な結果として分析的に論じようとしているのではない。それは専門的な歴史研究者のやることだ。そこでの理念の存続形態には、いまもおおいなる錯誤もまた存続している。それはわたしたちをどう捉え、どう脅やかし、どう影響させているかをみようとしているのだ。そしてここで具体的にわたしたちを捉えて離さない疑問はマルクスの「プロレタリアートの独裁」の概念にたいするレーニンの理解であり、それに照応すべきコンミューン型国家（あるいは「反」国家）の画像にたいするレーニンのイメージである。そこにはいいようのない古ぼけて偏狭な、うっとおしい萎縮した画像がある。その原因をつつき出そうとしているのだ。

レーニンの「プロレタリア独裁」の理解は貧弱で特殊なようにみえる。レーニンによれば国家は「特殊な抑圧権力」であり、「国家としての国家の揚棄」とは「ブルジョアジーがプロレタリアートを、ひとにぎりの富者が数百万の勤労者を『抑圧するための特殊な能力』が、プロレタリアートがブルジョアジーを『抑圧するための特殊な権力』（プロレタリアートの独裁）と交替しなければならない、ということである。」（レーニン『国家と革命』）

もしレーニンの云うところが「プロレタリアートの独裁」を意味するものならば、これほど簡単な政治的課題はない。国家権力を掌握したプロレタリアート前衛集団が、「ひとにぎりの富者」を収容所につっ込みさえすればいいことになり、ひとつの強制収容所に「ひとにぎりの富者」を収容すれば簡単に実現することは明確である。そして幾許かはこのように解され、実行されたかも知れなかった。ただ実際には、「ひとにぎりの富者」に芋づるのようにつながっている大衆をも収容するため、ひとつの収容所では足りずに「収容所群島」が必要であった。

レーニンはマルクスのいう「プロレタリアート独裁」の意味を理解できないはずがないのに、眼のまえの緊急な尖鋭な国家との対峙のなかで、視界を狭窄されていった。コンミューン型の国家、つまり死滅へと開かれた国家の実現なくしては「プロレタリアートの独裁」はあり得ないし、むしろコンミューン型の国家への転化こそが「プロレタリアートの独裁」そのものを指しているし、この「プロレタリアートの独裁」がなくしては、コンミューン型の国家への転化は可能でないためにこそ、「独裁」という概念は使われているといっても過言ではない。少なくともマルクスはそう云いたかったことは確かである。そこでマルクスの概念の内部ではただ「プロレタリアート」の内実と「独裁」の内実だけが各時代の関数として変貌をとげるだけであった。わたしたちはたぶんマルクスの古典近代的な概念のひとつである「プロレタリアートの独裁」の意味そのものを根柢的に問わなければならない段階を体験している。けれどさしあたってここでそのことが問題なのではない。「プロレタリアートの独裁」の概念を受容した、そしてそれを実現したものと信じてきたロシア・マルクス主義の受容の仕方が問題なのだ。

レーニンの意識された曲解はエンゲルスの『起源』のなかの成立期の国家に関する追及を、狭窄して受容したときに認めることができる。エンゲルスは人間の歴史が氏族共同体や氏族連合体を離脱して、最初の国家を形成するようになると、氏族の成員が「自己自身を武装力として組織」したものとは、別の次元に「公的暴力」を「創設」することを、ひとつの指標として指摘している。そしてこの次元に形成される「公的暴力」の意味には、氏族共同体の次元では不必要であった「強制施設」や「監獄」（なぜ氏族共同体においてはそれが必要ないと考えられたかといえば、そこでは成員の犯罪、氏族共同体の公有物への障害は、物的な補償や人的な保障《氏族からの追放と、その氏族による補充》によって解決されうるからである）をも含むようになることをエンゲルスは挙げている。

ところでレーニンはこの個所の引用から、いきなり「国家と名づけられる」ところの「権力」は「監獄その他を自由にすることのできる武装した人間の特殊な部隊」に主要部があるという結論を導き出している。エンゲルスは起源的な「国家」が氏族あるいは氏族連合体と異った次元に属することの明証として、氏族共同体の次元とは異ったところに形成される「公的な暴力の創設」に言及しているだけであった。だがレーニンはなぜかエンゲルスの述意を逆さに読んでこれを「国家」の普遍的本質であるかのように摩り代えている。レーニンが「国家」の権力を「監獄その他を自由にすることのできる武装した人間の特殊な部隊」というように狭窄したとき、たんにエンゲルスを故意に誤解してみせただけではなく、本質的に国家を誤解したのである。

レーニンのこの誤解には、あとからかんがえれば無意識の必然もまた含まれていたようにみえる。このレーニンの早急で狭窄された国家観が、ロシアの〈アジア的〉な社会で、国家と政治革命の理念と現実にどれだけ通底した弱点をもたらしたか測り知れないものであった。レーニンは、たしかにその当時、切実に「国家」の貌が「監獄その他を自由にすることのできる武装した人間の特殊な部隊」にみえるような事態に直面していたかもしれなかった。けれどそれを「国家」の総体とみなすことも、本質とみなすこともできないことは明瞭であった。なぜならこう考えることのなかには、国家が、かつて国家なき氏族的な社会から発生して、必然的にじぶんを社会から疎外していった本質と普遍性は含まれようがないからである。べつの言葉でいえば、国家の権力を掌握した人格が粗暴で冷酷だから「公的な暴力」が「創設」されたわけではなく、「国家」が必然的に「公的な暴力の創設」にいたる本質は、無化されてしまうからである。

これでいけばレーニンらが権力を掌握したのちの「国家」もまた「監獄その他を自由にすることのできる武装した人間の特殊な部隊」というように狭窄して理解しなければならない。そしてその動機をレーニンらの集団の粗暴、冷酷、悪魔性にもとめなければならなくなる。もちろん「公的暴力」の貌をもっているのはすべての「国家」に共通である。「だから、あらゆる国家は非自由で非人民的な国家である。」(レーニン『国家と革命』)

これらの言説からもうかがうことができるが、レーニンはコンミューン型の国家(「反」国家)への移行の〈意図〉をもたなかったわけではなかった。けれど緊迫した状勢のなかで内戦し、外交しつつ権力を保持することを択《えら》ぶために、その〈意図〉は保留され、その保留された度合において、旧帝政の軍事的な官僚機構は保有された、というべきである。この問題におけるレーニンの胸中を忖度《そんたく》すべき材料をもっていないし、またその既成国家との妥協の度合を知ることはできない。また欠陥をつつき出すこと自体に、意味をみつけているわけではない。

レーニンははっきりと「資本主義から社会主義への移行は『原始的』民主主義へのある程度の『復帰』なしには不可能であること」(『国家と革命』)を強調して、コンミューン型国家を志向する意欲を明示した。「(なぜなら、もしもそうでなかったならば、いったい、住民の大多数、いな全住民による国家機能の遂行へ、どのようにして移ってゆくのか?)」というレーニンの述意によってコンミューンへの志向性ははっきりとみることができる。

けれども広大な国境線をもち、多種多様な民族と人種をかかえ込んだ、そして広大な地域で〈アジア的〉な農耕と牧畜を、古代から営んできた地帯から成るロシアが、コンミューン型の国家を形成するとは、いったいどういうことなのか? それは可能だとして、いつどうして可能なのか? これらすべての現実的な課題の前で、わたしたちは立ちすくむほかはない。またそれは依然として問われつづける課題でもあるにちがいない。ただわたしたちはこのような課題の前で、〈マルクス主義〉の理念をもった「ひとにぎり」の前衛集団による〈アジア的専制〉の改訂版をみているとするならば、それをどこで把握すべきかを問題にしうるだけだ。そんなまがいものの理念を、ほんもののように売り込まれるのもご免ならば、正しい理念とやらを売り込むこともご免なのだ。わたしたちはいまここで、レーニンの頭脳のなかに刻まれた理念を介して、その意欲の在り所を透過してみせることだけが重要なのだ。

レーニンのいう「原始的」民主主義はそれなりの陥穽をも含んでいる。平等な資格と機会によって輪番される「住民の大多数」のあいだの民主制度は、同時に共同的な意志と個的な成員の意志とを即自的に同致させ、癒着させる傾向なしに可能でないからだ。個的な成員は共同的な意志の統御下におかれるために、そこでは活動することも活動しないことも不可能となる。もちろんレーニンはこの「原始的」な民主主義が資本主義制度とその文化との基礎のうえにおかれる「原始的」民主主義で、文字通りの復古的な、退化した「原始的」民主主義とはちがった、高度な機構の上に成立つものであることを強調した。しかし陥穽が陥穽であることには変りがない。この陥穽にはロシア社会の（とくに農耕的な共同体の）〈アジア的〉な構造とその感性的思惟の構造が呼応した。この度合を具体的に測ることはさしあたってここでは可能ではない。けれど陥穽の中心はふたつにわけることができる。ひとつは国家権力を掌握したプロレタリア前衛集団とプロレタリアートや農民階級とのあいだの〈アジア専制〉的な構造をもった乖離であった。むしろ無関心の関係であった。とくにレーニンらが実質的にコンミューン型国家への移行を回避したその個所に、集中的にこの乖離は激化されたとみることができる。プロレタリア前衛集団、その掌握した国家権力は少数の〈アジア的専制〉集団の距離に押し上げられ、プロレタリアートと農民階級とは〈アジア的共同体〉の所有形態の復元の下で、国家権力から遠隔に押し下げられる。

そしてレーニンらは本質的な意味で、〈アジア的〉な社会と〈アジア専制的〉な国家においてコンミューン型の国家は可能か、可能だとすればどのようにして可能か？　この本質的課題のまえに立ったのである。

〈アジア的〉な「社会」は、農耕共同体の共同体的所有の様式において、またプロレタリアートと農民階級の集団的な感性の構造において、もっともコンミューン型の社会的所有の形成を支えるに好都合なようにおもえる。また一方で〈アジア的専制〉型の「国家」は、コンミューン型の国家の形成にとってもっとも遠い、対極的な構造をもつもののようにおもえる。ひとりの専制的な君主のかわりに、少数の大衆とかけはなれた距離におかれた専制的集団をつくりだすということになりやすいからである。

レーニンはこのロシア社会の〈アジア的〉な遺構、またロシアの〈アジア的〉な専制の遺物についての認識をまったく無視することにきめていた。これはかれが「プロレタリアートの独裁」について与えた概念からはっきりとみてとることができる。

> ところが、プロレタリアートの独裁、すなわち抑圧者を抑圧するために被抑圧者の前衛を支配階級として組織することは、たんに民主主義の拡大をもたらすだけではありえない。プロレタリアートの独裁は民主主義をおどろくほど拡張し、この民主主義ははじめて富者のための民主主義ではなしに、貧者のための民主主義、人民のための民主主義となるが、これと同時に、プロレタリアートの独裁は、抑圧者、搾取者、資本家にたいして、一連の自由の除外例をもうける。人類を賃金奴隷制から解放するためには、われわれは彼らを抑圧しなければならず、彼らの反抗を力をもってうちくだかなければならない。――抑圧のあるところ、暴力のあるところには、自由がなく、民主主義がないことは、明らかである。
>
> （レーニン『国家と革命』）

任意に並べたてることにしよう。

第一に、マルクスのいう「プロレタリアートの独裁」は文字通りに「プロレタリアート」や農民やその他の大衆のための「プロレタリアート」による「独裁」であって「被抑圧者の前衛を支配階級として組織すること」では、まったくない。このふたつを同義に解したいならばこのレーニンのいう「被抑圧者の前衛」なるものは「被抑圧者」の大衆のすべてによって、完全な注視と解任（体）制のもとにおかれるとでもいうほかはない。レーニンの政治意識、普遍的にいえば大衆観には、特殊ロシア的なものの無秩序な拡張があった。かれが「被抑圧者」一般と「被抑圧者の前衛」とを同一視し得たもののなかに、ロシア知識人の特徴的な構造が介在している。この個所のレーニンの言説のなかにも、たしかにコンミューン型国家への志向性はうかがうことはできるし、別の個所にも明らさまにその志向性を述べている。けれども「被抑圧者の前衛」もまた「国家」の支配階級として組織されたときは、あらゆる「国家」とおなじように抑圧者に転化するほかない。これを防ぐ方法もまたコンミューン型国家の貫徹のほかにはありえない。レーニンはここで自己意識のなかにある「被抑圧者」と「被抑圧者の前衛」との同致を、不当にも原理にまで拡大しているとでもいうことができよう。

けれどここでわたしたちがつき当っている手ごたえからいえば、レーニンにはマルクスのいう「プロレタリアートの独裁」にたいする理解において、力点を移動する必然的な衝迫と錯誤があったようにおもえる。

こういうことを書き留めながら小賢しい後からの挙げ足とりをやっているような後味の悪さが

つきまとってくるが、もちろんレーニンの「プロレタリアートの独裁」の概念が正鵠を得ているかどうかを検討することがさして意味あることだとはかんがえられない。また、レーニンの理念の錯誤が摘出され、また正されたとしても、そんなことにさしたる意味があろうともおもわれない。そんなことは自明なものにとっては、自明なのだし、理念といえども信仰されているかぎりは、理路によって変るものでもない。そこにほんとうの意味で現在の課題があるともおもえない。せいぜいできることは、「プロレタリアート」という概念にふくまれたさまざまの陰湿で古くさい誤解と誤謬に充ちた影をふき掃うことと、「独裁」という概念にまつわる流血の錯誤のイメージをわたしたちの頭脳から束の間一掃できることとくらいである。これがスターリン体制と毛沢東主義と、ナチス・ドイツをはじめとする世界ファシズムの惨禍を歴史的に体験し、いまもなお体験しつつあることの後に立っているわたしたちの内在的課題のひとつでありうるだけだ。けれどわたしたちはここでレーニンの使った概念を使いながらレーニンのマルクス理解の原衝動について触れようとしている。

わたしたちは、いまここで現在の情況に直ちに適応できるような変り身の早い言説を披瀝しようとしているのではない。わたしたちが理念の神話や伝説によって曇らされてきたところの根源にたいして、どれだけ深く検討（それは自己検討でもある）の針を降ろせるかという課題に触れようとしているだけだ。それなしに済そうとおもわないし、またそれなしに済している新しがり屋の現状適応者たちにも、それなしに済して復活しようとしている〈マルクス主義〉やその同伴者にも与《くみ》することができない。またその気もないことを理念的に内在化したいだけだ。

マルクスのいう「プロレタリアートの革命的独裁」（『ゴータ綱領批判』）の概念は、レーニンのいっている「富者のための民主主義ではなしに、貧者のための民主主義、人民のための民主主義」でもなければ、「これと同時に」、「抑圧者、搾取者、資本家にたいして、一連の自由の除外例をもうけ」て、「彼らを抑圧」することでもないのははっきりしている。ましてや「プロレタリアート」の前衛集団が、軍隊と警察と国家機関を手に入れて、生産手段を国有化することでもない。もしそうならば「プロレタリアートの前衛」集団もまた直ちに抑圧者、搾取者、国家資本集団に転化するだけだ。マルクスのいう「プロレタリアートの革命的独裁」の概念は、「プロレタリアート」の主導による全大衆のための近代的民族的国家の解体、いいかえればコンミューン型国家への即自的な移行以外のものを意味していない。これなしには「プロレタリアート」もまた抑圧者、搾取者、国家的資本階級に転化してしまうことは自明であった。レーニンは「社会主義革命をおそれる今日の日和見主義者」（『国家と革命』）を脅かしたいあまり「プロレタリアートの独裁」の概念を倫理的に矮小化してしまった。それはレーニンの言説が流布している画像では、国家権力を掌握したプロレタリアートの前衛と称する集団が、硬直した冷酷な公的面《つら》がまえをこしらえて、武装力で大衆をしゃにむに威圧して、政策的強制力を行使している絵図になっている。そして或る程度確実にこの画像は世界の〈アジア的〉な地帯の社会とその国家にとって、現実化されていったのである。

共産主義の「高度の」段階が到来するまでは、社会主義者は、労働の基準と消費の基準にたいする社会のがわからと国家のがわからとのきわめて厳格な統制を要求する。しかし、この統制は、資本家の収奪から、資本家にたいする労働者の統制からはじめられしかも官吏の国家によってではなく、武装した労働者の国家によっておこなわなければならないのである。

（『国家と革命』）

計算と統制——これが、共産主義社会の第一段階が「具合よく運営される」ために、ただしく機能するために必要とされる主要なものである。ここでは、すべての市民が、武装した労働者である国家にやとわれる勤務員に転化する。すべての市民が、一つの全人民的な国家的「シンジケート」の勤務員および労働者となる。必要なことは、彼らが仕事の基準をただしくまもって、平等に働き、平等の賃金をうけとることだけである。これを計算し、これを統制することは、資本主義によって極度に単純化され、監督や記録、算術の四則の知識や適当な受領証の発行といったような、読み書きのできるものならだれにでもできる、きわめて簡単な操作にかえられている。

（『国家と革命』）

人民の大多数が、自主的に、またいたるところで、このような計算と、資本家（いまでは勤務員にかわっている）と資本家的習癖をのこしているインテリゲンツィア諸君にたいするこのような統制とを実行しはじめるなら、そのときには、この統制は真に普遍的、一般的、全人民的なものとなるであろう。そのときには、この統制をのがれることはとうてい不可能であって、「身のおきどころがなくなる」であろう。全社会が、平等に労働し平等に賃金をうけとる一つの事務所、一つの工場となるであろう。

（『国家と革命』）

いかにも〈アジア的〉な専制の遺構と心性を、「国家」と「社会」の側からひきずった知識人らしく、レーニンはここでは〈統制〉を自己目的化した言説としてあらわれている。レーニンによるマルクスの受容の仕方の特質と欠陥が、こういう記述に集中的に描かれた「共産主義社会の第一段階」たるものの画像、そこからの透視図のなかに、ほとんど遮蔽物なしに、イメージとして露出されている。べつの言葉でいえばロシア・マルクス主義の〈アジア的〉な停滞の様相が明確な輪廓で浮び出ている。

レーニンはマルクス（大部分はエンゲルス）の著作の引用個所と対応し、そこから理念的な緊張を強いられているあいだはあまりボロは出さないが、すこしマルクスとエンゲルスの引用から離れて、本音をいうくだりになると、重苦しい封鎖性を露出しはじめる。「計算と統制」が共産主義の第一段階だなどと、マルクスは（エンゲルスでさえも）ひとつも云ったことはない。云ったことがないことを云っても、すこしも差支えはないのだが、ここでレーニンが描いている武装した国家権力によって覆いつくされた全体的な「統制」の画像は、国家権力が武装した労働者（の「前衛」）であろうと即自的な労働者であろうと、まったく国家を異常なほど全体化する〈アジア的〉な専制の画像の再版のようにしかみえない。マルクスは「すべての市民が、武装した労働者である国家にやとわれる勤務員に転化する。すべての市民が、一つの全人民的な国家的『シンジケート』の勤務員および労働者となる。」（『国家と革命』）といったような〈アジア的〉専制国家の画像で、共産主義社会の第一段階を描いたことなどなかった。レーニンは知らず知らずのうちにコンミューン型の国家の画像を、ロシアの〈アジア的〉な専制国家の伝統的な画像に重ねあわせ、「武装した労働者である国家」を専制君主とする「息のつまるほど有難い」「統制」国家に仕立てあげてしまっている。そこでは「資本家」と「資本家的習癖」をのこした「インテリゲンツィア諸君」が鉄の「統制」であっぷあっぷする見世物が主要な興行物というわけだ。

このレーニンの貧弱な歪曲されたファッショ的な国家画像にこそマルクスが〈アジア的〉に受容されたときのひとつの典型が、ロシア的な典型が象徴されている。ここでは、ほんらい武装力と国家警察による大衆の監視機構と、全大衆のリコール制によって常に解任されうる国家機関と、けっして非国家機関の大衆の賃金を上廻ることのない賃金しか手にしない国家機関員とを支柱とする、いわば人間の〈自由〉と〈解放〉とが先取りされたコンミューン型国家、死滅にむかって開かれた国家の画像は窒息させられてしまっている。レーニンやトロッキーはロシア・マルクス主義者のうちとび抜けて闊達な、とび抜けて解放された思想の持主だったが、それでも不可避的に〈アジア的〉な停滞のなかに、マルクスの理念を封冊《ママ》し終息させている。レーニンの無意識を占有している根源的な〈国家〉は、コンミューン型の国家（「反」国家）ではなく〈アジア的〉な専制国家の画像であることが、いやおうなくマルクスを意識したときの理念の国家と乖離し、またずれながら重なりあっている。

「計算」や「統制」も、「武装した労働者の国家」も少しも自己目的となりうるような意味をもっていない。そんなことは強調することが無意味なのだ。「資本家」や「資本家的な習癖」をもった「インテリゲンツィア」を「統制」することなどマルクスのコンミューン型国家にとって何の目的も意味ももってはいないからだ。そんなことはコンミューン型国家への移行と、社会の経済的な価値法則の揚棄という根本的な課題にとって枝葉のひとつにもならない。レーニンの矮小化は徹頭徹尾〈アジア的〉なものであった。

ようするに原則は、すべての大衆の〈自由〉と〈解放〉、そして価値法則からの離脱以外の課題ではない。それは「計算」や「統制」とは何のかかわりもないことだし、人類社会が資本主義社会にいたるまでに積み重ねてきた〈知識〉やその担い手である〈知識人〉を無知のこん棒でなぐり倒すことととも、「ひとにぎりの資本家」を強制収容所にぶち込むことととも何の関わりもない。またプロレタリアートに〈知識〉にたいするいわれのない侮蔑を教え込んだり、〈知識〉の獲得のための努力を免除することとも何の関わりもない。全大衆の個々人の〈自由〉と〈解放〉にとって必要なかぎりにおいて、また必要な範囲においてのみ、〈生産手段の社会化〉が強制されるだろうという原則のほかに、どんな原則も存在するはずはない。

アジア的ということ　Ⅲ

わたしたちはなお、主要な原則の柱をめぐって、レーニンとその党派の理解のうちに宿ったマルクス、その理念的な画像をたどるという課題を引受けなくてはならない。とくに現在、すでに先進的な高度資本主義の国家がレーニンがかつておおざっぱに規定した帝国主義的な段階を離脱してしまったかぎりにおいてなおさらのことである。資本主義イコール帝国主義という固定観念をもとに、そこに倫理的な悪の画像を塗りつけて、言葉の遊戯にふけっている怠惰な連中を尻眼に、ヨーロッパとアメリカの高度な資本主義はつぎつぎと植民地を手ばなして内攻していっている。とって代ってアジア的な停滞性を一様にひきずった〈社会主義〉の諸国家は、現在ある意味でかつて帝国主義的な膨脹競争にあけくれた資本主義とおなじ段階の課題を、部分的に不可避的に踏襲しつつあるといえる。どこが〈戦争〉しつつあり、どこが軍備武装力の拡大競争に明け暮れているかという現在の課題をまえに、そこから偶発的なものを排除したあとに残る本質的な情況をかんがえる限り、事態はきわめて明晰に視きわめられるべきなのだ。

レーニン（ら）の戦争についての基本的な理念は、第二インターナショナルの指導者たちの態度を批判するあいだに次第に固められていった。興味ぶかいことにこの場合、レーニンは、見掛け上は古典近代期に西欧の先進地域イギリスで形成されていった、とくにエンゲルスの階級思想の忠実な原則的な模写としてあらわれる。これにたいしてレーニンからみたヨーロッパ諸国の第二インターの指導部は資本主義の政府による民族主義的な排外と侵略を、階級思想と調和させようとする、いわば社会主義の原則の放棄として映っている。つまり見掛け上はレーニンは理想主義であり、第二インターの指導者たちは現実主義であるようにみえる。レーニンがこのばあいに固執した社会主義の理念的な柱は、労働者どうしの階級的な連帯や、共通の倫理感や、利害の共同性は、国家とか民族とかの枠組を横にこえて、まったくべつの共同体をつくって国際化されるだろうという考え方である。エンゲルスは古典近代期のイギリスの大都市の産業社会の実態を分析しながら、つくりあげられたこの理念の方向に、すこしも疑いをもたなかった。労働者の階級的な意志はかならず資本主義的な民族国家の枠組を超えて、共通の利害から成る地平を獲得するにちがいないと確信した。それほど資本主義の急激な膨脹と、それにともなう労働者の急速な困窮や疲弊との矛盾は拡大される一方で、手に負えないようにおもわれたのである。レーニンは初期に、この原則を固執するものとしてあらわれた。またこの原則の放棄あるいは、この原則と民族的な国家の枠組とを調和させようとする試みは、社会主義そのものの放棄だとみなしたのである。

レーニンは、つぎのように述べた。じぶんたちを指導部とするロシア社会民主労働党は、合法的な出版物を根こぎにされ、労働組合は閉鎖され、仲間たちは逮捕、流刑されつつあり、非合法的な地下組織への移行を余儀なくされているが、それでも、合法的な局面で軍事公債に不賛成の投票をし、議員団は国会議場から退場するなど、社会主義の原則を曲げるようなことをしていない。そしてロシアの労働者の階級とすべての大衆にとって、ツァーリ君主制が敗北し、ヨーロッパとアジアのもっとも多くの民族と住民大衆を抑圧しているこのもっとも反動的な政府が退くことが、もっとも大衆にとって害が少ないだろうと考えてその実現のためにたたかっている、と。

ところで第二インターの指導者たちがやっていることは、じぶんたちが自国の政府を介して国家が押しつけている戦争意志を容認し、それを介して敵国に勝とうとたたかうことは、他の国家のもとにおける労働者の階級や大衆を解放することにつながるのだというような詭弁を実行することだ。そして自国の政府の軍事公債の発行に賛成し、排外主義的な愛国スローガンをかかげたり、戦時内閣に入閣したりする者を送り出している。現在、かれらヨーロッパの社会民主主義者たちがうちだすべきスローガンは、共和制ヨーロッパ合衆国の樹立ということでなくてはならない。そのためにドイツ、オーストリア、ロシアの君主制を打倒するという目標を掲げるべきであるのに、かれらがうたいあげていることはただ社会主義の原則の放棄ということだ——。

このレーニンの主張には、資本制が急速に膨脹しようとしていた古典近代期にエンゲルスによってうち出された原則が守護されている。問題があるとすれば労働者たちの階級意識は、歴史のいわば無意識である民族国家の枠を手易く超えられるかどうかということだけであった。レーニンが、申分のない原則主義のうえにたって具体的に「今日の帝国主義戦争を内戦に転化させる途上の第一歩」として提起した方策は⑴各国の軍事公債にたいする賛成投票を拒否して、ブルジョア的な内閣から脱退すること、⑵国内における平和（対立抗争の休止）という政府の政策を拒否すること、⑶国家政府機関が戒厳令をしいて憲法上の自由を停止しているところでは非合法の組織をつくること、⑷前線の塹壕内では交戦している敵対国との兵士たちの交歓を支持すること、⑸プロレタリアートの革命的な大衆行動を支持すること、などであった。

ここのところでレーニン（ら）は完全無欠な原則上のエンゲルス主義であった。また第二インターの指導者たちは現実上、各国の労働者や一般の大衆のなかにある〈民族感情〉や〈国民感情〉を考慮に入れ、階級的な原則に民族感情的な欲求をつき混ぜ、どこかに妥協点や調和点をみつけ出そうとして折衷主義や日和見主義としてあらわれた。そういう視点のなかでレーニン（ら）は世界の社会主義とそのセンターの方針から孤独であり、かつ卓越していた。また、レーニンの思想的な視野と見識は、国境線の障壁を超えるだけの規模をもっていたが、第二インターの指導者たちの思想的な視界は、所詮は民族国家の枠組を超えるほどのものではなかった。超えるようにみえた点は、ただ頭脳的な理解にとどまるものであったとみなされてよい。そしてまた、レーニンは社会主義の理念的な原則の地平には、ただ理念の原則のみを乗せるべきだという明晰な、次元的な把握のうえに立っているのに、第二インターの指導者たちは、政治的な理念が現実に肉体の輪廓を獲得するばあい、どんなことに当面するのかという問題を、あたかも理念自体の問題のように提出し、のめり込んだといいかえてもよい。けれど最終的に、レーニン（ら）と第二インターの指導者たちとを対立させている政治理念的な差異の根柢で、ただひとつの共通した課題に当面していたのかも知れなかった。

このことはわたしたちがここで逸してはいけない思想的な負の重荷である。エンゲルスが資本主義の勃興期にイギリスの先進的な労働者の状態をみて感得したシェーマによれば、労働者たちの困窮と、その都市集約的な生活状態と、苛酷な労働環境や条件のうちに形成される共通の倫理と連帯感とは、資本主義的な民族国家の枠組をはるかに超えて、すみやかに階級的な統一の画像を獲得してゆくにちがいないはずであった。このエンゲルスの理念的な見地は、すくなくとも資本主義の理念が単一の世界市場の形成へと向かう無意識の衝動をもとに、民族国家の枠組を保存したまま世界統一性を実現してゆく必然性を、労働者たちの〈階級〉という世界統一性によって超えることがきわめて難しいという課題に当面したのである。

レーニン（ら）とヨーロッパの第二インターの指導者たちのあいだの対立の根柢に、共通の岩礁のようなものがあるとすればこの問題であった。この視方からすると必然的にふたつの問題が起ってくるはずである。ひとつは人類の歴史が無意識に選択した必然だという資本主義社会制度と、その上層にこしらえられた民族的な国家は、資本主義の急速な膨脹期の画像を眼の前にしたマルクスやエンゲルスのような初期社会主義思想家がかんがえたよりも、はるかに強固なものではないのかという問題である。よくあるわたしたちの経験に則していえば、みすみす欠陥をもっているのがわかっているはずの資本主義の制度と国家が、欠陥であるがためにかえって執着されるという逆説的な主題のすべてに対応している。もうひとつの問題は、ヨーロッパの諸国は、すでに一九一〇—二〇年代に、急速な資本主義の膨脹期を過ぎつつあったのに、ロシアの資本主義はレーニンがかんがえていたよりも未発達だったかもしれない、という段階的な相違である。そしてもうひとつ強いて云えばレーニン（ら）を強くとらえていたロシアのアジア的な停滞の枠組である。

事態はまったく未知であり、もしレーニンがこの原則〈労働者たちの位置エネルギイである〈階級〉という世界統一性が、国家と国家のあいだの障壁を超えて形成されるはずだし、されなくてはならないという原則〉を、この最初期から固執しなかったとしたら、社会主義はマルクスがパリ・コンミューンをみて作りあげた、小さな知識人サークルで掲げられただけのユートピア画像で終ったはずであった。そして歴史がロシアで実現したものは理念としても現実としても、共に修正資本主義の別名にすぎなかったろう。けれどレーニンは少なくとも最初期において、ほとんどロシア社会民主労働党の崩壊を支払うほどの弾圧をこうむりながら、この原則を固執しようとした。そのために社会主義は、その最初期において、理念としてレーニンを通過しながら、わずかな期間だが確実に現実と皮膜を接した機会を獲得したのである。では第二インターの指導者たちは民族国家の障壁と階級的な世界統一性のあいだを調節させるため、原則を放棄した日和見主義あるいは社会主義的から民族主義へ転向した背教者あるいは棄教者ということになるのだろうか。レーニンはそうきめつけて非難した。けれど第二インターの指導者たちが本当の意味で当面した問題は、労働者の階級的な世界統一性が資本主義の民族国家の枠組を超えて、世界性を形成しうるかという古典的な課題の当否だったかも知れなかった。この課題に直面したとき、ヨーロッパ諸国の社会民主主義の指導者たちは、すでに古典近代の課題が過ぎつつあることを感得しつつあったとみることもできる。かれらはただ現実に即応して、労働者たちの具体的な課題の解決を求めたにすぎなかったかもしれない。

社会主義の理念にまつわる原則的理想を固執するとき、レーニンはいつも魅力的である。これにくらべるとインテリゲンチャを脅かして、いかにも凄味のある現実主義者のように振舞うときのレーニンは劣っている。理想主義としてのレーニンの言説の魅力は、他の社会主義者にまったく求められない。けれど頑固な原則主義者だから魅力的なのではなく、理念の理想が肉体をもってレーニンのうちに宿っている有様がみられるから魅力的なのだ。

わたしたちがここで真に問いただすべきは、レーニンらロシア社会民主主義者たちと第二インターの指導者であるヨーロッパの社会民主主義者たちを根柢から襲った課題、労働者たちの〈階級〉という世界統一性は、資本主義的な民族国家のあいだの市場の世界性に基いた世界統一性（それは主としてまず経済的にと感性的な形とでおとずれる）を超えうるかという課題である。だがそのためには、なぜヨーロッパの社会民主主義が民族国家の擁護に転じたのに、レーニン（ら）に嚮導されたロシアの社会民主主義が、古典近代期に形成された社会主義の原則、いいかえれば〈階級〉という概念の世界統一性を固守したのか、その理由が問われるべきである。

レーニンは興味ぶかいことに、合法的な社会民主主義的な議員たちの挙動を例にして、この相異を「ヨーロッパ主義」（近代主義というほどの意味）と「ロシア主義」（ロシアのアジア的要素というほどの意味）との相異に帰している。レーニンによれば「ヨーロッパ主義」の議員たちが表象しているものは「ブルジョアやインテリゲンツィアのサロンに『出入り』した」り、「実務的な機敏さ」であったり「『社会』で勢力のある議員や大臣の身分に出世すること」である。「ロシア主義」的な議員団が表象するものは「労働者大衆と結びついていた」ことであり、「これら大衆のあいだで献身的に活動し、非合法の宣伝家と組織者の謙虚な、目だたない、困難な、しかもむくいられることのないとくに危険な機能を遂行した」ことである。

レーニンはここでロシアの社会民主主義が卓越した指導性と理念をもっていたからだと云っているのではなく、ヨーロッパの社会民主主義がモダンで柔弱なのにたいして、ロシアの後進的な社会の作りあげている労働者や大衆との密着性と地下性を美質として描き出している。それは「悪名たかい『ヨーロッパ主義』」にたいするロシアのアジア的要素の卓越性とみなされている。だがレーニンはほんとうはつまらぬことを云ってみたのではないのだろうか。原則を強固に持続する要素は、原則に反するものを強固に排除する要素でもある。レーニンらがヨーロッパの社会民主主義を嘲笑した地点は、嘲笑されるロシア的な社会民主主義の地点にもなりえたのである。

さらに、レーニンがヨーロッパの社会民主主義にとって曖昧であり、レーニンらロシアの社会民主主義にとって明晰に把握されているとかんがえた相異は〈戦争〉と〈平和〉についての理念であった。レーニンの〈戦争〉と〈平和〉についての理念は、要素的にいえばたんなる〈平和〉一般というようなものに賛成でもないし、たんなる〈戦争〉一般というようなものに、反対でもないということに帰着する。レーニンの云い方をみてみよう。

労働者階級を愚弄する一つの形態は、平和主義であり、平和を抽象的に説くことである。資本主義のもとでは、とくに帝国主義的段階では、戦争は避けられない。他方では、社会民主主義者は、革命的な戦争、すなわち帝国主義でない戦争、たとえば、一七八九年から一八七一年まで、民族の抑圧を打倒し、封建割拠の国家から資本主義的な民族国家をつくるためにおこなわれた戦争、あるいはブルジョアジーとの闘争で勝利したプロレタリアートの獲得物をまもるためにおこりうる戦争、こういう戦争の積極的な意義を否定することはできない。

（レーニン（ら）「ロシア社会民主労働党在外支部会議」）

われわれとブルジョア平和主義者との相違は、われわれが戦争と国の内部の階級闘争との不可避的なつながりを理解していることであり、階級を絶滅し社会主義を建設しなければ戦争をなくしえないということを理解していることであり、また内戦すなわち抑圧階級にたいする被抑圧階級の戦争、奴隷主にたいする奴隷の戦争、地主にたいする農奴的農民の戦争、ブルジョアジーにたいする賃金労働者の戦争の正当性、進歩性、必然性を完全にみとめていることである。

あらゆる戦争に不可避的に結びついているすべての惨禍、残虐、災厄、苦悩にもかかわらず、歴史上には進歩的であった戦争、すなわち人類の発展に利益をもたらし、とくに有害で反動的な制度（たとえば専制あるいは農奴制）やヨーロッパで最も野蛮な専制政治（トルコとロシアの）破壊をたすけた戦争がいくどもあった。だから、今日の戦争の歴史的特質を考察する必要があるのである。

これらの見解は現在では意味をもっていない。その主な理由は、世界の先進的な高度資本主義が現在、レーニンのいう帝国主義の段階を離脱してしまい、ロシアをはじめアジア的な「社会主義」国が、相互に「社会帝国主義」と罵りあうように、かつてレーニン的段階の資本主義が植民地獲得競争と戦争に向ったと類似の課題に見舞われているからである。けれど「社会主義」国の指導者たち自身によって発明された「社会帝国主義」という形容矛盾の言葉は、本源的に制度の理念としての「社会主義」もまた経済社会構成の展開において資本主義がかつて通過したとおなじ段階を通過し、おなじ問題に当面しているか、あるいはまた「社会主義」という制度的な理念が人類にとって歴史の〈進歩〉を占有しているかぎり、どんな戦争もどんな侵略もどんな膨脹主義も「積極的な意義」をもつものだというレーニン的な理念の自己欺瞞が推進されていることを示しているか何《いず》れかである。

このようなレーニン（ら）の〈戦争〉と〈平和〉の理念が現在、いわば段階的に意味をなさないのは申すまでもない。けれど現在の帝国主義的な段階を越えて高度化してしまった先進的な資本主義のかかえている問題と、かつて資本主義が通過した帝国主義的な段階を通過しつつあるようにみえるロシアをはじめとするアジア的な「社会主義」国家の現在の段階を考察することは、別個の問題である。

本質的にいえばレーニン（ら）の見解のどこに問題があるのだろうか？

わたしたちには二つのおおきな欠陥が横わっているようにみえる。

㈠ひとつは、レーニン（ら）の見解は〈戦争〉および〈平和〉について、政治指導者の地平で披瀝されているにすぎないことである。そこには、〈戦争〉そのものの内部構造に眼を据える視点は皆無である。もうひとつは〈戦争〉あるいは〈平和〉において直接にその担い手である兵士、大衆の地平にたった視点がまったく切り捨てられていることである。いいかえれば指導者層、権力の推進者の地平にたった〈戦争〉理念にほかならない。もちろんそんなことを考慮にいれていたら、かくも簡単に〈戦争〉や〈平和〉を片づける政治指導の理念は成立たなかったかも知れなかった。おおよそ政治指導者や権力層によって語られる〈戦争〉や〈平和〉、ようするに大衆の死活の問題は、この程度に軽薄でむごたらしいものだといえばそれまでのことだ。けれどもわたしたちはレーニン（ら）によって語られている〈戦争〉と〈平和〉の理念も、毛沢東の「持久戦論」にあらわれた〈戦争〉の理念も、クラウゼヴィッツの『戦争論』の延長線にあるにすぎないことを理論的に知っている必要がある。いいかえれば、レーニンや毛沢東の〈戦争〉理念の本質は「戦争は政治におけるとは異なる手段をもってする政治の継続にほかならない」（『戦争論』上、篠田英雄訳）という指導者的な地平にあるもので、〈戦争〉の内部構造や〈戦争〉の直接担い手である兵士、大衆の地平からはまったく無意味なものであることを胆に銘じておくべきである。兵士、大衆のような直接の〈戦争〉の担い手の地平からすれば〈戦争は権力による大衆の抑圧とは異なった手段をもってする大衆抑圧の継続にほかならない〉ことに、例外は存在しないことは言うをまたない。レーニン（ら）は「持久戦論」における毛沢東とおなじように、兵士、大衆とかれら指導者とを無意識のうちに同一視し、〈社会主義〉の理念的原則と、現実の〈社会主義〉国家の実態とを故意に同一視して〈戦争〉を合理化しようと試みている。けれど余程の幸運な瞬間を想定するのでないかぎり、そんな論議は成立たないことは論ずるまでもないことである。

(二)もうひとつの問題があった。レーニン(ら)の見解のなかには、〈戦争〉が是認されるか否かを、歴史上に「進歩的」であったかどうか、「人類の発展に利益をもたらした」かどうかで決定づけようとする、ある意味で空怖ろしい倫理基準が横わっている。これを戯画的にいえば人類の歴史は封建時代より資本主義の時代へ、資本主義の時代から社会主義の時代へと発展してゆく「必然性」と「進歩性」と「正当性」をもっている。だから封建主義と資本主義とが〈戦争〉するばあいは資本主義が善であり、資本主義と社会主義とが〈戦争〉するばあいは社会主義が善であるということになる。故意に漫画化しているわけではない。さまざまの遮蔽的な云い廻しをとってしまったあとにのこる論理の骨組はこれだけである。資本主義も社会主義も〈戦争〉も内実を問われることのない主観的な名辞にすぎなくなっている。社会主義の名乗りをできるだけ早くあげるがよい。その方が歴史の進歩に寄与し、それに近づくことができるのだ。かくして封建主義や資本主義や社会主義の実態がどうなっているか、〈戦争〉の実態はどうで、どんな指導部とどんな兵士、大衆が、残虐非道の当事者または被害者だったのかという実態、そして兵士、大衆がどんな惨禍を蒙ったのかという実態の一切は触れられずに済むことになる。まさかなどというべきではない。いわゆる〈社会主義〉国家やいわゆる〈社会主義〉者たちによって、現在でもこのレーニン(ら)の見解は誤解としてではなくもっとも多く固守されている。固守されていないばあいでもひそかにその本質は墨守されている。
直接的な宗教感情や、理念の宗教的な固執の実態は、あらゆる観念の形態のうちでもっとも興味ぶかいものである。だがもっとも理路によっては動かし難いものである。進歩主義は〈進歩〉という理念の信仰をさしている。けれどこれはマルクスの思想のロシア的な受容の仕方のひとつの形態を指すもので、ここでひとつの思想の狭窄が生じたとみてよい。そしてこの狭窄あるいは特殊ロシア化は、レーニン（ら）の〈戦争〉観を介してもっとも著しくあらわれたといってよかった。

レーニン（ら）の〈戦争〉をめぐる見解に露呈された〈進歩〉あるいは〈発展〉の「必然性」、「正当性」の史観はマルクスの史観や思想とのほど遠い歪曲にすぎなかった。レーニン（ら）は、人類の歴史的な経験が蓄えてきた豊饒な悲運や、豊饒な愚行のやむをえない必然、不可避性、そして偶然性を、つまらぬ理念の戯画におき代えてしまった。

フランス大革命は人類史の新しい時代をひらいた。そのときからパリ・コンミューンまで、つまり一七八一年から一八七一年まで、戦争の一つの型はブルジョア的＝進歩的、民族解放的な性格の戦争であった。いいかえれば、これらの戦争のおもな内容と歴史的意義は絶対主義と封建制の打倒、それの掘りくずし、他民族抑圧の打倒であったのである。だから、それらは進歩的な戦争であった。そしてすべての誠実な革命的民主主義者とすべての社会主義者は、このような戦争の場合には、封建制、絶対主義、他民族の抑圧の最も危険な基柱を打ちたおし、あるいは掘りくずすのをたすけた国（すなわちブルジョアジー）の成功につねに共感をよせたのである。

たとえば、フランスのもろもろの革命戦争のなかには、フランス人による他国の領土の盗奪や征服という要素があったが、しかしそのことは、旧来の農奴制的ヨーロッパ全体の封建制と絶対主義を破壊し、震撼させたこれらの戦争の基本的な歴史的意義をいささかも変えうるものではない。普仏戦争でドイツはフランスを略奪したが、しかしそのことは封建的割拠状態から、またロシアツァーリとナポレオン三世という二人の専制君主による抑圧から、数千万のドイツ人民を解放したこの戦争の基本的な歴史的意義を変えるものではない。

（レーニン（ら）「社会主義と戦争」）

この種の言説はたくさん見つけられるが、ここには理念上何が起っているのか？　一見するとマルクスの歴史観が忠実に祖述されているようにみえるが、ひどい通俗化と単純化と改変が行われている。マルクスの思想の歴史的な普遍性は、ここで〈進歩〉や〈革命〉主義の党派理念に改悪されることで、その部分だけ真理性と普遍性を削除してしまった。これでは歴史の実態が〈進歩〉史観によってコケにされてしまうだけではない。マルクスの思想もまたコケにされている。歴史はひとつの発展の図式についての理念となり、この理念に沿うものは〈善〉や〈正義〉を掌中にしているのだ。マルクスはこんな馬鹿気たことは云っていない。歴史は現在を止揚する現実の生々しい運動のうちにしか理念化されない。図式に沿って理念が未来を占有できるという史観はただの売卜的な理念にすぎない。もしこのレーニン（ら）の〈戦争〉理念がどこで途轍もない詐術に陥ってしまっているのかを、はっきりさせたいならば、この言説をマルクスがインド問題について、とくにイギリスの東印度会社によるインド支配と破壊に言及した個所と比較してみればよい。

マルクスはイギリスの東印度会社によるインド支配は、その意企と結果がどのように根柢的なインドのアジア的共同体の破壊であっても、インドに近代化をもたらした〈進歩性〉をもつがゆえに歴史に〈善〉と〈正義〉をもたらしたなどというお粗末なことを決して云わなかった。インドのアジア的な村落共同体の自閉的で独立的な構造こそが、偉大な完結されたインド古代思想を生みだした母胎であり、同時に牛の頭や猿の頭を人間以上に尊重するような迷信を生みだした蒙昧の根拠であること。それが鉄壁のようなカーストの身分制の呪縛を作りあげたと同時に、平和な、親和にあふれた、自足した、だが貧困な停滞の安らぎを夢みさせた村落の理想郷でもあったこと。イギリスの東印度会社によるインド支配は、インドのアジア的な村落共同体の経済的基盤であった農業と手織物の家産的な構造を徹底的に破壊した〈近代化〉をもたらしたが、このことは同時にインドの苛酷な貧困の自由をもたらし、伝統的な美質の基盤を奪うことで、偉大なインドの古代文明を破壊するものでもあったこと、等々。ようするにイギリスのインド支配は利益を収奪する植民地支配以外のものではないにもかかわらず〈近代化〉をもたらしたという意味では不可避であり、インドの〈近代化〉と開明をもたらすものとしては、偉大なインド古代文明の伝統的な基盤と、平穏な理想郷的な村落の平安を根柢から破壊してしまった、そういう錯綜した歴史の矛盾を分析し解明してみせている。

〈アジア的〉という世界史的な概念のなかで、マルクスはあたうかぎりの陰影を含めて、アジア的な停滞や保守的（あるばあいは反動的）な村落共同体の構成が、逆に歴史に偉大な理念と文明をもたらすことがありうるし、また〈近代化〉の衝動が治癒し難い病根をもたらすこともありうるという歴史の実態を明らかに示した。そしてイギリスの東印度会社がインドのアジア的な社会に加えた、冷酷な利害に駆られただけの〈近代化〉の衝撃を、歴史のやむを得ない惨劇として認めるばあいにも、なおそれがインドのアジア的ないし古典古代的な偉大な文明の破壊であることに言及せずにはおかなかった。ここにはマルクスが世界史のひとつの段階として〈アジア的〉という普遍性を設定した真のモチーフが匿されている。〈アジア的〉という概念の世界史的な設定と、その本質構造のなかに、歴史の〈進歩〉、〈展開〉という概念が、〈革命的〉という概念とも〈社会主義〉の理念とも決してパラレルな関係にはないという課題にたいするマルクスの解答のひとつの鍵が匿されていた。レーニン（ら）は、このマルクスの歴史理念のもっとも本質的な個処を単純化して、歴史の〈進歩〉や〈発展〉に沿う理念でなされる〈戦争〉は、たとえどんな惨禍や残虐や災厄や苦悩や殺戮がともなっても、「人類の発展に利害をもたら」すがゆえに是認されるというように歪曲した。レーニン（ら）が〈戦争〉と〈平和〉をロシア社会民主主義の党派的立場に狭窄してしまったとき、じつはマルクスの歴史理解のもっとも重要な部分が紛失されたのである。レーニン（ら）のロシア革命は、マルクスのいわゆる〈アジア的〉という概念の謎を紛失して、現実を〈進歩〉や〈発展〉の理念の反映のように単純化してしまった。そしてまさしくその単純化の度合いに見あうだけロシアのアジア的共同体の残存から現実的に復讐されたといってよい。そして〈アジア的〉という世界史的な概念の解明とその深化という課題のなかに、一切のといわぬまでも重要な、現在の〈社会主義〉が陥っている停滞や、錯誤や、その正当化の退廃、から脱出する鍵がひとつかくされている。

アジア的ということ Ⅳ

1

わたしたちは、レーニンの頭脳のなかでロシアの農村共同体がどんな像を結んでいたかを、再現することはできない。けれどレーニンがアジア的な農業共同体の強固に保持された枠組の問題を、どう無視したかの実態は、レーニンの『農業における資本主義』や『ロシアにおける資本主義の発展』のような著作を介して、手にとるように知ることができる。

これらの論策をつらぬくレーニンの農業問題にたいする最大のモチーフは、ロシアの農業が、どんな度合で資本主義的な経営に転化しているか？　そして農業の資本主義的な経営の度合は、いかに確実に社会の〈進歩性〉の度合を意味しているか？　ということに帰せられる。これを論証するのに、もっとも力を注いでいることがわかる。レーニンはカウツキイの『農業問題』を註解し、その論議を進展させる形で、自分の見解をのべた。レーニンの関心はもっぱら農業経営の規模と様式に集中された。それはつぎの三つにわけられている。

第一　プロレタリア的経営。独立して農業をいとなむことを自分の本業とみなしている経営主は少数で、賃金労働者ないし、これに類するものが大多数といったグループ。

第二　農民的経営。その大多数が独立的農民で、しかも家族労働者数のほうが賃労働者数よりも多いようなグループ。

第三　資本家的経営。賃金労働者数のほうが家族労働者数よりも多い経営が、これに属する。

こういう分類からレーニンは、統計資料の数値をかりて、第三の資本家的経営の増大、それに伴う農業における賃労働者数の増加にもっぱら視線をあわせた。これが国家の「後進性」が払底してゆく度合であり、農業の資本主義的な大規模経営化は、社会の「進歩」の標識であるとみなしたのである。こういうレーニンの問題意識はナロードニキたちの見解を批判する形で固められていった。だから農民にとって障害であるのはナロードニキたちのいうように「資本主義的大地主」ではなくて「農奴制的大地主」だと主張される。このレーニンの主張はかくべつどこにも不都合が含まれていないようにみえる。だが同時にほとんど無意味な主張であった。ロシアにおける資本主義の発達の度合を測りたいならば、都市における工業規模と賃労働者の実態をもって測られるべきであり、農業における資本家的経営の増大と、雇用された農業賃労働者数の増加は、どんなにつきとめても、資本主義の発展を測る尺度としては、副次的な意味しかもたない。レーニンがいう意味で農業の大規模経営化が問題となるとすれば、そのことがどれだけ大規模な土地所有と、農村の階層的な分化を促し、農民がその結果として耕地を放棄して、どれだけ都市の賃労働者へ転化していったかという点においてである。農業が資本主義的な経営をどれだけ採用しつつあるか、という問題には、それ自体では何の意味もあるはずがないのに、レーニンはどうしてそんなことに固執したのか。

都市と対立的にみられるかぎりでの農村（村落）、工業と対立的にみられるかぎりでの農業、資本主義的な利潤と対立的にみられるかぎりでの地代という問題が設定されるときは、前者が、生産様式と生産手段の現在的な水準と様式を語る指標であるとすれば、後者は人間の生命代謝の様式と手段という本質に、絶えず還元さるべき指標という意味をもっている。そしてこの二つは資本主義をまってはじめて対立概念となりえたということができる。それだから都市における工業の資本主義的な発展に随伴されて、農業の資本主義的な経営化がどれだけ進みつつあるかというレーニンの問題意識は意味をなさない。都市における工業の資本主義化は、村落における農業のたえず生命代謝の手段と様式の原初的な体質に還元されようとする構造に、どのような対立や逆流や村落内部的な階層分裂をもたらしつつあるか、という課題にしか、農業問題の意味を見つけだすことができないものなのだ。レーニンはなぜか『農業における資本主義』や、ロシアにおける『資本主義の発展』において、農業における資本主義的な大規模経営の増加や促進は、歴史の「進歩」の必然的な方向であるがゆえに、積極的に高く評価さるべきだという論旨と論証に執拗に固執した。たしかにそれはレーニンのいうように農業の近代化の進展であり、ロシア社会の「進歩」には相違ない。だがその「進歩」はたかだか工業をはじめとする産業諸制度の資本主義化に随伴されて当然におこなわれる「進歩」という以上の意味をもたない。一国の資本主義の発達（いいかえれば都市における産業諸制度の発達）は、農業における生産そのものと対立し矛盾する。いいかえれば（村落における農民の生産行為の様式そのもの）と対立し矛盾する。それこそが農業問題の、とりわけ工業をはじめとする資本主義における農業の根本的な問題なのだ。どうしてレーニンの農業と農民の課題はその実態の追求に向かわなかったのか？

わが国で生じている資本主義による破壊についてのニコライーオン氏の数かぎりない愚痴と嘆息のうち、一つだけはとくに注目に値する。「……王侯貴族の乱脈もタタール人の支配も、わが国の経済生活の諸形態には手をふれなかった」（『概要』二八四ページ）のに、資本主義だけが「自分自身の歴史的過去を蔑視する態度」（二八三ページ）を示した。侵すべからざる真理である！「王侯貴族の乱脈」や「タタール人の支配」をもふくむどんな政治的激動も実際にうちこわしえなかった雇役と債務奴隷制という「古来の」、「長い歳月によって神聖化された」形態にたいして、「蔑視する態度」を示したというまさにそのことのゆえに、ロシア農業における資本主義は進歩的なのである。

このように（もう一度繰り返すが）、われわれは、ロシア農業における資本主義の進歩的な歴史的意義を強調しながらも、この経済体制の歴史的に過渡的な性格をも、それに固有の深刻な社会的矛盾をも、けっして忘れてはいない。それどころか、すでに示したように、資本主義による「破壊」を嘆くことしかできないナロードニキこそ、これらの矛盾をきわめて皮相的に評価して、農民層の分解を塗りかくし、わが国の農業における機械使用の資本主義的性格を無視し、「農業的営業」または「賃仕事」というような表現によって、農業の賃金労働者階級の形成をおおいかくしているのである。

（レーニン『ロシアにおける資本主義の発展』⑵　副島種典監訳）

レーニンのモチーフはこれだけでも明瞭である。農業の資本主義経営の「進歩的」であることを強調することにも、それと農業賃労働者の形成や対立を強調することにも、格別の意味があるはずがない。意味があるとすればそれが「古来の」、「長い歳月によって神聖化された」アジア的な農業共同体を「破壊」しつつあることが、どういうことかを問うことである。ここではナロードニキたちが不完全にそれを問い、詠嘆し、レーニンはそれを無視して、ただ資本主義の「進歩性」を謳歌していることがわかる。資本主義的な諸産業の進展とパラレルに、それよりもはるかに遅れて進行する農業の資本主義化の現象という図式が、レーニンの「進歩」主義史観のうちに宿っているロシアの資本主義的な諸産業と農業との関係の基本的な図表である。そこで農業の資本主義化の「進歩的な歴史的意義を強調」することと、資本主義そのものの欠陥の農業への適用の結果としての「固有の深刻な社会的矛盾」の強調とが、レーニンのなかに起っている。けれどここには問題の誤用と回避があるだけだというほかはない。なるほどロシア農業における資本主義化は、副次的な意味でならば「進歩的な歴史的意義」をもつにちがいない。あらゆる資本主義的な近代性が「進歩的な歴史的意義」をもつのとおなじように、おなじ度合においてである。だがこのことの欠陥は、レーニンのいうように資本主義そのものの欠陥によるのではない。資本主義による「古来の」、「長い歳月によって神聖化された」ロシアの農業共同体の「破壊」に由来するものなのだ。農業の資本主義化が進み、今度は農業の資本主義経営の欠陥もあらわれるようになったなどというのはナンセンスである。共同体的な相互扶助と生産手段の互助的共同体制と、閉鎖的ではあるが自立的なミール共同体の「破壊」のなかに、「進歩的な歴史的意義」と同時に欠陥もまた含まれていたのだ。

レーニンの理解に何がおこっているのか? 第一に、資本主義における都市工業をはじめとする諸産業と村落における農業との対立の本質的な意味がまったく問題から逸していった。レーニンの頭脳のなかでは、資本主義における農業は、工業より少しまたは多大に遅れてやってくる産業であり、工業は、農業より少しまたは多大に進んで先端をきっている産業なのだ。また大多数の農民は転化して都市の賃労働者に移行してゆく存在ではなく、少しまたは多大に遅れて農業賃労働者に「進歩」する存在なのだ。誇張した図表を掲げれば、資本主義のもとにおける諸産業の「進歩性」の指標をみたいならば、徹頭徹尾都市工業の実態と様式をみるべきであり、農業にみるべきものは、それがいかなる度合で「古来の」(ここではロシアのアジア的)共同体の原型のうえに累層された共同体の形態の諸変化が存在しているかの指標を求めるべきなのだ。農業における資本主義化の進展度をみることにはどんな指標的な意味もあり得ない。資本主義(的な都市工業)諸制度の発展が、村落農業にもたらす変化は、「古来の」共同体が破壊され、同時に土地の私的所有(それにともなって土地耕作の意識)の大規模化と農業経営者の集約化が起り、大多数の農民の都市工業労働者への移住と転化とである。それは資本主義（的な都市工業）諸制度そのものがもたらす必然的な結果であって、農業の資本主義的な経営の進展がもたらす結果ではない。

レーニンはここでは「進歩」主義の史観に閉じ込められて、絶えず高度に発達しようとする資本主義（的工業）諸制度と、絶えず「古来の」（ここではアジア的な）農業共同体に収斂しようとする農業制度との対立という本来的な問題意識を喪失している。そして資本主義的な産業諸制度の都市と農村における、あるいは工業と農業における、あるいは資本主義的な利潤と地代における跛行的な平行関係という非本来的な課題へと横滑りしていった。その根柢にはレーニンの経済主義的な「進歩」史観ともいうべきものが横わっていて、深く制約を与えている。レーニンに根本的に欠落していたのは、ロシアの農業共同体のもつ、共同体的な枠組の問題であった。いいかえれば農業共同体の共同体的な挙動が、社会経済的階級や階層による分割に、どういう変化、どういう規制、どういう意味を附加するかという問題意識の欠如であった。たとえば社会経済的な階級分割としての支配と被支配の関係は、共同体的な枠組における支配、被支配の関係とはかならずしも一致もしないし、並行もしない。というところに農業共同体の問題が横わっている。またこの両者の分割はまったく別個の根源をもつものである。経済社会的な階級分割は、主要なそれぞれの時期の経済社会的な（産業的な）諸様式の発展によって規制される。だが共同体的な枠組による支配、被支配の分割は、その地域における主要な、そして初源的な農業共同体の特質（ここではロシア的アジア共同体）によって規制される。この二重の規制力の顕在的なあるいは潜在的な相関のなかで、はじめて制度的な支配と経済社会的な支配との現実的な様相が決定されていく。

もちろんレーニンの考えたように共同体規制の規制力は、緩慢に滅衰してゆくものであり、ほとんど風俗、習慣、民族性と呼ばれるようなもののなかに融和してしまい、少くとも政治諸制度や社会の経済的な構成にたいして顕在的な影響を及ぼす要因は、歴史を社会経済的な発展の歴史としてみるばあいには次第に消滅していくものと考えてよい。だが本来が人間の自然的な代謝にかかわる糧食の生産が、つまり農業が存続するかぎりは、この共同体規制力はいつも絶えず初源的な共同体の特質に収斂しようとする作用力を及ぼすことをやめない。

わたしたちは、ここでロシアについてのマルクスの興味深い考察の二つの系列をたどってみよう。ロシアについて、少くともレーニンとまったく異質な、そして比較にならないほどの優れた洞察をしめしていることがわかる。いまそのひとつの系列の考察は、こうなっている。

またかれらは、一八〇八および〇九年のプロイセンの農業立法に範をとって領主の世襲的権力の制度を確立するために、これまですべてのロシアの村落共同体がもっていた民主的な自治の機関をすべてとりのぞいてしまった地方行政、司法および警察については何というであろうか？　このような制度は、その全生活が村落共同体によって規定されており、個人的な土地所有の観念がなくて、共同体を自分たちの生活している土地の所有者とみなしてきたロシアの農民には、まったく適合しないものなのであるが。

（マルクス「ロシアにおける農民解放について」　マルクス・エンゲルス『農業論集』大内力編訳）

皇帝は、国家の必要と合目的性とのあいだを、また貴族にたいする恐怖と荒れ狂う農民にたいする恐怖とのあいだを右往左往し、かならずや動揺するであろう、そしてその期待をきょくどに刺戟された農奴が、ツァーは自分たちの味方であるが、ただ貴族がかれを抑止しているにすぎないという信念にたっし、その結果立ちあがるであろうことは、いまだかつてないほどに確実である。そしてかれらがこのように立ちあがるとき、ロシアの一七九三年が開幕される。これら半アジア的な農奴の恐怖政治（傍点――引用者）は、歴史上いまだかつてなかったほどのものになろう。しかしそれはロシア史上の第二の転換点を形成し、そして結局はピョートル大帝によって導入された欺瞞的な、誤った文明のかわりに、真実の、そして普遍的な文明を樹立するであろう。

（マルクス「ロシアにおける農民解放について」）

マルクスのロシアにたいする考察のひとつの系列は、ここの個所から推量することができる。ひとつには「その全生活が村落共同体によって規定されており、個人的な土地所有の観念がなくて、共同体を自分たちの生活している土地の所有者とみなしてきたロシアの農民には」と述べられていることにかかわっている。マルクスがロシアの農業共同体を原始的ないしアジア的共同体の基本的な構造として捉えていたことはあきらかである。このような強固な共同体的な土地所有（共有）の観念を残置させているところで、農業の資本主義化の過程が進行していったとき、そこで生ずる矛盾や混乱が、農業の大経営の数や農業賃労働者の員数の多寡の問題に還元できると考えるとすれば、よほど牢固な経済決定論に患わされているのでなければ、どうかしているのだ。

マルクスのこの把握は、すぐにそれに続く問題意識に接続される。このようなアジア的な共同体規制を強固に残した農民たちは、どういう政治革命意識をもつか。マルクスは優れた洞察力を発揮して、農奴たちは「ツアーは自分たちの味方であるが、ただ貴族がかれを抑止しているにすぎないという信念にたっし、その結果立ちあがるであろうことは、いまだかつてないほどに確実である。」と述べている。この意味は明瞭である。マルクスはアジア的な共同体規制の強固な農民たちが、じぶんたちを主体にして（いいかえれば農本主義的に）、政治的な革命を企図するとすれば、かならずディスポット（専制君主）をじぶんたちの味方のようにかんがえて頂点に戴き、ディスポットの周辺で政策を壟断する貴族支配層たちを排除して、直接的で平等な農業共同体を基盤とした専制ユートピアを目指そうとするだろうことを指摘している。わたしたちはこのマルクスの洞察に驚嘆する。わが国の農本主義者たちが、資本主義の急激な発展に押しつぶされた農業村落の窮乏化に直面したときに、いわば不可避的に構想したものの典型的なタイプはこれであった。そのことをわが国の近代化の過程で、わたしたちもまたつぶさに体験してきた。ロシアはマルクスがここで指摘したようにならなかったのだろうか？　わたしたちにはそうはおもわれないのである。そうならなかったとかんがえ、レーニンらのボルシェビキによって〈近代的〉な政治革命が行われたとみなすものは、レーニンらの党派による政治権力が、いかにアジア的な支配共同体の性格をもち、いかにレーニンやスターリンがディスポットの代理として意味づけられ、マルクスのいう「半アジア的な農奴の恐怖政治」に類する側面に、絶えず収斂しようとしたかを見ないふりをしているにすぎない。もちろんレーニンは、もし農業共同体を、いいかえれば農民層の解放を主眼として政治革命を構想すれば、不可避的にこのディスポットを頂点とする、平等で平和なアジア的農業共同体国家という構想が、前面に浮び上がってくることの必然を、感性的には推量していたにちがいないとおもえる。それがナロードニキにたいする過剰な反撥の根柢にあった。そのためにレーニンはロシアにおける農業の資本主義化の進行を、過度にほとんど無意味とおもえるほどに「進歩的」なものとして意義づける言説に陥ち込んでいったといえよう。

マルクスのこのひとつの系列の考察は興味深いものであった。かれはロシアの強固なアジア的な農業共同体規制の重要な意味を基本におき、窮乏した農民たちは〈皇帝はいいのでじぶんたちの味方だが、君側にはびこった貴族たちが、君側の奸として皇帝の慈悲をさまたげている。だからこれを除かねばならない〉というディスポット農本主義革命の経路を通って、「第二の転換点を形成」し、そこではじめてツアーの欺瞞を卻《しりぞ》けてゆくという「真実の、そして普遍的な文明の「樹立」を想定していった。このマルクスの想定した経路は、見掛け上はレーニンらの左翼ボルシェビキの党派が政治的な主導を手にし権力を把握したことで、現象的には別途の経路をたどったようにみえる。だがそれはただ見掛け上の偶然を誰が司《つかさど》るかということにすぎないから、マルクスのこの見解はいわば本質的な必然を表現する優れた洞察だったということができよう。

ロシアにたいしたマルクスはもう一つ別の系列に属する考察をしめしている。そこではちょうどレーニンが扱ったとおなじ問題、すなわちロシアの資本主義と農業の関係の問題が扱われている。

歴史的な観点からみたばあいに、ロシア農民の共同体の不可避的な解体を正当化するためにもちだされる、唯一のまじめな議論は、おそらくつぎのようなものであります。すなわち、もしわれわれがずっと昔まで遡るならば、西ヨーロッパのいたるところに、多かれすくなかれ古代型をもった共同所有を見出すことができる。そしてそれは社会の進歩とともにどこでも消滅してしまった。どうしてロシアにおいてのみ同じ運命から免かれることができようか？　と。

（マルクス「ヴェ・イ・ザスーリチの手紙への回答」マルクス・エンゲルス『農業論集』大内力編訳）

わたくしはそれにはこう答えます、ロシアでは、諸種の事情が独特の結びつき方で併存しているおかげで、いまでもなお国民的規模において存在している村落共同体が、しだいしだいにその原始的な本性から離脱して、国民的規模をもった集団的生産の要素として直接に発展してゆきうるからである、と。村落共同体が資本主義的生産と同時に併存していること、まさにそのことを根拠としてそれは、おそるべき変転を経過することなしに、その積極的な諸成果を獲得することができるのです。

（マルクス「ヴェ・イ・ザスーリチの手紙への回答」）

ロシアの共同体を（その発展をはかりつつ）維持してゆくうえで、もうひとつの有利な事情は、それが資本主義的生産と同時に併存しており、しかもこの社会制度がなお無疵であったような時代をも生きぬいてきたということだけではなく、こんにちでもこの社会制度が、西ヨーロッパにおいても合衆国においてもひとしく、科学とも、人民大衆とも、またそれがつくりだした生産力とも闘争状態にあるということでもあります。一言でいうならば、共同体は危機にある資本主義に直面しているのです。この危機は、資本主義の廃絶によってそして近代社会の共同所有の「古代」型への復帰によって、はじめて終りをつげるでしょう。

（マルクス「ヴェ・イ・ザスーリチの手紙への回答」）

まえのひとつの系列では、ロシアの農村の強固なアジア的な共同体規制の残存がもたらす政治制度的な意味合いが、この別の系列の考察では、アジア的な共同体規制の社会経済制度的な意味合いが取りあげられていることになる。

この系列の考察では、マルクスのロシアにたいする根本的な把握が、都市における産業の資本主義と農村における強固なアジア的な農業共同体の併存という点におかれていることは明瞭である。そしてこのことからはどんな課題が生れるのだろうか？　こういう問いを立てるときマルクスの把握はレーニンとまったく逆向きになっていた。マルクスは、もちろんロシアでもアジア的な農業共同体は不可避的に徐々に解体してゆくだろうとみなしている。そしてその根拠となるのは、西ヨーロッパでもいたるところに、かつて存在した古代的な共同体が、社会の進歩とともに消滅してしまったからであると述べている。このマルクスの見解は、レーニンの主張であるロシアにおける農業の資本主義化は「進歩的」な意義をもつものだという評価に対応している。けれどマルクスがロシアにおける資本主義と、村落のアジア的農業共同体の併存にみた核心は、そこになかった。かれは都市と農村における、あるいは主要には工業と農業における、あるいは資本主義と農業共同体における対立、矛盾、軋轢の併存する場面で、農業のアジア的共同体の残存は、資本主義の危機に対面し、資本主義を超えるための、そして資本主義がじぶんを超えた挙句に到達すべき画像の範型の役割を果たすだろうとみなしたのである。

マルクスは外部にあったから、ロシアの現状を、資本主義とアジア的農業共同体の強固な枠組の併存というように把握し、レーニンは、内部にあったから資本主義の農業への波及の度合というところに、ロシアの現状のもっとも重要な焦点をみたのだろうか。そんなことは到底かんがえられないのである。ロシアの資本主義は、もし経済社会的な自然過程にゆだねられれば、徐々に古代アジア的な農業の共同体を消滅させてゆくという方向性をもっているにちがいない。数千年来、原古的な共同体を強固に考古学的な遺構のように残存させてきたアジア的なすべての地域でも、このことはおなじ経路をたどるにちがいない。だが農業におけるアジア的な共同体の枠組を強固に保存したまま、資本主義を発達させてきたために、資本主義とアジア古代的な共同体とを併存させている国家では、共同体のこの「自然的な生命力」（マルクス）の行方とその残存の意味はどうかんがえればよいのか。ましてロシアのように資本主義の危機の段階までこの共同体の枠組が保持されているとすれば、どうなるのか。これがマルクスの問題意識の中枢であった。問題意識はそれ自体で解答であるともいえる。マルクスは当然のようにアジア古代的な共同体の特質——家屋や庭畑地的なものを私有地とみなす以外には、すべての土地が共同体所有とかんがえるような所有様式と農民の所有意識──はもしかするとその長所とみなされる側面において、高次な規準線の段階で、資本主義の危機を超える範型となりうるのではないか。これがマルクスのたどった洞察の経路であった。けれどレーニンはこういう問題意識をもたなかった。共同体の意味論の欠如は、古代論の欠如であり、起源論と発生論なくして社会が現存するとみなす欠如と同義である。レーニンは農業共同体の枠組が徐々に消滅し、農業の資本主義的な私有の巨大化が増してゆき、農業賃労働者の雇用数が増大するという、それ自体では副次的でもあり、また社会の発展の自然過程にすぎないものに、格別の意味を見出そうとした。なぜレーニンはほとんど無意味に近い問題意識へとじぶんを追い込んでいったのだろうか? レーニンの基本的認識に線型の〈進歩〉史観と経済決定論が、いいかえれば史的唯物論と弁証法的唯物論とが存在していたからである。またその根柢に自然的実在を絶対的あるいは普遍的な真理とみなす認識論が強固な枠組をつくっていたからである。

古代的共同体の現存における（資本主義段階における）残存は、それが経済社会的に及ぼしている影響の具体的な事実、あるいは共同体的所有の具体的な事実という意味にまで還元されれば、実在論的な認識の対象として眼に視えるものとなりうるが、共同体的な観念、政治制度的枠組、文化や現実意識の実体としては、すこしも可視的ではないために、実在論の対象としては存在することはできない。いいかえればレーニンの分類による観念論の対象にしかすぎないものとなってしまう。レーニンがロシアの農業共同体の強固な枠組の残存を、たんに社会発展の線型の〈後進性〉に還元することは、認識論の方法からは必然であり、また自明であった。

2

レーニンの認識論の基礎的な立場は、事物の認識において唯物論と観念論とはどこが根本的な分岐点となるかという、エンゲルスの問題意識を相続する形をとって明確化されていったということができる。エンゲルスにとっては、理念的な環境から、こういう問題意識を立てることは、ある意味で当然であった。わたしたちは、エンゲルスの認識論のうしろに歴史的な背景ではなく、ひとつの認識的な背景を推測することができる。エンゲルスを支配しているのは、ひとくちに地史的な自然の発展途上に発生した自然物としての〈人間〉という考え方である。ダーウィンの『種の起源』とモルガンの『古代社会』と、先行する経済社会の考察を含むマルクスの『資本論』とを関節におけば、自然史の発展途上に自然の一部として発生した人間、人間が外部の自然との代謝のうちに、自然の画像の受像装置として発達させた脳髄、脳髄に受像された画像の言語化という操作のつみ重ねとして発達させた意識作用、そして意識の働きの拡張と、意識の指令にもとづく行動によって構成させ発展させていった社会――これらのあいだの〈関節〉、〈連鎖〉、〈発達〉などを知ることができるものと、エンゲルスはかんがえた。ダーウィンが、原生的な生物から人間までを生物の種の〈連鎖〉と〈飛躍〉のうちに、自然史的な〈発達〉の概念によって〈連続〉させる通路をみつけたことが、いかにエンゲルスに驚きと強大な影響を強いたか、手にとるように理解できるようにおもわれる。エンゲルスが啓蒙的にとり出したかったことはひとつであった。人間はどんな錯綜した脳髄の機構や、その成果としての人間関係をつくり、精神の働きやその成果である文化や文明や社会経済の機構を構え、政治諸制度を編みだしたりしようとも、それらの構築物の出どころは、地史的な自然以外のところにはまったく存在しない。なぜなら人間もまた無機的な自然から、自然物の一部として発生したものだからである。いっさいの人間の意識の行為とその諸成果である文化や文明や経済社会の制度も、ただ地史的自然の代謝と発展の一成果という以外に、どこからも（たとえば造物主や神のような）出どころはもっていない。エンゲルスはこの観点を徹底化した。もちろんこの言表は所定の意義をもつものであった。

レーニンが〈マルクス主義〉というとき、もちろん、エンゲルス主義のことを意味している。エンゲルスが強調のモチーフをもった地史的な自然の延長としての人間、その構築物という考えはそれ自体でどこにも虚偽は含まれていないし、その強調のモチーフは一定の意味をもっている。けれど限度を超えて度外れに強調されれば、無意味ないし虚偽に転化する。自然物の一部であり、外的自然との代謝により生命を維持している存在――としての〈人間〉という規定が、無限に遠ざけられても（あるいは意識に上せなくても）一向に差支えがないような人間の観念の働きとその成果の地平は存在している。そこでは、エンゲルスの強調のモチーフは無意味化し、なお強調を固執すれば虚偽に転化するほかはない。

レーニンはエンゲルスを踏襲している。ただレーニンの強調のモチーフは、時代と認識論的な環境がエンゲルスと異っているだけ異っていた。レーニンをとりまく認識論的な環境は、マッハの『感覚の分析』やボグダーノフの『経験的一元論』に象徴されるような、何らかの意味で、人間の意識、感覚、認識、経験の働きと、その働きにやってくる世界とを統合感性的に架橋しようとする認識論的な試みであった。そこでレーニンの強調のモチーフは、唯物論的な認識は（エンゲルス主義は）さまざまなニュアンスをもった観念論とどこが根本的にちがうかというところにおかれた。ただそのモチーフによってだけ、さまざまな感覚経験の複合としての世界論と経験批判論はレーニンの批判対象として登場したのである。

自然科学は、人類以前に地球が存在してゐたといふ、自己の主張が真理（傍点――引用者）であることに疑ひを挟むことを許さない。これは唯物論的認識論と完全に折り合せ《ソフメスチモ》得る。即ち、反映するものから独立した反映されるものの存在（意識からの外界の独立）は、唯物論の根本前提なのである。地球は人類以前に存在してゐたといふ自然科学の主張は、客観的真理（傍点――引用者）である。マッハ主義者の哲学や、彼れらの真理説とは、この自然科学の命題に融合し得ない。即ち、真理は人間的経験の組織形態であるとすれば、あらゆる人間的経験外における地球の存在の主張は、真理たり得ないのである。

が、そればかりでない。真理は人間的経験の組織形態にすぎないとすれば、云つて見ればカトリック教の教義なんかも、真理だといふことになる。カトリック教が「人間的経験の組織形態」であることは疑ひを容れないからである。

（レーニン『唯物論と経験批判論』佐野文夫訳、第一章「経験批判論と弁証法的唯物論との認識論」）

近代的信仰主義は決して科学を拒否するものではない、たゞ科学の「法外な権利要求」、つまりは客観的真理権（傍点——引用者）の要求を、拒否するだけである。客観的真理（傍点——引用者）が（唯物論者の考へるやうに）存在するとすれば、そしてたゞ自然科学のみが、外界を人間の「経験」の中に反映することによつて、客観的真理（傍点——引用者）を吾々に与へる能力があるとすれば、あらゆる信仰主義は無条件的に拒否される。客観的真理（傍点——引用者）がないとすれば、そして真理（科学的真理も含めて）は人間的経験の組織だけのものだとすれば、同じそのことによつて、坊主主義の根本前提が認められ、この前提のために門戸が開かれ、宗教的経験の「組織形態」のために坐席がとゝのへられる。

（レーニン『唯物論と経験批判論』同前）

すべての知識は、経験から、感覚から、知覚から出る。それはその通りだ。だが次ぎの問題が起きる。「知覚に属する」は、即ち知見の源泉に当るは、客観的実在か？　さうだとすれば、君は唯物論者だ。否とすれば、君は不徹底なのであつて、否応なしに、主観論に、不可知論に到る。——物自体の認識可能性、時間、空間、因果の客観性を（カントに従つて）否定しようが、同じことである。君の経験論、君の経験哲学の不徹底は、右の場合には、君の経験における客観的内容を、経験的認識における客観的真理（傍点——引用者）を、否定するところに存することになる。

（レーニン『唯物論と経験批判論』同前）

いきおいわたしたちは、レーニンのいう「唯物論」の自己主張と、そのあぶなっかしさと、その誤謬とが、もっとも鮮明に集約された個所を引用することになる。

はじめに、「自然科学は、人類以前に地球が存在してゐたといふ、自己の主張が真理であることに疑ひを挟むことを許さない。」という個所が、すでに問題となる。自然科学は、人類が発生する以前に地球が存在していたことを、自然史的（地史的）事実として認めている。したがって自然科学は〈自己の主張が自然科学的真理であることに疑ひを挟むことを許さない。〉と書くことはできるが、レーニンのように「自己の主張が真理であることに疑ひを挟むことを許さない。」と書くことはできない。この問題はどういうことなのか。「人類以前に地球が存在してゐた」ことは、自然史的な客観的事実であり、そのかぎりでは自然科学が、それを解明し実証的に確認する以前も、確認した以後も、万人が、（僧侶であろうがエンゲルス主義者であろうが）承認できる客観的な事実である。けれどそれが真理であるかどうかは人間的範疇の問題であり、空想によって到達されようが、自然科学的な実験や認識で到達されようが、真理が人間的範疇であることにかわりはない。人間的範疇が自然的（自然科学の対象となりうる）範疇と一致できるのは、人間が自然物の一部に属する身体機構である限りにおいて、またその度合においてである。それだから「人類以前に地球が存在してゐた」という自然史的事実は、事実として客観的であり、万人に普遍する妥当性にちがいないが、真理としてはただ〈自然科学的真理〉と呼びうるだけである。レーニンは申すまでもなく自然史的に客観的事実と呼ぶべきものを、「客観的真理」と呼んでしまっている。レーニンのこの誤解は、もちろん単に字義や定義から起ってくるのではない。また半ばは本気で、また半ばは認識論的な誤解から必然的に出てきてしまったということができる。

エンゲルスには、人間の〈意識〉が外的な物質の反映や模像というだけではなく、〈意識〉そのものが自然の物質の〈延長〉であるといいたいような徹底した観点が、どこかに包含されている。つまりそれはエンゲルスの個性的思想というよりほか仕方のないところがあった。ここがまたマルクスとエンゲルスとを認識方法として分かつところでもあった。だからエンゲルスには自然史的な客観的事実を客観的真理と同致させてしまいたい衝動のようなものと、それにたいする抑制とがいつも同在していた。だがレーニンの理解したエンゲルスは、たかだか「吾々の感覚、意識は、外界の像にすぎない。そして像といふものは、映像されるものなしには存在し得ないが、映像されるものは映像するものから独立して存在することは、自明のことである。」(『唯物論と経験批判論』佐野文夫訳)という反映論としてエンゲルスの唯物論を受けとることであった。そこで起る分裂が自然史の客観的事実というべきものを客観的真理とみなすというレーニンの誤解を生むことになったのである。

真理が人間的範疇であるという意味で、またその度合で「真理は人間的経験の組織形態である」というマッハ主義的な主張は、もちろん正当なことはいうまでもない。それゆえ「カトリック教の教義」は、レーニンのいう通り真理でもなく、自然科学的真理でもなく、ましてや客観的真理などでは少しもないが〈カトリック教義的な真理〉としてカトリック教徒にとって存在することは申すまでもないことである。レーニンの認める「唯物論」が客観的真理ではさらさらなく、〈唯物論的真理〉にすぎないとおなじように、カトリック教義は〈カトリック教的真理〉にすぎない。それにもかかわらず、客観的な真理や普遍的な真理であるかのように頑強に固執された〈信〉として、人間的範疇のある領域に到来する党派的真理として到来するのはそのためである。

レーニンはしだいに苦し気な謬見を披瀝する。すでに現在では「近代的信仰主義」だけではなく、万人が「人類以前に地球が存在してゐた」ことを無条件的に承認しているとすれば、レーニンが客観的事実と呼べば足りるものを、客観的真理とみなしたところから、それはやってきている。自然科学が「外界を人間の『経験』の中に反映することによつて」わたしたちに与えるものは、客観的事実や客観的実在の挙動であって「客観的真理」などではなく、（真理という言葉を使いたいのなら）たかだか〈自然科学的真理〉（それも相対的な）にしかすぎない。したがって「坊主主義」や「宗教的経験」にも〈坊主主義的真理〉や〈宗教経験的真理〉のために「坐席」が与えられることは云うをまたないことだし、現にその通りになっている。ただわたしたちが云いうることは、あらゆる〈党派的真理〉が世界の差異の所産だということだけである。

ところでレーニンには、もう一つの混乱が附加される。「『知覚に属する』は、即ち知見の源泉に当るは、客観的実在か？　さうだとすれば、君は唯物論者だ。否とすれば、君は不徹底なのであつて、否応なしに、主観論に、不可知論に到る。」というように「客観的実在」という概念が、自然の物質、それから形成されている形態の概念（自然の物質、物体、それらからの人工的な構築物）としてあらわれる。それが人間の知覚の外に独立して、知覚の源泉として存在することを認めることがレーニンのように「唯物論」だとすれば、あらゆる主観的な現象、観念の挙動、その成果である文化や文明についての考察や論議は、「唯物論」を承認したうえで、恣意的に自由にそれ自体として存在することができるはずである。そして事実それが可能であり、不徹底でもなければ、不可知論的でもなく、現に存在している。

レーニンはここでどうでもいいつまらない客観的事実を、ことさら声を高くして述べているだけなのだが、その根柢にあるのは、「客観的真理」という概念と「客観的事実」という概念と「客観的実在」という概念とを、それらまったく異った概念の指示する〈存在〉の認識において同一視しようとする思想的なモチーフである。このレーニンのモチーフは誤謬以外ではないのだが、その誤謬は、自然史的な客観的な事実（人類などが発生する以前からあり、人間的認識などが存在しようとしまいと、存在することが確実な事実）や自然の客観的な実在（人間がそれを知覚しようがしまいが、それとかかわりなく存在する物質）を認めてこれだけは〈存在（ある）〉といえるものだと信じて疑わないことを唯一の真理だと呼びたい衝動によって生みだされている。けれどこれはたかだか〈自然科学的真理〉であり、自然科学が発展するにつれてより深化され拡大されてゆく認識という以外の意味をもたないことは、自明である。

しかしながらマッハ主義者がさうやつてゐるやうに、物質のあれこれの構成についての学説と、認識論的範疇とを混同すること――新様相の物質（たとへば電子）の新性質如何の問題と、認識論の古来の問題たる、吾々の知識の源泉、客観的真理の存在如何等の問題とを混同することは、完く許されない。マッハは、赤、緑、硬さ、軟かさ、響き、長さ、その他その他といふ「世界要素を発見した」――いふ話だ。そこで質ねるが、人が赤を見たり、硬さを感じたりするとき、その人には客観的実在が与へられてゐるか、ゐないか？　この古いが上にも古くからの哲学上の問題は、マッハによつて胡魔化されてゐるものだ。それが与へられてゐないといふなら、君はマッハと共に不可避的に主観論と不可知論とに陥入り、内在論者、即ち哲学的メンシーコフどもの――いかにも君に相当した――抱擁の中に落ち込むのだ。さうでなく、与へられてゐるといふなら、この客観的実在のための哲学的概念が必要となるのであつて、しかもこの概念は、とうの昔に出来上つてゐる。この概念が即ち物質なのだ。物質とは、感覚において人間に与へられてゐるところの、そして吾々の感覚から独立して存在しながら吾々の感覚によつて複写され、撮影され、映像されるところの、その客観的実在を表示《オプスナチユエニエ》するための哲学的範疇である。

（レーニン『唯物論と経験批判論』第二章　四「客観的真理は存在するか？」）

レーニンは苛立っている。何に苛立っているのかといえば、世界と人間とを感覚的要素の複合として、おなじ認識の地平において、統一的に把握しようとするマッハの方法に苛立っている。マッハの言葉でいえば「或る晴れた夏の日に――そのとき戸外にいたのだが――突如として、私の自我をも含めた世界は連関し合った感覚の一集団である、唯、自我においては一層つよく連関し合っているだけだ、と思えた。本当の省察は後になってはじめて加えられたのであるが、この刹那は私のものの観方全体にとって決定的な瞬間となった。」（エルンスト・マッハ『感覚の分析』須藤吾之助・廣松渉訳）というような統覚的世界像の形成の意図が、レーニンを批判に駆りたてたのである。本来的にいえばマッハの試みは、自然的実在の地平にある世界と人間を括弧に入れたうえで、統一的な世界把握を感覚複合によって組み立てようと試みたといえるもので、レーニンが眼くじらを立てる必要のないものであった。つまりある意味では後年のフッサール現象学と類似の試みの先駆をなすものとみてよかった。だがマッハの方法はレーニンには、世界と人間を自然的実在とその反映像、模写として把握したいというエンゲルス以後の「唯物論」とまったく逆立するものとして映ったのである。そのためにレーニンは、自己の認識論の原則である自然史的事実や自然的実在が、人間の感覚把握の外に、それ以前に、それとは独立に存在するという基礎認識を尺度にして、マッハの世界認識の仕方を観念論的な虚妄として却《しりぞ》けようとした。またそのために客観的事実や客観的実在を、それとしてそれであると認知することが、客観的真理だと主張するに至ったのである。

ところでレーニンはここで重要なことに気付こうとしていた。それは自然の客観的実在としての「物質」そのものと、哲学的概念としての（言語としての）「物質」とのあいだにある差異である。このことは感性的な実在についてもまた妥当しなければならないはずであった。わたしたちは、レーニンが自然的な「実在」と表示的（言語的）範疇としての「実在」との差異に気づいたところに、物質概念の自然科学による深化（ラザーフォード－ボーア－長岡による原子の核と電子模型の成立に象徴される）の投影をみている。

レーニンは、かれ自身が呼んでいる「唯物論」の概念を〈社会〉の存在にまで拡張してみせようとした。

たとへば、農民は穀物を売ることによつて、世界市場における世界中の穀物生産者と「共存」関係を結ぶ。が、彼れはそれを意識しないし、交換といふことから組成される社会関係も意識しない。社会的意識は社会的存在を反映する、――ここにマルクスの学説がある。反映が、反映されるものの忠実な――近似的に――写《コピイ》しであり得るが、ここで同一といふのはバカげてゐる。意識は一般に存在を反映する、――これが唯物論全体の一般的命題だ。この命題と、社会的意識は社会的存在を反映するといふ史的唯物論の命題との、直接にして不可分の連絡を看取しないといふことは――できないことだ。

（レーニン『唯物論と経験批判論』第六章「経験批判論と史的唯物論」）

農民は穀物を売るという行為によって世界市場の関係のなかに入りこむのだが、農民がそれを意識しないことがありうるのは、「世界市場」が、農民に社会的存在として到達しないことの反映（無反映）だと云っていることになる。ここではボグダーノフ的な経験一元論が批判の対象にされている。だが社会的意識は社会的存在を反映する、などというマルクスの学説をわたしたちは知っていない（そんなものは存在しない）。ただエンゲルスの所論のなかにそれに近似した概念が存在するのを知っているだけだ。またマルクスには「産業は人間にたいする自然の、したがって自然科学の現実的な歴史的関係である。」（マルクス『経済学・哲学草稿』城塚登・田中吉六訳）という認識が、経済学的範疇として終始存在したことは事実であった。

レーニンは虚偽をいっているのではなかった。だが、じつは無意味なことに強調点を打っていたことは確かである。そして無意味なことは、度外れに拡張された範疇では虚偽に転化するほかはない。認識論的な範疇で虚偽ではないが無意味であったレーニンの弁証法的「唯物論」と史的「唯物論」は、ロシア資本主義における農業問題の考察で、ほとんどおなじ問題に当面していたのである。

アジア的ということ　V

――アジア的ということ――そして日本

一　なぜ〈アジア的なもの〉が問題なのか

〈アジア的〉ということば自体は、べつに新しいわけではなく、まただれでもそれぞれの仕方で使ってきています。日本がすでに〈アジア的〉といわれる状態からほとんど離脱していくことがはっきりしている現在、なぜ〈アジア的〉ということがことさら問題でありうるのでしょうか。現在の世界を把握していくばあい、なにがかつての時代とちがうかを考えてみます。

さしあたり、二つのことがあるとおもいます。かつては西欧的なことは西欧が考えていること、やっていること、生産していることであり、西欧自体を考え、取扱い、その思想を考えること自体が世界を考えることとおなじでした。現在、世界が高度に進んでくると、べつのことが問題になってきました。ひとつは、欧米の高度な資本主義社会の文明が、どこへどう行きつつあるのか、はっきりとつかまなくてはということがあります。もうひとつは、かつては、西欧的ということが世界を考えたとおなじなんだといえたのですが、現在、世界が高度になってきますと、世界の最先端をきっている高度な資本主義社会、あるいはそこの文明だけを考えれば世界を考えたというふうにいかなくなりました。世界という水平線上に、アジアも、アフリカも、それから現在でもまだ未開、あるいは原始にある地域の問題も並んできたのです。それらが同じ視界に入ってきて、全部考えに入れなくてはいけないことになってきました。これが西欧を考えれば世界を考えることでよかった五、六十年前と現在とがきわめてちがう点です。

そうしますと、そこでつかまえるべき軸はおおざっぱに二つあって、その二つをどちらも排除することができないことになってきました。

ひとつは、今いいましたように、もっとも高度な西欧の資本主義社会がいったいどういうふうに変わりつつあるのか、そこでの文明がどう移りつつあるのか、よく把握することです。もうひとつは、〈アジア的なもの〉とはいったいなんなのかを、世界史的な意味でつかまえることです。第三世界は〈アジア的なもの〉に近づきつつある世界として把握すれば、わかりやすいとおもいます。それから日本などは、〈アジア的なもの〉から離脱しつつある社会として把握できます。

そこで、〈アジア的なもの〉の解明が、現在、世界を把握するばあいのぜひとも必要なもうひとつの軸となってきたのです。かつてはせいぜい〈アジア的〉という意味を〈ヨーロッパ的〉ということと対立的に考えればよかったのです。〈ヨーロッパ的なこと〉に対して〈アジア的なもの〉の特色はなんなのか、あるいは劣っているのはなんなのか、といった把握の仕方をすれば済んでいたところがあります。でも、現在、〈アジア的なもの〉というばあいに、そういう把握はあまり意味がないとおもいます。そうではなくて、世界史的な意味で〈アジア的なもの〉を把握することが、おおきな、またはじめて世界水平線上に現われてきた問題です。

世界思想的意味の〈アジア的なこと〉

現在、世界思想的な意味で〈アジア的なこと〉を取扱うばあい、たいてい三つのことが問題になります。ひとつは、共同体の考察として〈アジア的なこと〉が問題になります。もうひとつは、〈アジア的〉生産様式とはどういう特徴があるのかという意味で問題になってきます。もうひとつあるとすれば、それはアジア的な政治制度、あるいは政治形態、あるいは権力形態です。これは〈アジア的〉専制という云い方をしますけれども、〈アジア的〉専制というのは、いったいどんなのかという問題です。

現在までやられている〈アジア的〉ということの論議は、たいてい共同体論としてなされているのか、それとも生産様式論としてなされているのか、それとも政治形態、あるいは政治制度、あるいは政治権力の構造を指しているのかあいまいに処理されています。あいまいに処理されていると云いましても、〈アジア的〉という問題を世界史的な視野でまず取り上げたのは、マルクスであり、そしてマックス・ウェーバーです。その二人に尽きるといっていいほど、あらゆる論議は、この二人の論議から枝分かれしたり、二人の論議の枠内でいろいろなされています。

それからもうひとつは、日本のアジア的共同体論は、民俗学や人類学がさまざまな現象について具体的に調査し、たくさんのデータが出ています。しかし、それが世界史的な視野でいったら、どういう意味を持っているかについては、自身に対し非自覚的です。調べたこと自体は、足を使い調べられていても、そのことについての把握は、たいへんもどかしいものです。それを、少しでもすっきりできたらいいんじゃないかとかんがえます。

二　共同体としての〈アジア的〉ということ

まず、共同体としての〈アジア的〉ということから入っていきたいとおもいます。共同体は外部と内部からの二つの把握が重要です。なぜかというと、共同体という概念がもともと、そのなかにメンバーがいても共同体という単位でしか事物がかんがえられない、あるいは共同体という枠組がどんなばあいにもついてまわるということを含みます。共同体論としての〈アジア的〉ということの重要な要素は、共同体単位で中がどうなっているのか、外に対して、あるいは外からそれを把握したときにどうなっているのかの二つの面を把握しないと、混乱が生じてしまいます。

中から共同体として〈アジア的〉ということをみた第一の特徴は、おおきな枠組として農耕の共同体だということです。農耕の共同体としての共同体というのが、〈アジア的〉ということのおおきな枠組です。まず〈アジア的〉といえる段階の農耕体の特徴は、農耕共同体の占めている土地は全部共同体が所有しているのです。個々の人がわずかに私有している土地があるとすれば、アジア的共同体のなかでは、家の周辺にある庭畑地と、家が建っている土地、そこだけが共同体のなかの私有地で、住んでいるメンバーに属しています。その他は全部、共同体の所有地です。しかも本当の意味あいでいえば、宅地として持っている、あるいは庭畑地として持っている、家周辺の場所ですら、共同体の土地とみなされます。ただ、じぶんがそこに住んでいて、その周りを耕しているからじぶんのものだ、というふうに見かけ上も実質上もなっていますが、本来的にいえば、共同体が持っている土地なんだという観念で、庭畑地とか宅地とかも、じぶんの私有に属さないとかんがえられています。

人間が血族的に住んでいる住み方がそういう段階になったときに、それを〈アジア的〉な共同体、あるいは〈アジア的〉な農耕共同体と呼ぶのです。

ところで、土地も本来的に共同体の所有であって、個々の人間の持っている土地なんかどこにもないんだという観念が支配していると、農耕以外のことをしている人間はどういうことになるのかということが早速問題になります。この〈アジア的〉な共同体が具体的な土地のなかでどんな住まい方になっているか、はっきりイメージに浮かべてみます。

原始共同体の段階

人間の社会がアジア的共同体になる以前の段階を、原始的共同体というのですが、原始的共同体といいますと、土地は全部共同体単位で所有されています。学者がよく古代社会を捉えるばあいに例に挙げるアメリカの原住族に「イロクオイ族」という部族があります。それが六つぐらいの種族に分かれています。そして、そのおのおのが二つの大きな氏族に分かれています。個々の氏族は、またたくさんの小氏族に分かれています。たとえば、じぶんのところはクジラを祖先だと考えてトーテムとして祀《まつ》っている集団だという氏族は、この小氏族の段階にあります。その小氏族は、また幾つかの大家族から成り立っているというイメージを思い浮かべてください。大家族のなかには、親子・兄弟三代ぐらいと、その息子とか、あるいは近い親戚が一つ二つ一緒に入っていたり、雇っている人が入っていたりします。そういう意味の大家族です。それがまた幾つかあって、一つの小氏族を作っているというイメージを思い浮かべてくださればいいのです。そしてそれは、共同体としてある地域を占めています。その地域の大きさはどの程度とかんがえればいいか。そのなかに何個かの村落が含まれている地域を占めているとかんがえてください。そうすると、共同体といったばあいの具体的なイメージを思い浮かべることができます（第Ⅰ図参照）。

何ケ村かの村落が集まって、それが共同体を形成しているとすると、共同体というのは、図でいえば六つに分かれている種族とか、大氏族とか、大体、ここらへんがある地域に共同体をいとなんでいます。その広さは、幾つかの村落がその地域に含まれて共同体を組んでいるとかんがえればいいのです。原始的共同体では、村落のなかで、ある共同の家屋が建っていて、そのなかにいま云った大家族が幾つか入っている。村落の真ん中には、村落の人たちが共通で使える集会所的なものがあります。個々の家族は個別的なんですが、共同家屋に住まっているというイメージを思い浮かべてくだされば、原始的共同体の広さの範囲と員数《いんずう》も、計算でだいたい出てくるとおもうんです。どのくらいの員数がいて、どのくらいの家族がどのくらいの土地に住んでいた、それを共同体といっているのだなということがわかってくださるとおもいます。

〈アジア的〉な段階

〈アジア的〉といったばあいに、原始的共同体から少し進んだ段階ですが、なにを契機にして進

第1図　原始的共同体の例

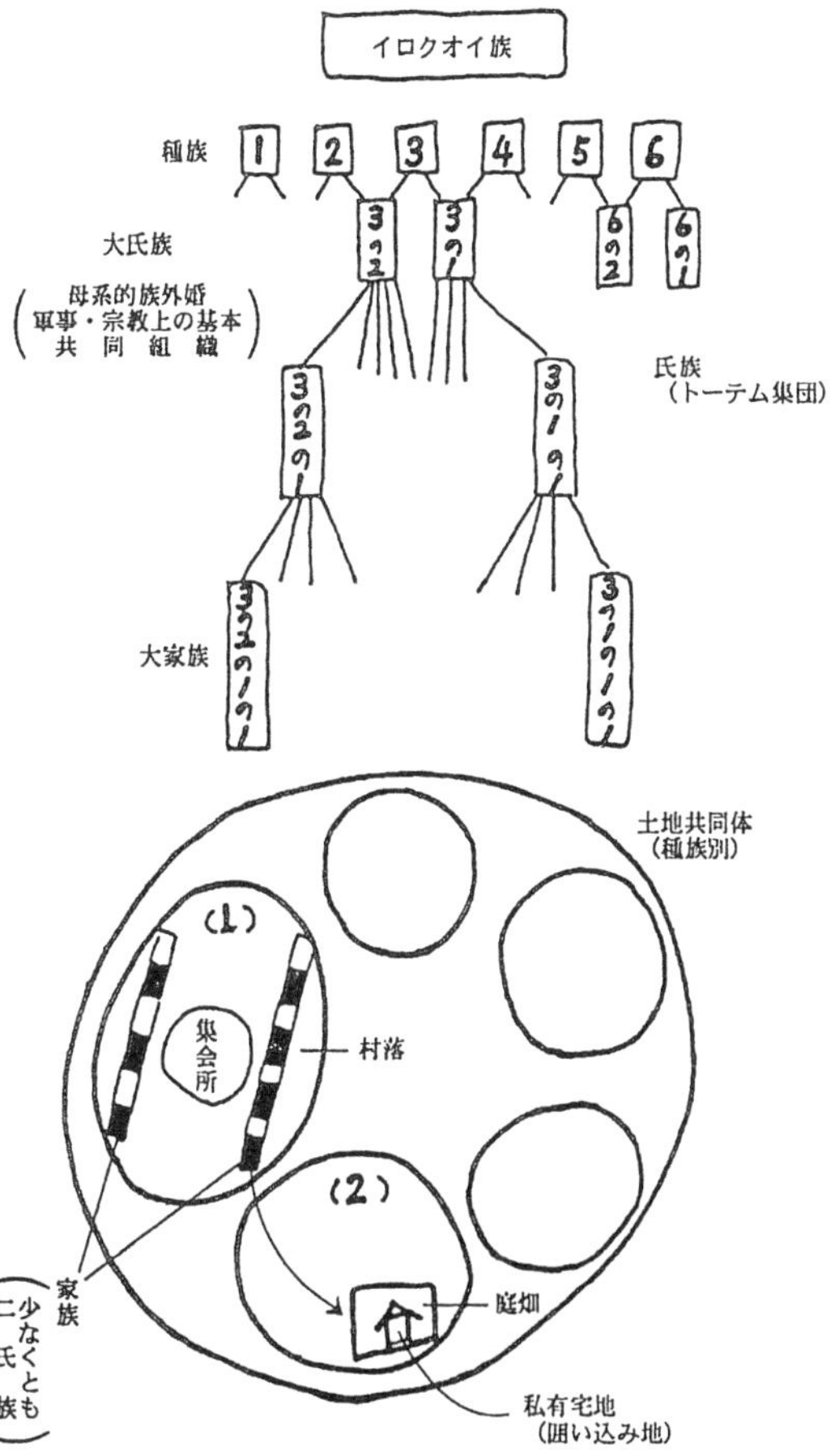

むかは、すでにはっきりしています。たとえば、共有の土地を共同体の個々の大家族の人たちが、あるいは個々の人たちが耕すとします。村落の内部にも耕作地があるし、共同体の内部だけれども村落の外部だというところにあったりします。そこを耕すばあい、耕す道具は（むずかしくいえば、生産手段）個々の家族がじぶんたちで作って持っています。ところが、個々の家族によって人数もちがいますし、女性が多いか男性が多いかも含めて、個々の家族で耕す道具の数がちがいます。道具をたくさん作って、持っている。それを使って共有地を耕す家族もいます。また人数が少なくて、あるいは女性が多くて、あまり立派な道具が作れないとか、たくさんの道具が持てない家族も生じてきます。道具自体は決して共有じゃないですから、そのようにじぶんたちが作って持っているのです。耕すための道具（生産手段）を大規模に持った家族と、そうじゃない家族に分かれてくるわけです。そうすると、土地は共有で、分配も共同ですが、しかし、耕すための道具は、たくさん持っている家族と、そうじゃない家族とにだんだん固定されてきます。そういう矛盾がだんだんきわまってきたところで、次にアジア的共同体がでてきます。個々の家族は、じぶんの周辺のところだけは、じぶんらなりの規模で、じぶんらなりで耕作していく。そこでは、じぶんらなりの庭畑も持つようになります。また共有の耕すべき田畑もべつにあるのです。しかし、じぶんらの家の周辺で耕す畑は、個々にそれぞれの大きさの規模で持つ形になっていきます。

その段階にきたときに、〈アジア的〉共同体、あるいは〈アジア的〉な農耕共同体と呼ばれるのです。

ここで重要な差異がでてきました。アジア的農耕共同体が形成された段階まできたとき、ヨーロッパでは、なぜかとても速やかにこの段階を通り過ぎていってしまいます。そしてつぎには、じぶんの庭畑地をどんどん拡張するものがでてきます。それからどんどん取られてしまう者もでてくるのです。共同体が共同に所有している耕作地もあるのですが、私有地が個々ばらばらな大きさになってきますし、また大きな私有地をなお拡大する者もいるし、逆に減らしてしまう者もいるというふうになってゆきます。そして共有地と私有地がしだいに対立状態になってゆくところへ、ヨーロッパでは展開していってしまったのです。

ところで、共同体がもっと発展してゆけば、ある地域に共有地はどこにもなくなって、すべての土地がだれかの占有地になって、囲いがなされる。その土地は、絶対に武器を持ってでも守るといったふうになってゆきます。ヨーロッパ的にそうなったときには、〈ゲルマン的〉共同体の特性をもつようになります。つまり封建的な共同体です。

ところが、なぜかアジアでは、せいぜいじぶんの庭畑地とか宅地とか、そういうものだけが私有地で、あとは全部共同体所有の土地で、本来は共同体のものだとかんがえた段階で、停滞してしまったのです。たとえば、中国・インドでは数千年の間とどまったままでした。日本でもおなじです。みなさんはもうそうではないとおもいますが、みなさんの父母の代とか、祖父母の代とかだったら、じぶんの田畑を持っていて、税金を払うのに、なんとなく、これはもともと国家の土地だから払うんだといった観念が、頭から抜け切らない人がいたとおもいます。みなさんの父親とか、その父親だったら、たぶんそういう観念の方が一般的だった、とぼくはおもいます。そのくらい、つい最近まで、これは天皇の土地だとか、王道楽土だとか、なんか本来は王様の土地なんで、それをありがたく戴いているんだという考えをもっていた、とぼくは記憶しています。

そのようにアジア地域では、アジア的農耕共同体の段階のまま、数千年過ぎてきたという特徴があります。この特徴は、たいへん重要なものなんです。良いという意味でも悪いという意味でも、おおきな特徴でした。世界でも先進的な資本主義国、つまりもっとも発達した欧米の国に、もはや自動車生産などでは追いつき追い越したという日本でも、心のなかでは、まだそういう意識の名残りがのこっているはずだとおもいます。アジア的な共同体段階で人間が数千年も馴染《なじ》んだ意識が、現在でもそんなに簡単にふっ切れていないとぼくは確信して疑わないのですが、それほど重要な特徴なんです。そのことを無視してはなにも語れない。それは単に日本だけではなく、中国や東南アジアでもそうです。これから、そういう段階に移行しようとしている第三世界をかんがえますと、そういう差異が世界的な視野のなかに全部浮かび上がってきたのが、現在の姿だとおもいます。

農耕共同体以外の人々――〈神人〉

そうしてみますと、なにが問題になるかというと、ひとつはアジア的な共同体の段階では、農耕以外のことにたずさわっている人は、いったいどういうことになるのだろうかということです（第Ⅱ図参照）。

この問題は、それぞれの地域的な特性をもちながら、インドでもありますし、中国でもありま

第II図　アジア的共同体

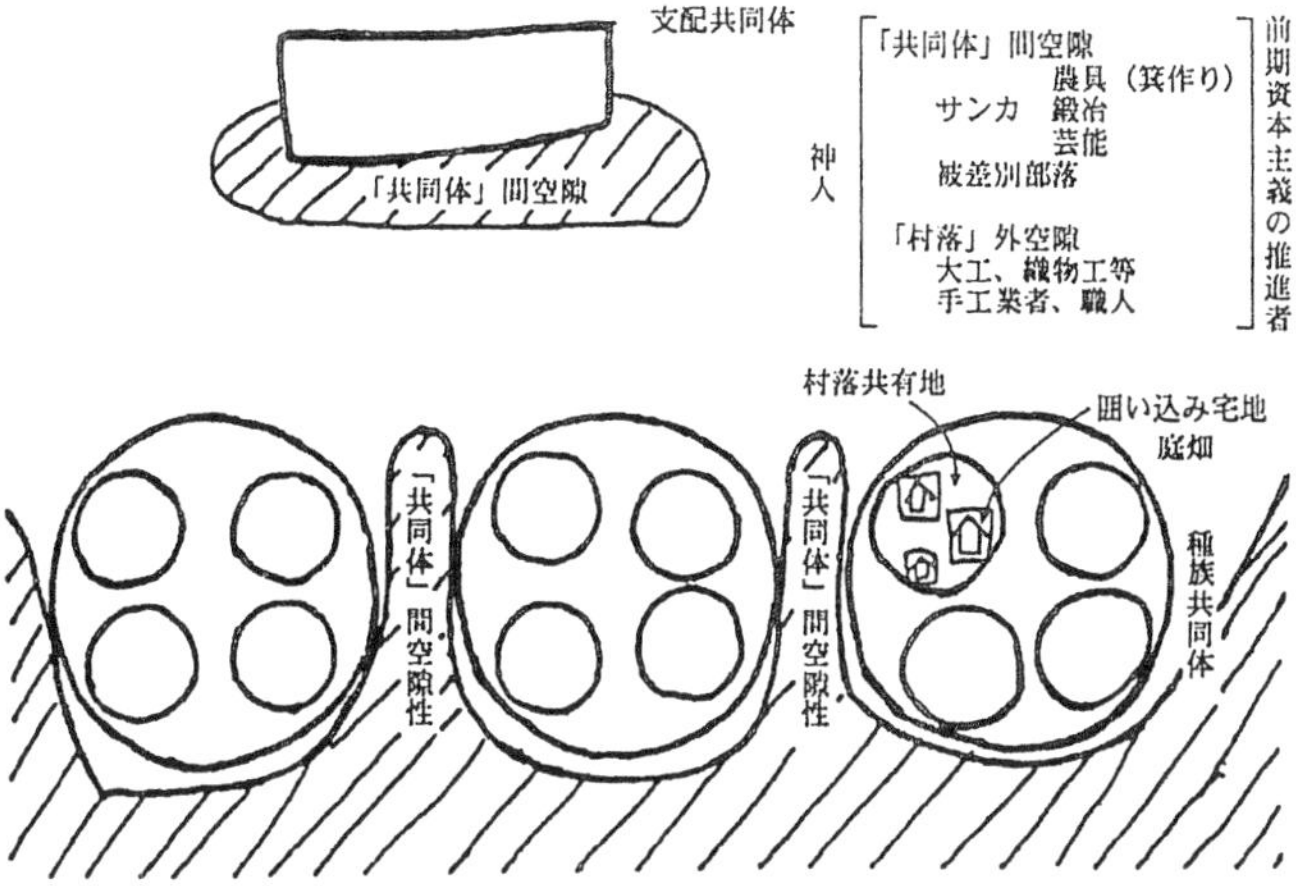

す。日本でももちろんあるわけです。アジア的な共同体で、農耕している農民以外の仕事にたずさわっている人を民俗研究者はときに〈神《しん》人《じん》〉と呼んでいます。神人というのは神である人です。神人と民俗学がいっているものは、リアルにいってしまえば、農耕共同体のメンバー以外の、農耕共同体の掟と法則にしたがわず、農業以外の仕事にたずさわっている者です。日本の古い習俗をもった地域で、今でも神様として祀られたり、あるいは神様的な待遇を受けてきているものは、同時にひどい差別を受けてきたことと同義です。つまり神様的ということは、太古のアジア的共同体の発生時でこそ名実共に神様的でありましたが、しかし時代が下るにつれて神様イコール乞食《こじき》であったり、神様イコール被差別部落であったりというふうになってきました。だんだん時代がさがるにつれて、聖化されるあまり同時に卑小化され、その両方の作

用を受けるのです。それが神人です。だから〈神人〉はいったいなにかといえば、アジア的な農耕共同体の段階で、農耕以外の仕事にたずさわった人たちを意味しています。

日本でいいますと、神人として典型的な形で残されているとかんがえられるのは、被差別部落や山窩《さんか》といわれているものです。山窩を例にとりますと、これはアジア的な農耕共同体に対して、農耕の用具を作って無料で奉仕したわけです。無料で農具を作るとか農具を修理するとかいうことをする。その代償として農耕共同体から現物として穀物を付与されたり貸与されたり、物々交換で必要なものをもらったりして、農耕村落の共有地のなかに住まうばあいもありますし、住まわないで一時的に農耕用具を無料で提供し、無料で現物の穀物をもらったり、副食物をもらったり交換したりして、また次の村落へ行くというような、移動する神人と、そこに住みついてしまう神人の両方あります。日本の山窩をとれば、わかりやすいのですが、アジア的な農耕共同体では、農耕以外の職業にたずさわるものも、いわば血族別的に、氏族別的に、あるいは大家族別的に、かならず農耕以外の職業を世襲したり、その単位で農耕共同体と関係を持つという形をとります。これが〈アジア的〉ということのおおきな特徴です。アジア的共同体では、共同体が事物の単位であって、個々の人間としてそのなかで演ずる役割は寡少《かしよう》なわけです。すべて共同体が単位になります。したがって農耕以外のことにたずさわる人びとのふるまい方、生活の仕方というものも、やはり血族的、あるいは大家族的、あるいは氏族的という形になってゆきます。ですから、一村すべてが鍛冶屋さんであるとか、あるいは一郡すべてが大工さんであるとか、その人の親もそうであれば子どももそうであるというような形がとられます。そしてそのように存在する人たちは、農耕共同体の人からは、神としてやってきて福をもたらしてくれる人間、また福をもたらしては立ち去って行く人というイメージも含めて、〈神人〉として差別されることになります。みなさんは神という概念を神聖なる概念だけで受け取っているかもしれませんが、そうではなくて、人間が人間以上のものとして神というものを創りだしたときには、神というのは尊いものであるとともに卑小なものを意味します。あるいはあがめ奉られると同時に、ばあいによっては農耕共同体の犠牲に供せられるものという形で、いつも両義性として存在するのです。特にアジア的な社会では、何千年もそれが停滞した形で行われてきます。そのことが重要なことだとおもいます。

文明を発展させた〈神人〉

もうひとつ重要なことは、人類の社会を発展させたり文明を発展させたりしてきたのは、だいたいにおいて神人です。つまり農耕共同体内で耕作に従事する人は、数千年前も今もさして変わらぬ生活の仕方をしています。戦後は耕耘機《こううんき》をヤンマーディーゼルが作って多少は使われていますけれども、それ以前をかんがえますとすぐにわかるように、農耕にたずさわる人びとは、文明の発達とか、文化の発達とか、生産手段の発達とか、生産メカニズムの発達とか、そういうことにはあまり寄与しないのです。何千年たってもおなじ生活の姿をとり、おなじ生産の方法をもっているわけです。春が来たら種子《たね》を播《ま》いて、秋には収穫しということを毎年繰返し、世代を継いでゆきますから、どうしても精神が発展的にならないんです。農耕共同体の人びとは、重要なのですが、社会の発展には間接的な寄与しかしないのです。精神的にいえば、社会の発展とか人類の文化の進展に寄与し、あるいは推進していったのは、ヨーロッパでもアジアでも、もちろん神人です。農耕共同体の人たちからはあがめられると同時に卑《いや》しめられる人たちが、社会の産業や文化を発展させていったということができます。けれども、産業や文化や生活の方法の深層にまでとどく伝統的な様式をつくり、閉鎖的ではあっても平穏なゆったりした精神の様式や、生活の安楽を生みだすものは、農耕共同体の内部で農耕を世襲する人たちです。

アジア的共同体においては、国家にまで発展して政権をつくるとか政府をつくってしまうと、〈アジア的〉専制という政治形態がとられます。共同体的な呼び方でいえば、支配的共同体ということです。支配的な政治権力もまた、あくまでも共同体としてふるまうということが、アジア的な諸国家にとって特徴的なことです。

明治国家なんていうのは、べつに近代国家でもなんでもない、あれは薩長の藩閥政府にすぎない、というように反政府的な自由民権の人たちも、またほかの小藩出身の冷遇された志士たちも、旧幕臣の人たちも主張しました。それは決して誇張ではなく、ある意味で真理でした。なぜかというと、政治的な支配階級のメンバーになった志士たちは、高官として官職にしたがって、個人としてふるまったのではなくて、郷土の共同体の意志を基盤にして行動した側面が大きいからです。また支配共同体の意志を体現し、そのようにふるまいます。だから薩長主体の藩閥政府にすぎないんだといわれました。このばあい藩閥性とはなにかといいますと、それは〈アジア的〉共同体の遺制《いせい》ということです。アジア的共同体では、農耕共同体が強固に閉じられていますから、それ以外の職業にたずさわる者も、氏族とか大家族、あるいは血縁として強く閉じられてふるまうという形にどうしてもなります。そこで共同体的な単位でふるまう要素が、個人性を超えます。アジア的な国家においては、支配共同体の存在を、郷土の共同体の存在と一緒に枠組として考慮に入れることが重要なことがわかります。

三角寛《みすみかん》によって山窩と命名された、農具の製作やその他の職業にたずさわる移動の部族は、初期王朝の支配共同体に付随していた〈神人〉であるという伝承をもっていました。ところで、現在、被差別部落として残されている地域や人たちがあります。それはアジア的農耕共同体に付随したり、そこで農耕以外の職業にたずさわってきた人たちを起源とするだろうとかんがえます。

日本で山窩の研究をいちばんよくやったのは、三角寛という小説家です。この人の山窩の研究は、東洋大学に出された学位論文です。三角さんの山窩の研究は、私財を投げうって山窩の人たちに接触し、かれらの固い口を開かして聞き書したものを丹念に蓄積し、それを整理しということを生涯にわたってやることによってはじめて獲得した調査記録を主体としています。ただ、三角さんの山窩の研究を読んでも、誤解があるとおもわれるところがあります。山窩が種族共同体的に閉じた集団を組んできましたから、そのなかで伝承されていることと、事実そうであるかどうかということとは別でなければならないとおもいます。そこを選り分けることはたいへんむずかしいことです。なにしろ数千年にわたって伝承してきたものですから、何代かさかのぼったって、それはうそだろうと云っても、そういうように云い伝えをちゃんと受けているということで、もちろん内部的には事実として信じられているわけですし、また、うそであるかないかをどこで突きとめていくかということがたいへんむずかしいために、伝承がそのまんま事実のように記載されているところがあります。当然、理論的には、伝承にすぎない、事実はちがうとおもわれるところと、やはり伝承を承認するほかにどうしようもないじゃないかとおもわれる点と両方あります。

かれらの山窩伝承を逆むきに『古事記』や『日本書紀』の記載に照射しますと、かれらは豊後《ぶんご》（大分）、日向《ひゅうが》（宮崎）のあたりに分布した部族共同体を初期王朝とかんがえ、その支配共同体の成員として契約により、農具や鍛冶工や交通、見張り、呪言などにたずさわったとかんがえています。そして早くから製鉄技術をもって武器（弓矢）をつくることを知っていたので、初期王朝の畿内《きない》進出をたすけたとかんがえていることがわかります。もし三角さんの仕事を今後選り分けていくとすれば、あくまでもアジア的農耕共同体の周縁あるいは外縁に必然的に出てきたものだという理解の仕方から振り分ける以外に方法がないとぼくはおもいます。日本におけるアジア的な共同体の特質を知るには、もちろん農耕共同体のあり方、その変遷を見ることが重要なことです。しかし、もうひとつ重要なことは、農耕共同体以外の、いわば種族的な形、あるいは氏族的な形で農耕以外の職業にたずさわった人たちのあり方がどうなっているかをあきらかにすることが、とても重要だということがわかります。

三角さんのやった山窩の瀬振《せぶ》り数（世帯数に対応）の分布と、船越昌さんの著書の被差別部落の人口の分布とをみてみます（第Ⅲ図参照）。いずれにせよ、集中地域が幾つかあり、両方の集中地域はだいたい一致します。一致するというのはある意味で当然なことなんで、つまり農耕共同

第III図　アジア的共同体「間」分布人口

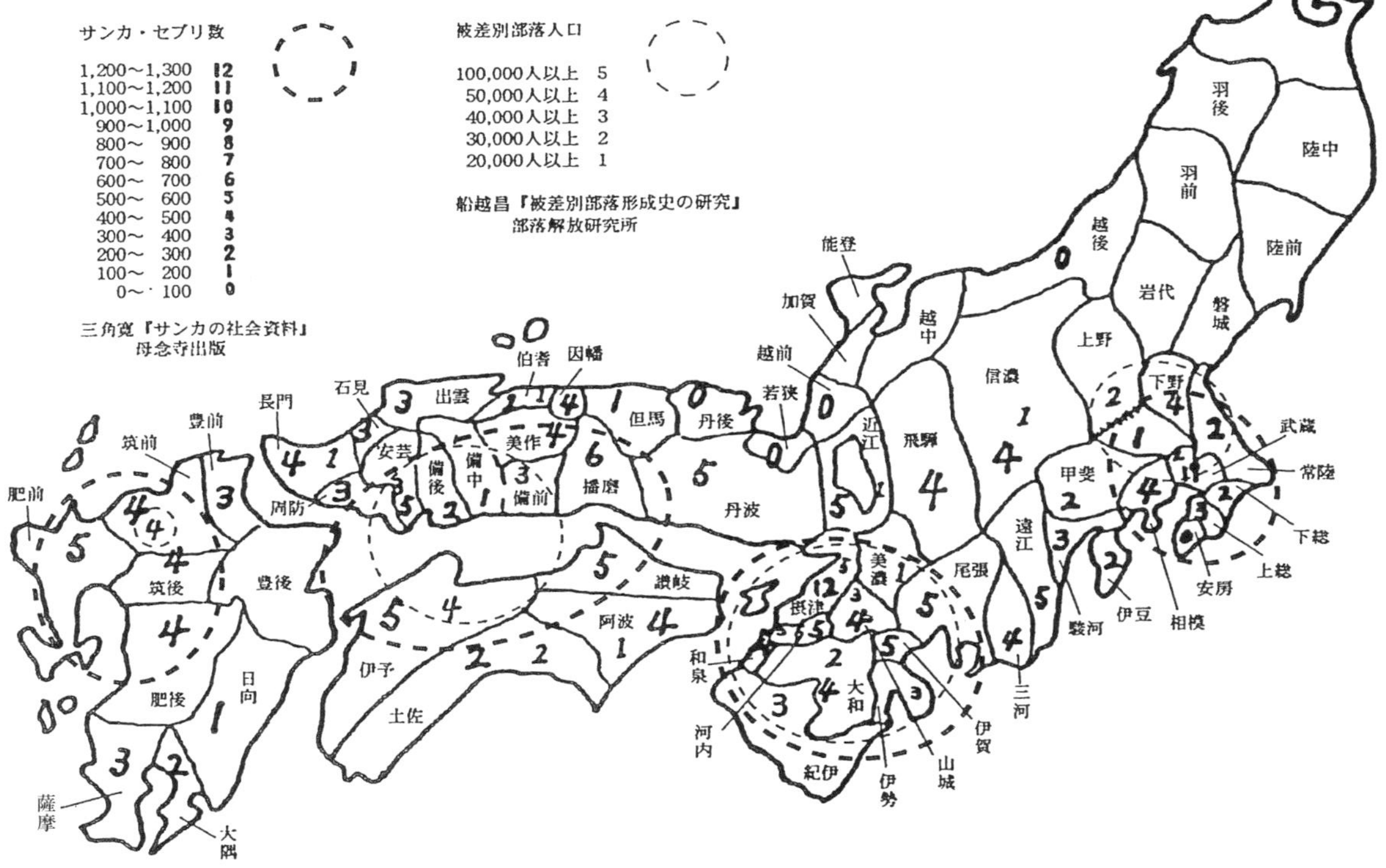

体、あるいは農耕地域の多いところの周域に第一に集中するだろうということは、いずれのばあいでも明らかなことです。

もうひとつは、山窩というのは支配共同体のメンバーとして存在したといえるかもしれませんので、それはたぶん、支配者層が存在する辺縁地域に分布し、支配層の威力の及びにくかった東北には分布しないことがもちろん云えるわけです。こういう被差別共同体の探究は、現在ストレートに政治的な問題に結びつけて、狂信的な三百代言のいいがかりのタネにしてしまう傾向があります。またこれを助長するふざけた進歩屋がいます。だが決してそんなことじゃないのです。そんなやり方をしてはだめなんです。これは日本における〈アジア的〉共同体の性格をつかまえるおおきな要素なので、科学的に、冷静に追究されて、それがどういう問題をはらむか、インドにおけるカーストや、あるいは中国や朝鮮における共同体外制度とどうちがうか、どう関連するか、つまり中国や朝鮮における〈神人〉のあり方とどうちがうか検討されていかなければならない問題です。それはおおきな問題ですが、馬鹿な連中が囲い込み、頓馬な進歩派連中が尻馬にのってもっとも蒙昧《もうまい》な特殊な問題にしてしまっているのです。

マックス・ウェーバーのような研究者がいたら、日本の社会を把握するために、ここに目をつけたにちがいないとおもいます。ウェーバーは、インドにおけるカースト、つまり〈神人〉のあり方に関心を示しています。これは決して特殊なものではありませんし、特殊なことを追究することでもありません。追究に禁忌をもうけて躊躇することでもありません。少なくとも日本におけるアジア的共同体のあり方を追究するばあい、農村を追究するのとおなじウェートで、もちろん追究されねばならない課題として存在しています。だが、みなさんがご承知のように、民俗学の人も、人類学の人も、社会学の人も全部そうじゃないでしょう。それを追究することがなにを意味するのかわかっていないからです。被差別部落をかんがえるのに徳川時代からはじめたりするわけです。冗談じゃないので、もちろん徳川時代に特定の職業集団が制度化されて一地域に集められたみたいなこともあるのですが、そんなことは何千年も前にアジア的農耕共同体と付随して発生したものです。そのことの把握がなかったら、この問題をどんなふうにつついたって仕方がないのです。被差別部落あるいは被差別共同体の問題は、あくまでも〈アジア的〉な農耕共同体「間」あるいは「外」における血族的・氏族的な制度の問題で、共同体意識の消長にかかわりますから、本質的には政治制度の問題にはならないのです。

三　政治制度としての〈アジア的〉ということ

つぎに政治制度としての〈アジア的〉という概念を少しかんがえてみたいとおもいます。これは共同体論と一見おなじようにおもわれるかもしれませんが、そうではないのです。これは共同体を外からの関係として把握するということで、共同体の内部構造がどうなっているかとかかわりがないことはないんですが、混同してはならないことです。政治制度としてのアジア的共同体の課題はなにかといえば、アジア的な農耕共同体が各地方に散在しているのに対して、支配的な共同体がどういう関係の持ち方をしたかということです。それが〈アジア的〉専制の問題です。

たとえば、日本においてそれがどういうあり方をしているかということが、日本における天皇制の起源の問題であったり、政治権力の問題であったり、政治権力と農村共同体との関係の問題であったりということになります。ですから共同体論ともちろん重要な接触の仕方をするんですが、共同体論は制度としての〈アジア的〉という概念と等価ではありません。それから〈アジア的〉専制というばあいには、共同体論ではなくて、共同体と共同体との関係とか、共同体と支配共同体との関係はどうなっているのかという問題として把握されるべきだとおもいます。

日本の歴史とは何か

わたしたちが、日本の歴史とかんがえているものはなにかといいますと、神話的な記述から連続して、支配共同体の歴史的変遷を記述しています。それが日本の歴史といわれています。日本歴史というふうに学んできているものは支配共同体がどういうふうに拡大していって、どういうふうに政治制度を改め、被支配の共同体に対してどういうことをしたかということの歴史です。いいかえれば、それはただ支配共同体の発生発展生成の歴史、あるいは支配共同体が伝承した神話の記述とかをいっているのです。日本の国民とか大衆とかいうものがその歴史のなかに含まれてこないのはごく当然です。それだったら片手落ちじゃないかという考え方はだれにでも生じてきます。アジア的な制度では特にそれが生ずるわけです。だからそこで、市民社会における社会的な構造はどうなっているのか、あるいは共同体のなかで人びとはどういう暮らし方をして、どういう風俗習慣があるのかということだけを追究しようという、たとえば民俗学とか人類学とかいう学問が発生していくばあいには、被支配共同体のなかの大多数の人たちの生き方とか、生活のあり方とか、どういう神様を祀ってどうしているかということが主体になってきます。また生産の機構がどうなっているのかという追究はまったく陰のほうにいってしまいますから、社会経済学、あるいは経済社会学がその次元の問題を追究していきます。そういう形で、さまざまな補い方がなされるわけです。

しばしば誤解してしまうんですが、日本歴史として習ってきたものが本当の日本の歴史だと思い込みやすいんですが、そうではないのです。それは支配的な共同体のふるまい方を記述したものが歴史であり、その共同体が伝承したものが神話です。ほんとうはそうではなくて、数千年来、それほど変わらないでやってきたアジア的農耕共同体のなかの農耕共同体のあり方と、それから農耕共同体以外の、農耕以外のものにたずさわっていた人たちがどうなっているかを追究することが、日本の歴史を追究する大きな部分を占めることだと云えます。歴史を再構成するには、どうしてもそこからゆくより仕方がないのです。この〈アジア的〉な地域共同体に必要だった文書とか記録とか神話とかしかほとんど残してないですから、神話や歴史の記述に残されたものからはなかなか探りにくいわけです。そうすると、ここは固有に探っていく以外ありません。それでもって日本の歴史を補っていく以外に方法はないことになります。

日本における〈アジア的〉専制

〈アジア的〉専制というものは、先ほどいいましたように、さまざまな農耕共同体のなかから、特になんらかの形で一つのものが頭角を現わしてきて、支配的な共同体として存在していったとかんがえられるばあいもありますし、騎馬民族説の研究者がいうように、大陸にさまざまな事件が起こって、その横圧力が日本へやってきて、それが日本で支配共同体を形成していったという考え方の人たちもいます。これに対して、今のところ、確定的な結論を与えることができない段階にあるとおもいます。また、それは第一義的な重要性をもたないとおもいます。それよりも日本における〈アジア的〉な共同体のあり方、あるいは〈アジア的〉専制のあり方の構造をはっきりさせることがはるかに重要です。日本の〈アジア的〉専制における支配的な共同体は、ほかの共同体とどういうつながり方をするだろうか、かんがえてみます（第Ⅳ図参照）。

貢納制

〈アジア的〉な専制の政治制度では、支配共同体と被支配共同体との関係は、貢納制《こうのうせい》といわれる形をとります。アジア的な農耕共同体では、村落で農産物が共同で耕作され、そして共同で収穫されます。穀物は共有地に建てられた共通の倉に収めておいて、それをみんなで必要なときに分配する形をかならず取ります。そのほかに大家族は、じぶんの住宅の周辺に畑作地・耕作地を持って、そこから収穫したものはじぶん自身の家族で消費します。そうすると、農耕共同体が生産した余剰農産物が支配共同体に対して貢物として提供されるという形が取られるわけです。その制度が〈アジア的〉な専制においては特徴的なことです。これは〈アジア的〉という概念が世界史的な概念であるかぎり、中国でもインドでもそうです。〈アジア的〉という概念が通用する場

第Ⅳ図　アジア的専制

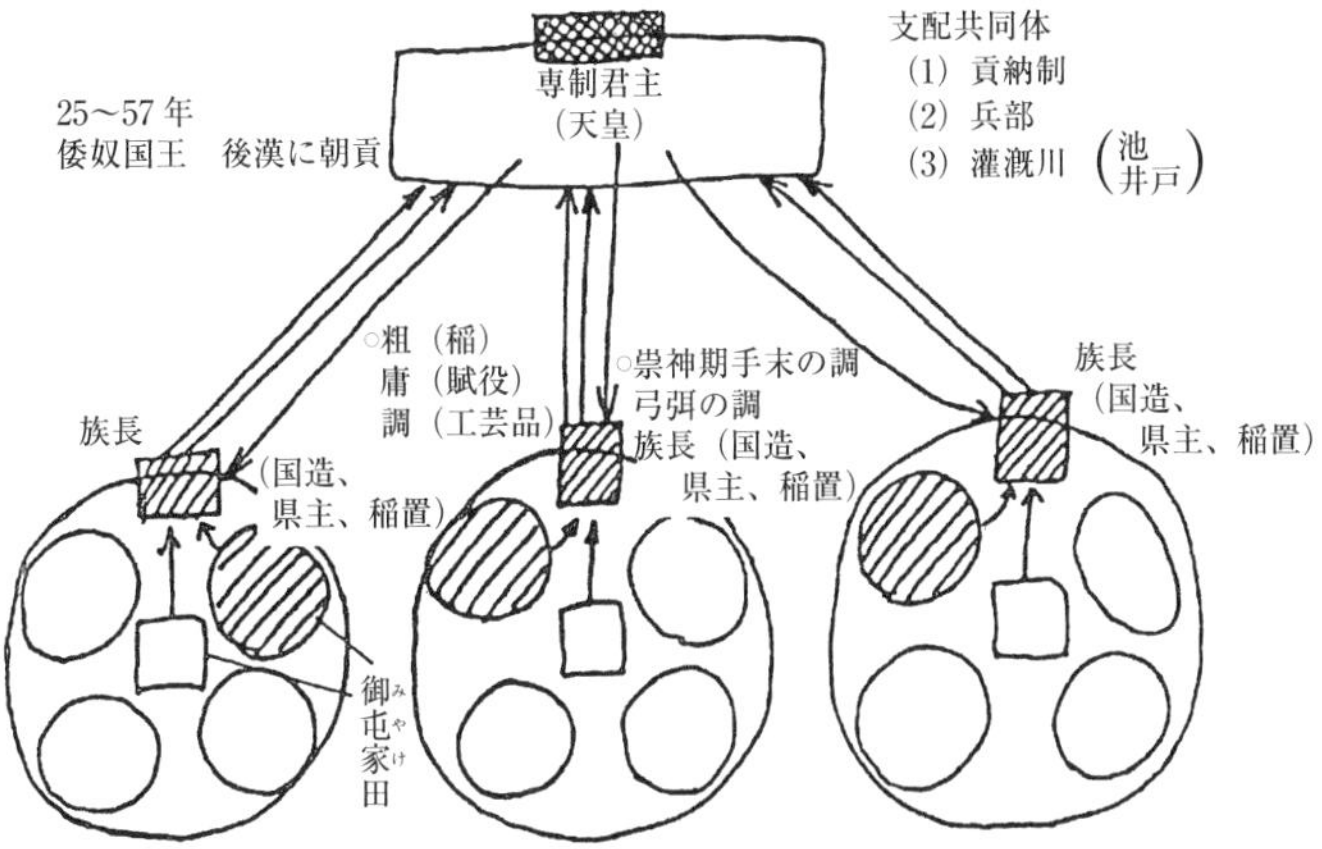

所では、貢納制という、貢物を差し出すとか貢物を取るという形がおおきな特徴だといえます。

日本のばあいでいいますと、被支配共同体が支配的な共同体に対して異議をとなえたとか、反抗したとか、反乱したとかいうことが仮りにあるとします。そして、支配共同体との間のいざこざがおさめられてしまいますと、被支配共同体は、あなたのところに対して異議を申し立てて悪いことをしたというようなことの代償として、村落共同体の一部分に、たとえば支配共同体に直属する田圃《たんぼ》とか耕作地というものを一区画提供して、そこに村落共同体から人を出して、そこで耕作してもらって、収穫したものは御屯家《みやけ》に収めるばあいもあります。それから村落に直属専用の倉を置いて、そこに収穫物を収めて、いつでも持っていけるようにするということがあります。いわば被支配共同体が支配共同体といざこざを起こしたときに、罪のあがないとか、罰として支配共同体直属の農耕地を内部に提供することが、日本のばあいにはあります。そういう穀物倉庫は御屯家とか御屯家田というばあいもあります。その形から、支配共同体と被支配共同体のつながりが生れるのです。

水利灌漑用水

それからもうひとつ、農耕共同体にとって大切なことは、水利灌漑《かんがい》用水をどうとるかということです。日本の支配共同体にとって、個々の農耕共同体にとってとおなじように重要なことです。日本のばあいには、灌漑用の池を掘るということがさかんになされています。池を掘るばあいには、だいたい支配共同体が、じぶんたちの共同体の負担において、共有地とか村落の近くに池を掘ったり、灌漑用水を作ります。それから、もうひとつやられていることは、井戸を掘るということです。これはもちろん村落共同体が内部で個々にやっているわけです。井戸を掘って、灌漑用水に備えています。つまり中国でもオリエントでも、大砂漠地帯とか、大農耕平野地帯とかいうようなところ、あるいはエジプトみたいな大河川の流域の大平野みたいなところでは、日本のように池を掘ったり井戸を掘ったりするくらいではおさまりがつきません。黄河をどうやって開くかとか、どうやって氾濫を防ぐかとか、そういうのがみんなアジアの専制政府の支配共同体の大きな仕事です。つまり大事業になります。その大事業についてはしばしば記載がされていますけれども、日本においては、みなさんご承知のように、こんな狭い細長い土地で、そんな大灌漑水利工事はめったにされないのです。大部分、灌漑用のばあいには、池を掘ったり井戸を掘ったりということが支配共同体にとっても、もちろん個々の被支配共同体にとっても重要な仕事です。

そういう水利灌漑というようなものをよく整えないかぎり、農耕収穫物は期待できないわけですから、古くから行われています。

『風土記』なんかをみますと、井戸を掘るという記述があります。『常陸《ひたち》風土記』がいちばんおおいですが、『常陸風土記』をみますと、井戸を掘る話がでてきます。これは伝承とないまぜられていますから、たとえば、常陸の何々という地名のところにヤマトタケルノミコトがやって来たときに、ここで手を洗った何々の井戸だとか、飲み水がないかといったら、水が湧き出てきたとか、そういう神話的な伝承的な記述がなされています。この種の井戸を掘るという記述が『常陸風土記』なんかにはしばしば出てきます。それに対して『出雲《いずも》風土記』が対照的ですが、『出雲風土記』のばあいには、専制共同体に特異なことですが、祭祀に関係した田圃とか、神社に所属する田圃を耕す人とか、そういうのを設けた記述がおおくあります。いずれにせよ、そういった記述は支配共同体がどこに何をしようとしたのか、よくみると、それは灌漑用の水利をどうするのか、用水をどうするのかという問題の伝承的な記述、あるいは神話的な記述であるとかんがえられるのです。

それから、『古事記』の中にも、崇神《すじん》天皇のところには、著名な古代歌謡にもでてくる依網池《よさみのいけ》を掘ったという記述があります。依網というのは今の大阪だとおもいます。その依網池を掘った、あるいは苅坂池《かりさかのいけ》を掘った、反折池《さかおりのいけ》を掘ったということが、『古事記』あるいは『日本書紀』の崇神天皇紀のところに記載されています。その池を掘ったというのは、もちろん灌漑用の池を掘ったということです。そんな池を掘ったくらいのことは、なにも神話のなかに書かなくてもいいじゃないかとおもわれるかもしれませんが、ほんとはそうじゃなくて、日本の〈アジア的〉な専制の段階における支配共同体にとっては、池を掘って灌漑用水をどう整えるかという問題は、おおきな問題だったのです。たかが池を掘ったにすぎないのにとおもわれるでしょうが、初期の王権にとっては重要な仕事だったんだとおもいます。だから、そういう記載があるのです。

国造・県主・稲置の役割

先ほど、貢納制に言及しました。貢納制の成立と同時に、制度がすこし整ってきますと、みなさんが歴史のなかでおなじみな各地方の共同体に対して、国造《くにのみやつこ》とか県主《あがたぬし》とか稲置《いなぎ》とかいうものを置くようになります。稲置というのは、数ヶ村の村落共同体に対する支配共同体とかかわりをもつ役職だとおもいます。県主というのは、たぶん今の郡ぐらいの単位の地域の共同体に対して支配共同体との連絡枝となる官職の役割だとおもいます。国造というのは、今の県を二つに割った程度の地域の支配共同体との連絡をつける役割の者を呼んだとおもいます。もちろん、ここで神話的な記述が問題になります。神話をみますと、イザナギとイザナミが何々という神を生んで、その神が目を洗ったら何々という神が生まれた。それが国造何某、県主何某の祖先であるというような記載があります。それはあまり当てにならないとおもいます。歴史的事実であるばあいもあるでしょうが、そうでない可能性のほうがおおいようにおもわれます。そうでない可能性として、日本のアジア的共同体をみたほうがいいとおもうんです。

アジア的共同体においては、支配共同体は被支配共同体の内部に対しては、できるだけ手をつけないことがおおきな特徴です。これはヨーロッパの共同体のあり方とか政治支配のあり方とおおきく違うところだとおもいます。〈アジア的〉専制においては、支配共同体は、できるだけ個々の共同体ないしは個々の郡の内部には手をつけないで、共同体の内部的な事情にできるかぎり委《まか》せます。貢物を取るとか、ここから共通の池を掘るために人手を出させるとか、そういう時だけ被支配共同体に対して要求します。このことも、現在たくさん思いあたることがあるとおもいます。つまり地域の特殊性の問題のなかに中央の政治のあり方がおおきく及んできたことが肌身に感ぜられるという体験がきわめて少ないことがわかるでしょう。

東京都知事が美濃部亮吉さんから鈴木俊一さんという人に替わった。政治党派でいえば、社会党・共産党応援候補から自民党の推薦候補に替わったわけです。しかし、住民の日常生活のなかで、この大きな交替が影響を現わしてくることは、まずひとつもないといっていいくらいです。もっと支配共同体の極端なことをいいますと、だれでもおなじじゃないかということになります。もっと支配共同体内部とか、近傍のところでは、都知事が鈴木か美濃部かというのは、たいへんな違いなんだとおもうんです。だけども被支配共同体の個々の成員の日常生活のところまで、あるいは個々の家族のところまでおりてきたときには、どこが良くなったんだ、どこが悪くなったんだ、なにも変わってないじゃないか、ということになるわけです。政治的な啓蒙家は躍起《やっき》になって、お前らはよくわからないからそうなんだけど、鈴木と美濃部はこう違うんだというふうに選挙になったりすると啓蒙してくれたりします。それはどこで違っているかというと、たぶん支配共同体、このばあいは地方自治体ですが、その内部運営のところで、なにかがたいへん違っているんです。だが、地域の共同体の個々の成員やその家族の日常生活の次元ではその違いはほとんど現われないと云うことができます。つまりこのことは、たんに東京だけじゃなくて、たぶん、みなさんは体験しているだろうという気がします。それはなぜかというと、アジア的な政治支配の構造では、とにかく個々の共同体に対して支配共同体は内部構造まで手をつけたりしない。内部まで自分の党派の制度的考えを押しつけてむちゃくちゃに掻き回してしまう、というやり方をしない特徴があるからです。これはインドでも中国でもおなじだとおもいます。その構造は変わりがないとおもいます。たとえば、中国共産党の国家権力が文革派から実権派にかわっても何億かいる農民のところはちっとも変わらない、とぼくは確信して疑いません。そのことはアジア的共同体のおおきな特徴です。

それは利点であるとともに、何をやられたって全然めくらだよ、という意味では欠点のおおい構造です。ところが逆にいいますと、村落共同体の内部だけの世界では相互扶助といいますか、隣人とは愛し合いとか、隣人とは助け合いとか、隣人とは仲よくして、そこではあんまり際だった摩擦は起こらないし、親和性にあふれているということがありうるんです。それはある意味で、きわめて利点です。ヨーロッパやアメリカみたいにぎすぎすしていない。ぎすぎすして冷酷でやりきれない、私の隣人がやりきれないというようなことが、アジア的な共同体要素が残っているところであればあるほど、たぶん少ないだろうといえます。そこでの親和性とか、その共同体の内部だけをかんがえればたいへん平穏だとか、たいへん暮らし心地がいいという体験も普遍的なこととしてあります。そのことは、利点として数えることができます。また、どんなバカな人が支配者になってもたいして変わりないよ、ということも利点だとみることもできます。だけど逆にいえば、支配共同体の周辺で重大な政治的な変更がなされているのに、被支配層ではまるで知らないで過ごしているということも、たくさんありうるのです。この欠点と利点というものは、欠点を拡大するんじゃなくて、利点を拡大し欠点のほうは抑えてみたいに、きわめてよくかんがえていかないといけないとおもいます。たんにアジア的共同体の遺制を絶滅してヨーロッパ化すればいいという問題ではありません。ヨーロッパ化は自然過程のままに徐々に実現されてゆくという意味にすぎませんが、いわば精神構造のなかで残っているアジア的な構造の利点と欠点は今まで数千年来残ってきたのとおなじように、これからも長いあいだ残ってゆくだろうとおもいます。

また逆に、先進的な資本主義国の精神や文化現象は頽廃的だからというので、アジア、アフリカ、ラテンアメリカに目をつければいいことだらけになるかといったら、そんなことはまったく裏返しのうそです。現在でもそうでしょう。日本の思想は、どちらかの型しか取らないのです。つまりモダンで優秀な人びとは先進資本主義こそは手本だというので、これに追いつき追い超せというふうにやります。そこにあるのは頽廃から何から全部引き受けよう、そうなろうというふうにします。反対にそれは頽廃だという人びとは、アフリカとか、未開の地域とか、アジア的な段階にだんだん入りつつある、そういう地域に政治的・思想的・精神的な意味を見つけようとします。

日本の特徴

日本のアジア的制度にはおおきな特徴があります。インドや中国では、外敵が異民族としてやってきて、支配共同体に対して戦いをいどむわけです。そうすると、それに対して支配共同体は共同体が固有に持っている兵力と、地域から徴収した兵力とを全部集中してそれと戦います。戦ったあげく敗けたとします。そうすると、異民族の支配者がやってきて、これに取って替わって支配が始まるのです。もちろん取って替わってもアジア的な特質で、個々の共同体に対して手をつけません。それは固有の共同体にまかせます。ここでは、絶えず支配者は交替しています。異民族であったり同民族であったりしますけれども、絶えず覇《は》を争って支配が交替しています。それは〈アジア的〉ということのおおきな特徴ではあるのです。

ところが日本のばあいには、異民族の支配者が取って替わったということは、まずないのです。騎馬民族説によりますと、初めに初期王朝が成立するときに異民族支配があったといわれています。万世一系ではありませんからたくさん交替していますが、べつにそんなに、かわりばえのあるのが支配者になったことはないのです。これが中国やインドでは、絶えず異民族に支配され、そのたびに戦禍にさらされます。そこでは個々の共同体はカタツムリのように中に籠っているかぎり、だれがやってきてもたいしてかわりばえがないように自己防衛します。苦しいとすれば苦しいことに変わりはないし、楽しいとすれば楽しいことには変わらないしというように、どんな支配者がきても変わりないよという考え方は、アジア的なところでは共通な考え方だとおもいます。もちろん日本でも、大なり小なりそうだとおもいます。だが異民族支配の交替は云うほどにはありませんから、場慣れはしていないということです。つまり支配階級が異民族に替わるとか、異民族の支配者になるとか、そうでなければとんでもないのが出てきて支配者になるということにはすこぶる慣れていないのです。そういう意味あいにおいては、変化が少ないことが日本における支配共同体、あるいは〈アジア的〉専制のおおきな特徴だといえます。

マルクスたちは、〈アジア的〉専制では国主が唯一で単独の土地所有者であり、政府のなすべきことは、貢納・租税を収納する省と、武力を行使する省と、治水灌漑をつかさどる省の三つがあるだけだと云っています。一般的にそうにちがいないのですが、池や井戸を掘ればよかったわが国の初期王権は、それほど治水をつかさどる省が必要だったとはおもわれません。またさしたる武力が必要だったともおもえないのです。たぶんその分だけ、わが国の初期王権の〈アジア的〉専制は、祭祀をつかさどる省を発達させたでしょうし、地域の被支配共同体の武力を増大させたにちがいありません。これがわが国の支配制度の成立をとく鍵であるとおもいます。

アジア的ということ　Ⅵ

1

わが国におけるアジア的な農耕共同体の起源、構造、その展開などの具体的な像を得ようとすれば、その方法はすぐにふたつかんがえられる。ひとつは原始から古代へと移ってゆく過渡的な時期の、住居あとや村落あとの遺跡から、その戸数や道具や服装や人員の構成、祭祀、そして想像される制度的な仕組みなどをできるだけ再現してみせることである。このばあいには何戸の住居がどんなところに集落をつくっていたかは、ほぼ確実につかむことができるし、その人数がどれくらいかも概数をつかむことができる。だがどういう血縁構成が、どんな村落制度のもとに共同体を営んでいたかは、想像的に再構成するほかないことになる。またこの共同体が、共同体「外」制度とどんな関係に支配され、またどんなより大きな共同体「間」の集合状態をつくっていたかは、ほとんど論理的な線分で結びつけるよりかんがえられない。

ここにもうひとつの方法がかんがえられる。任意の平野や谷間や丘陵部に、最初の家族が住みつき、次第に村落が形成されるまでの過程を、調査や文書や聞き書書によってたどってみることである。このばあい、どんな時期や時代だったかは問わない。まったくの原生的な土地に個人、家族、集団が住みついて一個の集落が形成され、村落共同体といえるまでに発展される過程がたどれればよい。もちろん原始から古代へわたる過渡的な時期を択べば第一の方法とおなじことに帰着する。だが極端にいえば現在であっても、原生地にはじめて定住した個人、家族、という条件があれば充分だといえよう。孤立した生活圏とかんがえられる原生地に、任意の時期に住居を定め、家族が親族として展開し、ついに集落を形成し、はては村落共同体にまで発展したあとを追跡したばあい、農耕手段、生活様式、道具性、意識形態、また他の共同体あるいは政治支配の関係などについて、微小な相違を修正すればよいことになる。そしてこの時間的な隔差による修正があたうかぎり小さくて済むとかんがえられるのは、農耕の手段、生活様式、農民の意識が、それほど変化のない深層を形成しているとみなされるからである。こういう任意の村落形成の跡づけが、アジア的な農耕共同体の起源、構成、展開を語るものとみて大過ない根拠も、また〈アジア的〉ということのなかにある。なぜなら原生的に保存されたような閉地域での農耕村落の共同体に加えられる時間的な変化は、あたうかぎり微小なものと踏んでよいからである。

この二つの方法は、歴史資料の考察や遺物によって歴史を再構成しようとする方法と、それにたいする新しい時代にまで残された民俗資料や習俗や祭祀を調査して歴史を考える方法の相違に似ている。残された民俗資料は、長い時代的な経過に微小の変化で耐えてきた変りにくい風俗、習慣、環境でなくてはならぬ。そしてこういう微小の変化しか蒙らなかったとかんがえられる歴史の基層は、手易くたどることができるとみなされる。それがアジア的な農耕共同体の周辺に集約されることは、手易く推定される。この微小の変化を因子として加味することで、修正して歴史的に再構成される。

さらにここで、もうひとつの問題が生じる。こうして展開された村落共同体が、どのようにアジア的な「外」制度として、支配共同体とかかわるかということだ。いいかえればアジア的な専制体に組み込まれた村落共同体の在り方を問題とするときは、いままで原生地とよんできた村落共同体が「内」制度的に発展してきた地域は、地理的な地勢や地形が、村落の発展にどう影響したか、あるいはどんな制約を与えたかというほかに、支配的な共同体の所在地、その行政制度と、どれだけ隔っているか、あるいはどれだけ無関係かという意味での地域性が問題になる。論理的にだけいえば、極度に孤立した地形(深山の谷間のくぼ地のような)で、支配共同体の所在地から遠く隔てられたひとつの村落共同体は、アジア的な農耕共同体として共同体「内」的に存在しながら、支配共同体との貢納関係のような、アジア的な政治制度に永続的に組み込まれないままに経過することになる。わたしたちが共同体の地理的な地勢とおなじように、政治制度的な地勢ともいうべきものを勘定に入れなければならないのは、政治制度としての共同体「外」関係を課題のなかに繰り込むときである。

わたしたちはどこからはじめてもいいわけだが、まずこの政治制度として、この共同体「外」関係がどういう意味をもつかに触れてみる。支配共同体との政治的な地勢の差異は、地域別にどれだけ露呈されるかをかんがえてみよう。

一般論としていえば、支配共同体の所在地から遠隔にあり、その政治制度的な締めつけがあまり及ばない地域にあればあるほど、村落共同体は「外」制度との関係、その影響が少ないとみなされる。だが具体的には事態はそれほど簡単にはならないため、この一般論は個別的な修正をうけることになる。

滝川政次郎『律令時代の農民生活』のなかに、奈良時代において、支配共同体の所在地である大和（奈良）から地域的に隔たるにつれて、当時の社会階級の人口構成がどう変化するかを占えるような人口数を、戸籍計帳から計上した表（図1）が掲げられている。わたしのせまい知見の範囲ではこの表が、支配共同体から地域的に隔たることが、共同体の政治的な地勢をどう変形させるかを類推させる僅かな記載のひとつだとおもえる。この表の記載を基にして地域差による共同体の階層形態の変化を図表（図2〜図5）にしてみよう。

ここで滝川政次郎が「貴姓」と呼んでいるのは、五位以上の官位をもった貴族層にあた

地域	貴姓	卑姓	平民	奴隷
京都	四七・二%	九・八%	二七・七%	一五・二%
山城	〇・五%	六五・四%	七・二%	二六・七%
美濃	〇%	三五・五%	五九・八%	三・一%
筑前$_1$	〇%	二一・六%	六八・四%	九・八%
筑前$_2$	〇%	一・一%	九三・六%	五・三%
下総	〇%	〇%	九七・九%	二・一%
常陸	〇%	〇%	一〇〇%	〇%
因幡	〇%	七・二%	九二・八%	〇%
陸奥	〇%	〇%	一〇〇%	〇%

図1　奈良時代の地域による階層構成の差異

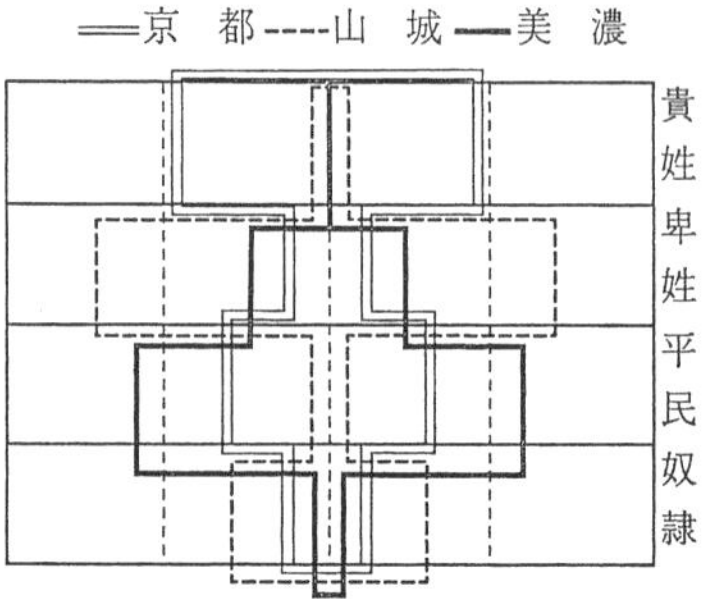

図2　制度的な階層図（京都、山城、美濃）

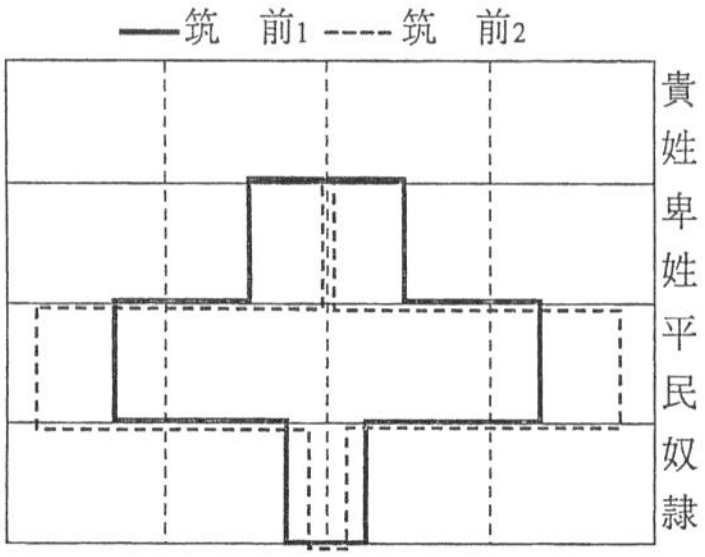

図3　制度的な階層図（筑前1、筑前2）

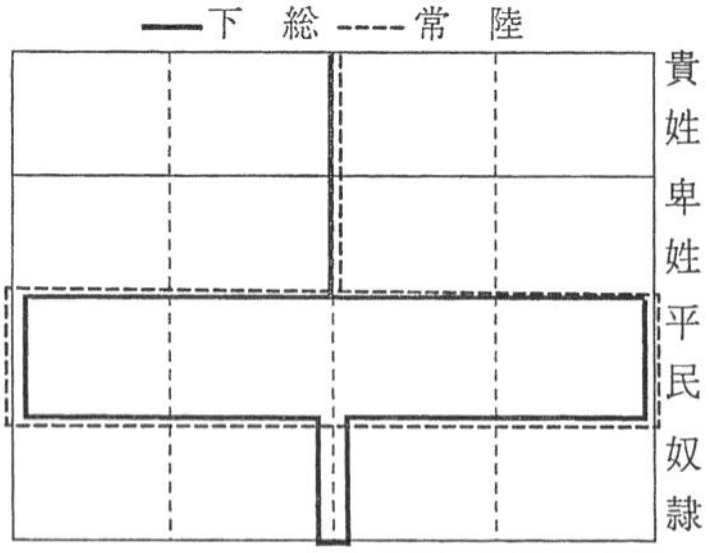

図4　制度的な階層図（下総、常陸）

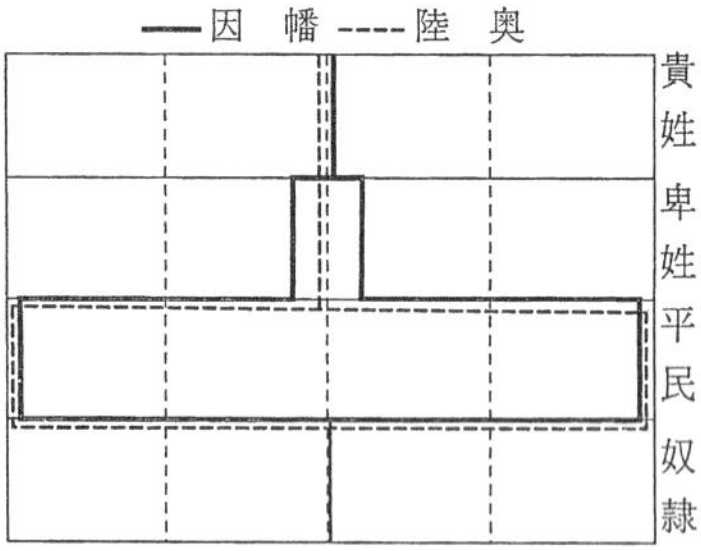

図5　制度的な階層図（因幡、陸奥）

るものを、「卑姓」というのは五位相当以下の階位をもった層（郡司、兵衛など相当のもの）を表している。「平民」というのは、公民とよばれるもので、里長、坊長、駅長、仕丁など律令制の末端につらなる階層にあたっている。これらは大化の口分田を班給されて耕作する農民でもあった。「奴隷」というのは雑戸、陵戸、家人、公私の奴婢にあたるもので、庸・調の対象になっていない層をさしている。

　ここでわたしたちは平民とよばれている層の分布が、そのまま大化以前において村落共同体を構成した層の分布だとはいえないが、それとパラレルな関係にあるだろうと推定して大過ないことがわかる。それとともに支配共同体所在地の政治地勢的な近傍では、「奴隷」層の分布もまた村落共同体の「内」構成にかかわるものだったとみなせる。いまこれを図表にしてみれば、その形態が単純でないことと、傾向性とが一目して理解される。

奈良時代には支配共同体の所在地は大和にあった。その制度の頂点の側から俯瞰された階層構成の型が図形的につかまえられる。それぞれの地域の村落共同体の側からつかまえたばあいと、かならずしも一致するとはかぎらないことははっきりしている。非戸籍的な人口も移動民人口も、官制と無関係な村落共同体のメンバーもこの制度的な鳥瞰からはとらえられないからだ。だが支配共同体の辺縁地域では、「貴姓」層から「平民」層にかけて構成が逆ピラミッド型になり「奴隷」層は比較的に多く集中されていることがわかる。また辺境の地域（東国、東北）では「平民」層がほとんど百パーセントを占め、「奴隷」の数はきわめて少なくなるか、ほとんど制度的には把握できずにゼロになる。こういうことが、たまたま見出されている戸籍資料を略図化することで、すぐにうかがうことができる。

これをみていると、「奴隷」を大家族にふくんだウェーバーのいうオイコス的な経済社会構成を、村落内部に成立させる可能性は、支配共同体の内部、その辺縁地域にかぎられることがわかる。そして東国、東北のような辺境地域では、原始的ないしはアジア的な村落共同体が、ほとんど「外」制度的な圧迫なしに自由に自然制度的に展開されたまま、存続をつづけたというイメージをもつことができる。もちろん別の視点もまた成立つだろう。

これらは支配共同体の所在地から遠ざかるにつれて、地域的な分立国家が形成される可能性が少なくなることを暗示していよう。辺境地域にちかづくほど、中央の支配共同体の制度的な威力は及ばない。かりに及んだとしても地域の村落共同体またはその連合と、じかにむきだしに対面しあうという像がえられる。村落共同体が連合して武力をもつようになり、氏族組織をつよく保存したままではあっても、地域国家にまで独立してゆく制度的な可能性を描くことはほとんどできない。

わたしたちは、村落共同体論としての〈アジア的〉という概念とはちがって、〈アジア的〉な専制（政治制度）が地域共同体に及ぶばあいをかんがえるには、当然、地域によって異ってゆく政治的な統治形態の差異を具体的に考慮しなくてはならないことがわかる。いまの段階ではわが国の〈アジア的〉な専制（政治制度）の問題はふたつの課題を提起するようにおもえる。

ひとつは、それが氏族的あるいは氏族連合的な分立国家というようなものから、氏族共同体を連合した地縁的な分立国家と呼べるようなものに至るまでのさまざまな形態で、地域国家のようなものが成立する可能性は、図のような制度的な階層分布からかんがえて、支配共同体の所在地（大和）から遠ざかるにつれて、無くなってゆくということである。

つぎにこれは、一見すると中央政府（大和朝廷）の専制力は遠隔になるほど緩んでくるから、地域の分立国家が成立し易くなるはずだという政治力学的な傾向性と矛盾するようにみえる。だが地域の個々の村落共同体が、その上位に連合体をつくり、それが独立した政治体制を結晶してゆくという過程をもたず、農耕や漁業の村落共同体のレベルをあまり出ずに、じかに中央の支配共同体と対面して、貢納関係を結ぶような辺境地域では、氏族あるいは部族共同体が地域国家にまで結晶する可能性はきわめてすくないということが云えよう。

わたしたちは、日本における〈アジア的〉専制の実体を考察しようとするとき、この支配共同体の所在地からの遠隔差が、統治形態にあたえる差異、また地域共同体「内」の構成に与える差異を、はっきりと具体的に解明することをゆるがせにできないのはそのためである。

だが典型的にだけいえば、下総、常陸、陸奥のばあいのように、中央から俯瞰される階級分布が、ほとんど「平民」層に集中し、支配共同体のメンバーである「貴姓」、「卑姓」の官人を含まず、それとともに「奴隷」層もほとんど存在しない地域共同体の存在の仕方に〈アジア的〉な特質をいちばん見易いとかんがえることができよう。ただこのばあい、村落共同体の「内」制度だけをみているのである。

2

いままで触れたように、中央の支配共同体との制度的な関係がほとんどかんがえられない、また関係が生ずるとしても、ほとんどじかにむきだしにしか支配共同体と対面しないような辺境地域の村落共同体は、その起源、構成、展開でもっとも典型的なものとみなすことができる。なぜならば、さきに制度的な地勢図にみたように、このような地域では支配共同体から俯瞰されるような制度的な支配階級を、村落共同体内部の人口構成にもたないばかりでなく、また「奴隷」とみられるような階層をも生みださないからである。

わたしたちは、まずこういう村落共同体の例を、いままでの研究によってよく言及されている下北半島の尻屋崎に近い尻屋の村落にもとめてみよう。山口弥一郎『集落の構成と機能』に記載された尻屋部落についての記録を、必要なだけ整理してみるとつぎのようになる。

（1）尻屋部落は三百年ほど前に戸数七戸から出発したと伝承されている。調査時の現在で三十三戸（ないし三十四戸）で総人口三百六十七人である。

このうち住吉幸一郎を本家とする分家、婚姻によって親族となった家族は十一戸で、百二十九人、また定住当初の元家の系譜である浜道金次郎を本家とする浜道家の分家、婚姻による姻戚家族は十戸、百十四人である。このふたつの門族で村落の三分の二の人口をしめす。その他のものも非血縁であっても烏帽子親《えぼしおや》の習俗で擬制的な親子関係で結ばれているばあいがある。これがまするとわたしたちはこの村落の構成をほとんど血縁的なものとみなすことができる。これがまた排他血縁的な面があることも知らされている。

（2）部落総面積の八割を占める四百九十五町九反歩の草原のうち、私有草原は一町九反余であり、あとは部落の共有地である。田畑の三十町九反余は私有だが、売買は禁じられている。

（3）農業

古くは「きみり田」（肝煎り田）というのがあって、共同耕作を行っていた。「きみり」（肝煎り）は部落の総代であり、定住時の宗家にあたるものが就任する。部落の共有地はこの総代の名義で代表され、肝煎田として共同で耕作されていたが、近年になって次第に各戸の私有耕作地が固定化していった。この肝煎田が各戸に分配されおわったのは一九二〇年ころである。その際に二段歩ほどが共有水田として残され、成員の共同耕作とされた。これでみるとその原始的ないしアジア的な村落共同体の形態が、明治以後の近代になっても、ある程度原型にちかい形で存在したことが知られる。

漁業

十五歳から七十二歳まで共同で昆布、ふのり、などの採集に従い、利益は人頭割にしている。

牧畜

冬期積雪中に牛馬の放牧が共同管理で行われている。牛馬はそれぞれ私有のものである。この管理主体である牧野組合は三十三戸（ないし三十四戸）のものにかぎられ、その他の加入は許さない。放牧料は徴収しない。

牧野の実面積五百二十町歩、馬百十頭、牛四十頭。

林業

部落共有林は七十六町七段余で、私有林地は二十九町八段歩である。

（4）部落祭祀

（ⅰ）鎮守神は八幡神社で氏子の総代の三家が定まっている。発起的に部落の開発にあたった旧家の家神→族縁神（親族神）→氏神という展開をした。

（ⅱ）峯島神社が浜の巌頭にあり、部落総代が司になっている。地縁的あるいは職業神的な部落神の性格をもっている。

（ⅲ）古くからの「おしら神」が本家筋の住吉幸一郎と浜道金次郎家にそれぞれ一組あり、血縁的な住吉一族十四戸と浜道一族十六戸が、それぞれの元家に旧正月十六日に集まって祭をする。

これらの祭祀神の編成は、部落が、数家族が原生地に定着してそれぞれを分家したり、婚姻により親族関係を結んだりして族縁集落をつくり、年月と世代を経ると一緒に門族を強く保ちながら村落共同体にまで展開したことを示しているようにおもえる。このばあい家神あるいは族縁神が土俗神の段階にとどまったもの（「おしら神」）、族縁の宗家長が同時に村落共同体の首長にまでおし上げられたときに、族縁の神も同時に氏神にまでおし上げられたもの（鎮守神）、村落共同体として形成されたあとで部落神として制定されたもの（峯島神社）などが重層しているとみなされる。

（5）共同体の「内」制度

（ⅰ）部落の最高主権者は「総代」であって、古くから戸主会の投票で選ばれる。漁業組合の「理事」や「監事」も公選だが、総代の指揮命令下におかれる。

（ⅱ）「区長」は総代の下にあって自治体の村役場との連絡に当る役をする。

（ⅲ）「おかしら」とよぶ十五の輪番制の区長だけは各戸主が順番に当り、十五日間だけ総代人の下役、下宿の役割を担当している。

（ⅳ）最高の決議機関は家長総会である戸主会で、村内制度の改訂などはこの総会の意志によらなければならない。

これらの共同体の「内」制度はアジア的な村落共同体が最小限どんな機関をもち、どう運営されるかのヒナ型を提供している。共同体の首長としての総代に従属して、自治体、村役場との連絡にあたる区長は、いわばこの村落共同体にたいして支配関係にある共同体「外」の勢力が、村落内政には余り干渉しないことを意味するとともに、支配が強化され強制力を伴えば、この区長の勢力が総代を超えることになってゆく。つまり総代と区長の関係は共同体の「外」と「内」との制度的な関係を象徴するものとなっている。

総代の下にあって総代の実務をたすけ交際に代行する輪番制の区長が戸主の順番で行なわれることは、アジア的な制度のヒナ型を、総代を名目的にまた専制的にいただいた輪番、平等性として提示しているようにみえる。

（V）村落内の集団

若者組

青年会行事の運営、漁業組合と表裏して共有林野の監督、密獲の取締りなどにあたり、その報酬に部落から地先水面の一部の布海苔の漁場を与えられている。

わたしたちはここで軍事制度が村落の擬制的な氏族としての若者組から発展させられるというウェーバーの言い分をおもいうかべる。

めらし（娘）組

漁業組合から浜をもらい、布海苔を採集して組の収入（内職ほまち）としている。

あねど組（既婚女性）

やはり「ほまち」の布海苔を採集して収入とする。

このほかに主婦権をもつ女たち（あっぱ）は一家の経済をにぎるから「ほまち」はない。

ぱぱあどの（老婆）組
　やはり布海苔拾いを収入とする。これは一戸に一人かぎりと制限して、分配をおこなう。

　これらの三百年ほど前に、数家族のものが原生地に定住したところから、純粋に分家による家族分離、集落内の婚姻による親族関係の展開を経て、世代を重ねることによって、族縁をほぼ完全にたどれる村落共同体にまで発展した東北辺境の実例に出合っている。結論めいたことをつけくわえるとすれば何か。

　もし原生地に任意の時代に、まったく外部からの強制力も干渉力もなしに一戸または数戸の家族が定住し、集落を起こし、血縁的に展開して村落共同体にまで発展したとすれば、このような村落は、どの歴史的な時代を起源期としたとしても、共同体「内」の視野からは、未開、原始の段階を家族の分化と親族への展開の胎内に通過するとみなすことができるということだ。そしてわたしたちは家族と、その居住単位と、婚姻によって展開される血縁が、氏族的な族縁にとどまる範囲内で村落共同体を形成するとき、この村落は〈アジア的〉な村落共同体とよぶことができる。

　けれど〈アジア的〉という概念は、村落共同体の「内」制度の展開としてみれば、前氏族的な門族あるいは氏族を強固に保持したまま、分立国家制度にまでゆきつく可能性を指して、〈アジア的〉と呼ぶという概念をつけくわえるべきかも知れない。村落共同体「内」の門族はそのままでは氏族とはいえない。おなじように氏族の解体なしには地域国家は成立しないはずである。だがアジアでは、というばあいの〈アジア〉がアジア的な特質のひとつであるといえよう。

この下北の尻屋部落のように原生地が孤立した地勢をもつことと、地域が支配共同体の所在地から遠隔の辺境であることとは、「外」制度的な関係をつぎつぎに段階的に高度化することなしに、比較的純粋に集落内の分家作用と共同体「内」婚姻作用だけで展開して村落共同体を形成し、その時代を比較的長期に存続していった。

もし下北尻屋村落のような地勢条件と、支配共同体の所在地から遠隔の辺境だという地域条件をもったところで、本来ならば地域国家を形成できるような規模の地理条件をもっていたとしたら、どうなるだろうか。わたしには、日本の〈アジア的〉な村落共同体が、氏族の構造を強固に保持したまま、本来ならば氏族制の解体が地域国家成立の必須条件だというところで、地域分立国家的な規模にまで拡大されるばあいの特異性を語るもののようにおもわれてくる。このばあい二つのことが問題になる。第一は地域分立国家的な規模にまで拡大された氏族的な、あるいは数個の氏族構造を保持したままに拡大された村落共同体はどうなるのかという問題である。第二は強固な氏族制の構造を保持したまま拡大されたこのような地域国家は、平板的な国家（総氏族共同体「外」制度としての国家）を形成するかもしれないという問題である。ここではほんらいならば荘園領主的な規模の私有地を、非領土的な意味でもった大規模な村落共同体の豪農が、いわば族縁的な本家（元家）として存在しうる。わたしたちはこの例を東北の辺境地帯にしかみることができない。支配共同体と政治的な地勢で近接しているどんな地域でも、荘園領主や藩国主の居城になってしまうところで、城や城廓に見まがうほどの村落共同体の豪農家の遺物をみることができるのは、この地域にかぎられるようにみえる。それは東北辺境での村落共同体の存在の仕方を象徴している。

3

中央の支配的な共同体の所在地を中心に、東北辺境と対蹠的な位置にある南西諸島では村落共同体の形成される過程はどうみられるだろうか。わたしたちの知見の範囲でいえば、最初の原生地への一家族あるいは数家族による定住、血縁の発展による分家と、婚姻による親族の分化などによって、門族を強固に保ったまま村落共同体を形成するまでにいたる、共同体「内」からみた展開の過程は、東北辺境のばあいとほとんど変らないようにみえる。ただ母系制的な氏族慣習が強く、部落祭祀と耕作のための土地の管理が女子によって掌握されることは、なぜか東北辺境地域には見つけることはできない。

さらにもうひとつ特異な点があげられる。琉球諸島が古代的王政の版図の下に入ったのは本土の十三世紀以後だといえる。それ以前を原始的あるいはアジア的な村落共同体形成の揺籃期のようにみなすことができよう。そして図表的にいえば十三世紀以後に琉球王朝の政治的な専制下に入る。そのばあい狭く離島的な条件のもとで、個々の村落共同体あるいは数個の村落共同体の集まりである間切《まぎり》の地平で、じかに足下から共同体「外」の制度的な関係を強要されることになった。これは琉球王朝のかわりに島津氏の藩国体制下に入っても、島津藩とのじかのむき出しの「外」制度的な関係は、ほとんどかわらなかったといってもよい。その意味では琉球諸島の村落共同体がおかれた位置は、むしろ専制君主を頂点にした畿内の支配共同体の圏域「内」における村落共同体の在り方と類似の条件にあったということができよう。
もちろんこれは逆にみることもできるはずだ。琉球諸島では、本土の東北辺境とちがって、十三世紀ごろまで、未開的、原始的、アジア的な村落共同体の自足した「内」制度によってだけ運営される自在な自然占取の状態に放置されたというように。

琉球諸島で普遍的とみられる村落共同体の「内」制度を略記してみれば、およそつぎのような条件をみたすものとなっている。

はじめ丘陵あるいは台地の原生地に一戸あるいは数戸の家族が定住する。（この最初の定住地は擬制的なばあいもふくめて後に祖霊を祭る門族の祭祀地となる。）この家族は時代を経るとともに丘陵地あるいは台地から平地へと集落を移動させ、村落の範域を拡大してゆく。それとともに家族は居住の分家、婚姻からする親族の展開などによって、「門中」または「引」のような門族あるいは氏族を形成する。ひとつの「門中」は数家族のこともあれば三十あるいは四十家族を包括することもある。ひとつの村落共同体は、三つ四つくらいの門中を強固に保ったまま形成される。もちろん一村落が二十門中も包括するばあいもある。このような村落共同体の氏族あるいは前氏族的な「内」構成は、東北辺境尻屋などのばあいも、すこしもかわらないようにおもえる。

一つの門中のもっとも古い元家を「大家」または「根所」といいその家長を「根人」という。村落祭祀の世話役になる。そして「大家」の長女は「根神」とよぶ巫女として村落の祭司になる。これは代々世襲される。またそれぞれの門中の女子が「神人」として「根神」の下で村落の共同祭祀にあたる。

擬制的であるにしろそうでないにしろ、村落の共同祭祀の場所は氏族の祖霊のあつまる「拝所」であり、その場所は、先住地、御嶽《うたき》、井戸や泉、巨石、大樹、古墳跡などが選ばれる。また「根神」の「大家」は「根神地」という最初に数家族の祖先が定住しはじめた土地を世襲的に私有することになっている。

琉球諸島における村落共同体が、アジア的な「外」制度のもとに貢納を強要されたのは、十三世紀以後のこととされる。この「外」制度的な支配関係は、いくつかの特徴に要約される。ひとつは貢納が村落共同体あるいは村落共同体の幾つかの集まりである間切を単位とされたことである。この「外」的な専制にたいして村落の内部には血縁や地縁のおなじ「与」がつくられて「与」ごとに徴税にたいして共同責任を負うように定められた。

村落共同体は「外」制度支配に対応する村落の長（「地頭」）や「与」の長（「掟《ウッチ》」）のための官給地にたいし、労役の義務を課せられた。そして輪番により耕作させられ、これはじぶんたちの共有地の耕作とはまったく別のものであった。そして琉球諸島での村落共同体の特徴は村落共同体の「外」制度的な編成のヒエラルキーと、村落共同体の「内」制度的な編成のヒエラルキーが異った二重性として政治制度的にも祭祀制度的にも存続したことである。そしてたえずこの二つの比重の如何によって矛盾や対立や同調をくりかえしたところにあった。

ノロは村落ごとに部落の「外」的な共同祭祀のために、琉球王朝から任命される。けれどこれは村落共同体の「内」的にきめられた「根神」あるいは「神人」をおしのけることも、またその上風に立つことも実際にはできなかった。また王朝による「外」制度的な専制支配は、村落共同体の自然発生的な「内」法にたいして手をつけることはありえなかった。いわば村落の「内」法に密着した形で覆いをかけるほかになかった。十三世紀以前の琉球諸島を、わたしたちは太古からひきつがれた自然共同体の生成過程として大ざっぱに把握することができる。それは氏族あるいは前氏族的なところで強固な独立した共同体を構成していた。

いま典型的な久高島《くだかじま》の村落について、具体的にその形成過程を整理してみる（田村浩『沖縄の村落共同体』）。

（1）久高島では（調査時の）現在で戸数は百四十四戸である。これにたいして五十一町歩の畑地を「百五十地」に等分割し、男子十六歳から五十歳までに配当する。

（2）大化改新の班田収授法とおなじ土地制度で、この島では男子が十六歳になると「一地」をもらい五十歳になると村落共同体がその土地を回収する。毎年戸口を調査して、五十歳の者からは回収した耕地を、新しく十六歳になったものに授ける。

男子がいない家には「半地」が与えられる。

（3）耕地は「十組」にわけて、「一組」を「十五地」とする。それぞれ組には「組頭」をおいて女子がこれに当る。「根神」は「組頭」とべつにいて土地一切を掌握する。

（4）久高の血族集団は外間門中と久高門中の二つの門中にわかれていて、「根神」には二つの門中の長女がなり祭祀をおこなう。「根神地」は二つの門中の「大家」が世襲的に私有している。

（5）耕地の十組の組わけは門中によらずに地縁に基いている。

（6）共有耕地は宅地の周囲に近接していて、遠隔の地は共有の原野であって、誰でも自由に使用できる。私有地は二つの門中の「大家」の世襲する「根地」だけである。
(7) 耕地は三尺幅から一間に及ぶ細長い長方形に区画していて、その境界は小石を積み重ねてある。
(8) 耕地五十一町歩のほかに百坪余の「貝殻地」がある。王朝期に十五歳以下の男子に貝殻を採取させて貢納品とした。それにたいし貝殻地を分与した。
(9) 久高島の土地は結局次の数種類になる。
(i) 根人地
(ii) 百姓共有地
(iii) 仕明私有地
(iv) 貝殻地
(v) ノロ地
(vi) 掟地
ここで「掟地」というのが村落共同体「外」制度との接点地にあたる。行政官吏の任有地である。

このような班田地割はもちろん十三世紀以後に、琉球王朝の定めた土地制度の遺制である。この土地制度はアジア的な専制が「外」制度的に村落共同体に割りふったものである。だからげんみつにいえば政治制度としてのアジア的という概念は、ここで班田地割以後にも成立している。しかし班田地割によって人為的な所有概念のもとにおかれた村落共同体の「内」制度は、すでに主な耕作地で古代的ともいうべき性格をもつようになっている。そこにはわたしたちが村落共同体の展開過程で「内」制度的な必然から生じた土地共有も私有も存在しないからだ。共有や私有があったとしても人為的に循環するものか、とくに開墾したもののほかかんがえられないからである。

わたしたちは南島沖縄地域で、いちばん典型的で、いちばん古層を保存した久高島における村落共同体の形成過程をトレースし、整理した。そこからいくつかの関連性を東北辺境地域における村落共同体の形成過程とのあいだに想定することができる。

まず第一に、原生地に七百年以上以前に住みついて集落をつくった数戸の家族が、どのように門族を展開し、家族の分割などをテコにして村落共同体を形成したかという過程についていえば、ほとんど同一の過程と結果に到達したとみることができよう。原生地に当初に住みついた数戸の家族はそれぞれじぶんの親族を前氏族的な門族として展開させる。当初に住みついた原生地と目されるもの、あるいは擬制的に原生地として伝承された場所は、小高い丘陵地の御嶽として聖化された場所である。それから丘陵地の台上や中腹に「城《グシク》」という集落を囲い込むようにして住み、次第に平地部に移りつつ村落共同体を形成する。こういう村落形成までの地理的な条件は、沖縄のような離島と東北辺境のような山間地、盆地、谷間の狭地とではたしかにちがっている。だが強固な門族を保存したまま族縁的に展開されて村落共同体にいたるということでは、ほとんど両者に差異がみつけられない。そして土地所有形態としては、原生地を当初の門族が占有し（後代の「根地」）、ついで部落共有の農耕地を展開させ、そのはてに開墾された新たな私有地が拓げられるといった変化がこれに対応することもほぼかわらない。いいかえれば村落共同体「内」の展開過程は、ひとしくわたしたちが「アジア的」とかんがえる構造をもつことがすぐに納得される。

だが共同体「外」制度のかかわり方はすくなくとも主要な点で異なっている。ここで琉球諸島では琉球王朝、および後に島津藩によって、ほとんどむきだしに近い村落共同体への〈アジア的〉な専制関係が強要される。さきに挙げたように、数個の村落共同体の集合である間切は、すぐに王朝との貢納責任を負った専制下におかれた。各村落共同体は内部の地縁的な「組」を貢納責任の単位に充当した。

おなじことは村落祭祀にもあてはまる。すくなくとも原生地に門族が展開し、元家が門族のあいだの共同神を祭るようになった原始的な段階では、女子が祭祀の長となった。また母系制の遺制として土地の支配もまた女子が司った。これは大家の長女が世襲する根神と各家族の女子が補佐する神女を村落共同体「内」的に自然発生的に編成させて村落の共同祭祀を司らせた。〈アジア的〉な専制として外部からこの村落を支配した王朝は、この共同体「内」的な巫女の編成に見合い、覆いかぶせ、対応させる形で各村落、間切にノロという神女の組織を制度化し、その頂点に聞得《きこえ》大君《おおきみ》を制度的な神女組織の大祭司として任命した。村落共同体の根神や神女たちは制度的にはノロの支配におかれるようにみえたが、実質的に村落祭祀の原生的な根拠をもつものは、門族の大元から起源をもつ村落「内」的な根神や神女たちであった。なぜならそれは血縁から族縁へと展開してゆく自然制度的な根拠をもつもので、「外」から政治支配層が制度化した祭祀組織ではなかったからである。

こういう村落共同体「外」からもたらされる政治制度や祭祀制度のせめぎあいは、東北辺境の村落では、まったくかんがえられなかった。それは東北辺境の村落共同体は、中央の支配共同体から遠隔にあり、長くその視野の外部で、原生的な展開を遂げたからである。

これに対して南島における原生的な村落共同体の展開は、はやくから王朝支配を直接に島自体に及ぼされた。島津藩の支配に入っても本州南端から専制的な支配をうけた。中央の支配共同体は、大和あるいは中国大陸にあったが、少しも遠隔辺境にあるとはいえない琉球王朝の直接制度的な支配を蒙ったのである。

Ⅶ　アジア的ということ

1

南島沖縄地域で村落発祥の地のひとつとみなされている久高島では、近年まで村落共同体はげんみつに男女別の年齢階程的な秩序を保っていた。おおざっぱにそれをあげてみると、

男性
十五歳―十七歳　ウンサク
十八歳―二十歳　マクラガー
二十一歳―二十三歳　チクドウン
二十四歳―二十六歳　ウヤウムイ
女性

三十歳―四十一歳　ナンチュ
四十二歳―五十三歳　ヤジク
五十四歳―六十歳　ウンサイ
六十一歳―七十歳　タムト

このばあい男性の年齢階程の「内」制度は、ひと通りの意味では班田制と結びついている。十五歳をすぎて十六歳になると一地が授けられ、五十歳をすぎたとき土地は回収されて新しく十六歳になったものに授けられる。七十歳になったものは引退する。女性のばあいは村落の祭祀と土地の管理にかかわっている。三十歳―四十一歳で、最初に村落祭祀の司（巫女）としての資格を獲る儀式（イザイホー）を通過して、全員が神司となり、また組わけされた口分田の管理者としての役割をもつようになる。

こうみてくると久高島にみられる村落内部の年齢階程制は、耕作田の収授や宗教祭祀と結びつき、その必要から生みだされているようにおもえる。そしてそういう機能があることも疑えないようにおもえる。

だが村落共同体の内部で、男女全員がそれぞれ年齢階程的な組みのどこかに、生涯属しており、それぞれの組みを通過してゆく制度に、ここで見つけたいとおもうのは、そんなことではない。またこの年齢階程制が、村落の共同地の配分権や神女の資格と関わりをもち、女性がいつでも神の媒介をできることと結びついているのも、さしあたってとりあげたいことではない。ある村落共同体がその内部のすべての男女の成員について、それぞれ別個に、生涯にわたる年齢階程的な組みをもっているとすれば、その村落共同体はつぎのような特質をもつとみなされる。

(1)この村落共同体は原始的あるいはアジア的な段階の遺制を、最小限のばあいでも婚姻制として保存している。べつのいい方もできる。こういう村落共同体の内部では、個々の成員は完全に共同体の統制のもとで存在している。土地所有についても婚姻についても個々の成員は共同体の「内」制度的な自由と、共同体の完全な統制のもとにあることとが、ほとんどあるいはまったく同義である状態で存在する。だが他の共同体「間」でも共同体「外」でも、個々の成員は自由に振舞える余地は、まったくまたはほとんどない。

(2)村落共同体の内部の女性（げんみつにいえば共同体の族内婚的な女性）の全員が、神女としての資格を獲得するための儀礼（イザイホー）を通過し、しかも年齢階程的な組みを生涯にわたって作っていることとは、母系制の構成をもつことを意味している。共同体の意志はこのような神女である村落の女性の長によって統御されているとみなされる。

(3)村落共同体の内部の成員が、全員で男女それぞれ別に年齢階程的な組みを生涯もっていることは、氏族あるいは前氏族的な内婚制をもっていることを前提にしている。

(4)村落共同体の内部で男女の全員が年齢階程的な組みを、性別につくっているところでは、共同体の意志に同致しうる対幻想は（つまり男女の関係は）夫婦よりも近親の男女（兄弟姉妹とか従兄弟姉妹）のあいだにおかれている。

久高島の始祖となったと伝承されたシラタルー（白樽）夫婦は、百名のミントウン（現在の玉城村仲村渠《なかんだかり》）の出自だと云い伝えられている。ミントウンの元所（元家）の長男の娘と、分家した次男の息子シラタルー（白樽）が夫婦となった。二人は従兄妹（久高島での伝承では兄弟姉妹）なので、世間をはばかって久高島へ渡ったとされる。ミントウンの根屋《ニーヤ》の近くにはシラタルー（白樽）の親のシラタルーガナシの墓があり、また久高島にはシラタルー（白樽）の拝所がある。この伝承は現在久高島に村落が形成され人々が居住しているのが事実だというかぎり、誰かが最初に久高の村落を拓いたのは疑いない、という最小限の事実を含んでいる。その時期は研究者により六百年くらい以前とみなされている。

この伝承が語っているのは、始祖入島のとき村落は族内婚的な習俗のうちにあったことと、じっさいの婚姻がどうであれ、共同体がじぶんたちの意志に合致するとみなしていた対幻想（男女の関係）が、兄弟姉妹や従兄（弟）姉（妹）のような最近等親にあったことを象徴している。

一方、久高ノロ家の伝承では、はじめて久高島に移住した始祖はシラタルー（白樽）、ファーガナシーの兄妹であった。この二人は結ばれて一男と三女《ママ》が生れた。

長男マニウシは外間根人（ニッチュ）

長女ウトタルは外間ノロ

三女《ママ》タルガナーが久高ノロの祖になった。

この伝承もまえとおなじで、村落共同体の内部で男女のあいだの性的な親和が、兄弟姉妹のあいだに共同体として重要さをもっていた時代に、久高島の始祖の入植を位置づけている。じっさいに兄弟姉妹婚が行われていた時期を経たかどうかが問題なのではなく、村落共同体が強固な内婚性を母系的に保持しようとするときは、男女のあいだの対幻想が兄弟姉妹のあいだに共同体的な意味をもつことが重要とみなされる。

ところでこの久高島の始祖入島の伝承の上には、琉球開闢の神話が重層している。『世鑑』の記事を拾えば、大昔に天に阿摩美久《あまみく》という神がいた。天の最高神がこれを召していうには、この下に神が住むべき霊所がある。だがまだ島となっていない。お前が降りて島を作れと命じた。阿摩美久が降りてみると霊地とみえるが、東の海の波は西の海にうち越し、西の海の波は東の海にうち越していて、まだ島になっていない。そこで阿摩美久は天へ昇り、土石草木をくだされば島を作れますと天の最高神に申上げた。天の最高神は土石草木をくれたので、阿摩美久は、土石草木をもって天降って島々を作った。

数万年たっても人間がいないので、神威のあらわれようもないので、阿摩美久は天に昇って人の種子を乞うた。天の最高神は、お前も知っているように天中には神が多いが降すべき神はない。そうかといってほうっておくわけにもいかないといって、天の最高神の子男女二人をお降しになった。二人は陰陽和合は無いが、居る処が並んでいるので従来の風を結縁として女神は懐胎され、ついに三男二女を生んだ。

長男　国主の始祖（天孫氏）

次男　諸侯（按司）の始祖
三男　百姓の始祖
長女　聞得大君の始祖
次女　ノロの始祖

となった。

そのあと国土を守護する神々があらわれた。人々は穴居して自然の木の実をたべ、鳥獣の血を飲み、火をつかって料理することを知らなかった。阿摩美久はまた天に昇って、五穀の種子を乞い、麦、粟、禾を久高島に播き、稲の苗を知念と玉城に植えて、初穂を天地の神に供えて祭った。『世鑑』は中山王朝の摂政羽地朝秀が書いたもので、日本人が南下して琉球に住みついたという考えをもっていたので『記』『紀』の神話記述の影響をうけている。とくに天の最高神（『記』『紀』でいう天御中主神《あめのみなかぬし》）の命で始祖が島々に天降ったという考えははっきりとしたそのあらわれといえよう。

久高島に最初に村落をつくるために入植した始祖シラタルー（白樽）の伝承の上に、重層的に重ね合わされたこの開闢神話は、伝承譚とつぎの点が異っていることがすぐにわかる。

(1)始祖伝承が空間的に拡大され、同時に制度的に整備される。例えば伝承では始祖の夫婦は一男二女が生れて長男は外間根人、長女は外間ノロ、次女は久高ノロの始祖になるというように、久高の村落共同体の内部の二つの元家とノロの始祖譚であるが、開闢神話では、長男国主の始祖、次男諸侯（按司）の始祖、三男百姓の始祖、長女聞得大君の始祖、次女ノロの始祖というように、いわば制度的に完備され、空間的には村落規模から国家規模にまで拡大されている。

(2)それとともに伝承のなかには明瞭にあった村落の婚姻制度的な意味は、開闢神話では無意味化されてしまっている。伝承ではシラタルー（白樽）夫婦が兄弟姉妹であるか、従兄弟姉妹であるかとなっている。しかし開闢神話では阿摩美久一神がまず天降りし、つぎにその請いにより、天の最高神の男女の子が天から降りて祖神を生むことになっている。さらに久高や、玉城以外の口承では、はじめの始祖の男女は性交の方法を知らなかったが、イルカの交尾をみて知るようになったとか、セキレイの交尾をみて知ったというように、鮮明なイメージをともなっている。これは久高伝承になったときすでに〈昇華〉作用をうけて無化されていることがわかる。

(3)村落伝承ではたかだか御嶽（山嶽巨石）信仰や樹木信仰としてしかあらわれない、天空から神が降りてくるという観念が、開闢神話では始祖神が天の世界（『記』『紀』では高天原）から天の最高神（『記』『紀』では天御中主神）の命をうけて地（島）に天降りしてくるという観念に変更されている。

この同一の地域、久高島と対岸の玉城一帯に重層的に重ねあわされた伝承と神話のあいだの差異とズレを連結するには、その同一の地域の要所要所に〈聖化〉を施すほかにありえない。これが久高の対岸百名につけられた別名神谷（神屋）、久高の阿摩美久上陸地につけられた別名神谷原《カベール》、百名海岸の最初の上陸の舟着場だという聖石ヤハラヂカサ、その上にある受水、走水という泉、泉の口にある琉球最初の稲田などがその〈聖化〉の跡である。

つぎには当然、久高の村落の「伝承」と村落の構成と展開の「事実」のあいだの関係が問われてしかるべきだろう。

この久高島の始祖伝承を、実際の久高島の村落構成にまで、地続きに延長してかんがえてみる。このばあい〈伝承〉であるか〈事実〉であるかが問題となるのは、六百年前に始祖シラタルー夫婦が従兄弟姉妹であったのか兄弟姉妹であったのか、あるいは血縁の遠い男女であったかということだけである。久高島に最初に誰かが何《いず》れかの時期に入植し、現在の村落にまで発展したことは「伝承」も「事実」と合致していて疑うことはできないからだ。

久高島にはじめて入植した元家の家族（伝承のようにシラタルー夫婦一組としてもよい）がしだいに、分家や分族を産みだして村落共同体を展開したものとみなしたばあい、重要だとおもわれるのはつぎの点である。


⑴ひとつは家族の〈再生単位〉ともいうべきものである。
○ここでは幼児の童名が出生の順に、根神によってつけられるが、それは父方の祖父、母方の祖父、父の兄弟、母の兄弟という順につけられる。（女児のばあいは父方の祖母……父の姉妹……という順になる。）
○女子が神名をつけるばあいは祖母の神名がつけられて受け継がれる。
この「名前」が幼児名でも神名でも、祖父母の世代から順次にくりかえされるということは、いわば家族の〈再生〉観（生れかわり）の単位が三世代ごとに単位であることを象徴的に暗示している。またこれを居住単位からくるとみなすこともできる。

(2)本家から次男以下が世帯をもって別に分家をつくって独立したときには、本家の屋号にたいして「新」とか「東」とか「西」とか「前」等を冠した屋号がつけられる。そこでこの屋号の原理は母系制に対立するか、あるいはまったく無関係の父系の原理に基くものということができる。だがこの村落の展開にとっては分家の原理は重要な意味をもっている。

どうしてかというと、村落共同体が母系的な氏族共同体として閉じられているところで、ただひとつ開明的な意味をもち、その胎内から父系優位の萌生えをもたらすものは、この分家による世帯の分割にあったとみなされるからである。世帯の分割によって分家した家族では、共同体として母系氏族の一員という意味が、特別な祭祀の時をのぞいては、ふだんは忘れられていて、新しい家族の自立とそのための世帯主としての役割に専念せざるをえないからである。分家した世帯は世帯主である男によって維持されるほかない。いわば元家の長男に共同体の祭祀を委託し、次男以下の分家をするものは新たな家の維持と定着に力をつくすほかなくなる。

久高島における始祖の入植の伝承から、男女別の年齢階程的な組みの存在にゆきついた所以《ゆえん》は、すくなくとも確実に村落共同体が、氏族または前氏族共同体の強固な枠組みをもち、原則的には氏族内婚制を保守していた原始あるいはアジア的な共同体の時代を暗示的に象徴している。この村落共同体の制度は、土地制度としては大化の班田収授の方法をとって、古代的な形をもっていたが、村落共同体の「内」制度としてはもっとも古い形を保っているということができる。このばあい久高島の始祖伝承と、じっさいに村落が展開されて二つの根所（久高、本間）を元家として強固な男女の年齢階程的な組みをつくって共同体を形成していった「事実」とのあいだに、ズレをみつけることはできない。ただわたしたちは、久高島の村落は、始祖入植が六百年前としても、原始的あるいはアジア的な母系制の共同体を保ってきたことがしられる。また土地制度だけは本土の制度的な影響で、古代の班田法の形を継続してきている。もちろん共同体の制度的な枠組みと、個々の家族や成員が、どんなふうに生活様式や風俗や習慣を、時代に則してかえていったかということは関わりがない。

2

一見すると奇異におもわれ、誤解されるかもしれないが、『古事記』や『日本書紀』にあらわれた神話時代や、伝承の初期天皇群の時代は、家族―親族―氏族という展開が、始祖の土地への入植と村落共同体へと展開されてゆく共同体の制度と対応してかんがえられるときには、久高島における村落共同体の男女別の年齢階程的な内婚制にくらべて、より新しい段階にあるものばかりである。

島嶼であることと、狭い平地と貧弱な水利しかかんがえられないことが大きな条件になっていたかも知れないが、久高島では氏族内婚的な母系制度が保存され、この内婚的にかんがえられるかぎりでの共同体の成員は、ことごとく女性は年齢別の神女組織の組みに、資格儀礼を経て加入し、男子は土地の共同体所有の配分にからめて年齢別の男子だけの組みをつくっている。この構成は村落共同体の「内」制度としては、もっとも原型的なもっとも古い形を保っているということができる。

『記』『紀』の神話や伝承の時代は、久高島に典型的に保存されているような、母系的な共同体とまったく同質なものと見做すことができる。しかもその神話や伝承は原始的な、あるいはアジア的な段階の母系的な共同体、あるいはその連合体のあいだの、共同体的な外婚制を象徴的に語るものばかりだといっても過言ではない。すくなくとも久高島に保存されてきた母系的な内婚制の遺制よりも、古い時代を象徴するものは、すこしも見当たらないといってよい。

『記』『紀』の神話、伝承のなかに神婚説話が二つある。

(1)は、イスケヨリ比売《ひめ》の出生説話である。

三島のミゾクヒの娘で、名は勢夜《せや》のタタラ比売は容姿が美しかったので、三輪の大物主の神が見染めて、その少女が大便をしているとき、丹塗の矢に化けて流れくだって、その少女の陰部を突いた。そこで少女は驚いて、立ちあがって走りさわいだ。その矢をもってきて床の辺りにおくと、たちまち美しい男になった。その少女に娶あわせて生んだのは、ホトタタライスケヨリ比売、またの名はメタタライスケヨリ比売である。(神武紀の条)

(2)は、オホタタ根子の出生説話である。

イクタマヨリ比売は容姿が美しかった。ひとりの類いない美しい容姿の男が夜半になるとやってきて愛しあって一緒に住み、まだいくらもたたないのにその少女は妊娠した。両親が怪しんで娘におまえは夫が無いのに妊娠したのはおかしいではないかと問うと、娘は美しい名も知らぬ男が夜ごとやってきて一緒にいて、それで妊娠したと云った。そこで両親はその男を知ろうとおもって、娘に教えて赤土を床の前に散らし、麻のひもを針にとおして男の衣の裾に刺しておけといった。そこで教えた通りしておいて、朝になってみると、針をつけた麻の糸が戸の鉤穴からでていった。その糸のゆくえをたどってゆくと三輪山までいって神社にとどまった。
（崇神紀の条）

この二つはもちろん、三輪山頂（巨石）祭祀を、沖縄でいう御嶽とする山麓の村落共同体の元家（根所）の女性の司祭長（長女）と、祭神との密接なかかわり方を象徴する神婚譚である。しかもこの女性の司祭は名前からすれば鍛冶師や玉造りのような非農耕的な氏族集団の所在を象徴しているとおもえる。だが婚姻関係として別の象徴的な意味をもっている。ひとつは氏族外婚制を暗示していることだ。氏族内婚的でしかも村落共同体が氏族あるいは前氏族共同体から構成されているとすれば、女性のもとに忍んでくる男が、両親だけでなく、本人の女性にも誰だかわからないということはありえないからである。もうひとつは共同体の内部では忍んできた他の共同体の男性が特定されないか、あるいは特定されることは共同体〈意志〉に反するか、その何れかであることを暗示している。

久高島におけるような男女それぞれ別個の、年齢階程的な組みに村落の全員が必ず所属している構成を、族内婚的な共同体婚を象徴するものとすれば、神武紀や崇神紀に記載された三輪祭神大物主の神婚譚が象徴するものは、歌垣などのような他の共同体の男が誰であるか特定できない族外婚的な共同婚のようなものを象徴する。あるいは共同体と外の共同体との「間」の外婚であるとしても、それぞれの男女が自分の氏族を離れることができない婚姻の形を象徴している。そしてあきらかに神武紀や崇神紀に記載された三輪山周辺の村落の婚姻形態の方が、久高島における村落構成が潜在的に象徴する婚姻形態よりも、後の段階に属する新しいものだということができる。

いま『記』『紀』に記載された崇神以前の伝承の初期天皇群を、あとから天皇という呼称に統一化したもので、もともと大和国磯城《しき》郡や葛城郡のあたりの氏族の女首長あるいは首長の姉妹や娘たちに妻問いした他氏族の土豪とみなせば、これらの居住所、婚姻した女性、近親の系譜、事跡、死んだのちの墓所などの記載は、言語記述上の地平における「事実」の記録のようにみなすことができる。このように『記』『紀』の初期天皇紀を読むという記述上の次元では、神武の東征譚は、この氏族のいわば出自上の伝承のようにみなされる。

伝承の神武は日向にいたときに、薩摩の阿多の族長の妹と婚して二人の子がいるが、大和へ移住してきて三輪山麓の村落共同体の首長の娘で、村落の司祭長であるイスケヨリ比売を娶ることになる。

『記』の記載では「伊須気余理比売の命の家は、狭井河の上にあり。天皇、その伊須気余理比売のもとに幸行でまして、一宿御寝したまひき」となっている。また天皇の本拠はやや離れた「畝《うね》火《び》の白檮原宮《かしはらのみや》」にあった。そこから狭井河の上にあった伊須気余理比売の家に通った。そしておなじく『記』の記載には「後に其の伊須気余理比売、宮の内に参入りし時」と記されているから、畝火のあたりにある夫「神武」の家に同居したことになる。このことは三輪の大物主神を村落の共同の祭神とした村落の元家（根所）の娘であるイスケヨリ比売の属する氏族と、神武が属していて畝火の白檮原宮に本拠をおく氏族とは、それぞれ強固な氏族内の共同規制があって自族の本貫地を離れないままに男が女の家に通い、政治や祭祀の必要上で男の宮殿に同居し、また祭祀のばあいは女の出身地にかえるということを繰返した。そうかんがえるか、あるいは三輪山を祭神とする氏族共同体（あるいはその連合）の族長の元家（根所）の祭祀長である長女イスケヨリ比売の出自領土の内に、伝承の神武の住居である畝火の白檮原宮は含まれており、いわばイスケヨリ比売の氏族に神武の方が移籍したとかんがえることである。

狭井河の上にあって三輪山祭祀を司っていた元家の娘であるイスケヨリ比売は、山麓に展開された氏族的な共同体の巫女的な首長（御祖《みおや》）とみなされている。神武が死んだあと異母庶子にあたる当芸志美美《たぎしみみ》もまたこの庶母を娶ることになっている。これはこのあたりの母系的な氏族共同体の地縁的な管理と祭祀権がイスケヨリ比売にあって、この地域を支配するためにはイスケヨリ比売と婚することが必要だったということを象徴するようにおもわれる。

ところで当芸志美美の出自は、母阿比良比売《あひらひめ》の本貫が九州（日向、大隅、薩摩のあたり）であるから、神武と三輪の山麓、狭井河の上を本貫とするイスケヨリ比売のあいだに生れた子、日子《ひこ》八井、神八井耳《かむやいみみ》、神沼河耳《ぬなかわみみ》の三人を殺してしまわなければ安泰でないとかんがえて、殺そうとする。

当芸志美美は妻になっている庶母イスケヨリ比売の内通で、逆に神沼河耳に殺されてしまう。ところで兄の神八井耳はおじけて当芸志美美を殺せないで、弟の神沼河耳が殺したので、兄は弟にじぶんは仇を殺すことができず、お前が殺した。じぶんは兄だが「上《かみ》」となるわけにはいかないからお前が「上《かみ》」となれ、「僕《あ》は汝命《いましみこと》を扶《たす》けて、忌人《いはひびと》と為りて仕へ奉らむ」と告げることになっている。

この挿話はたぶん、兄が三輪山祭祀の神社を司る祝《はふり》になってイスケヨリ比売の司る祭祀をたすけ、そして弟の神沼河耳が政治を司るものとなって、イスケヨリ比売の氏族に所属するということを意味している。

神沼河耳（綏靖）は『記』の伝承では、じぶんは葛城の高岡宮（御所市森脇）にいて政治を行い、師木（磯城）の県主の祭祀の長である河俣《かわまた》比売を娶る。師木県主の居住を志貫御県坐神社を御嶽あるいは神アシヤギとみなして、それを祭神とする近傍の村落とかんがえれば、神沼河耳は、山裾の傾面の路を曲って御所市の高岡宮から、桜井市の金屋のあたりにある志貫御県坐神社の近くの河俣比売のところまで通ったことになる。二人のあいだには『記』の伝承では一人っ子である師木津日子玉手見《たまてみ》が生れる。

師木津日子玉手見（安寧）は母河俣比売の氏族にあるから金屋の住家に同居しているとみなされる。河俣比売を祭祀の司とし、その兄波延《はえ》が磯城の県主としてこの地方を統治している。この兄の娘阿久斗《あくと》比売と玉手見（安寧）は婚する。いわば従兄妹のあいだの婚姻である。師木津日子玉手見（安寧）は片塩の浮穴宮（大和高田市浮穴）に住居を定めて統治したと記されているが、これはたぶん磯城県波延《はえ》の妻（阿久斗比売の母）の本貫地のあたりであるとみなすことができる。

師木津彦玉手見（安寧）と阿久斗比売のあいだに三人の子が生れる。長子は常根津日子伊呂泥《ね》、次男は大倭日子鉏友《すきとも》、三男は師木津日子である。長子の常根津日子伊呂泥は母阿久斗比売のもとで祭祀関係にたずさわったものとかんがえられる。ここでも次男鉏友《すきとも》が天皇（懿徳）となり政治にたずさわる。鉏友は軽の境岡宮（橿原市大軽町見瀬）に住居を定めた。鉏友は師木の県主の姉妹にあたる飯日比売と婚したとされているので、そのあたりが妻の居住に近かった。二人の子供ができたが、このばあい長子である御真津日子訶恵志泥《みまつひこかえしね》の方が政治にたずさわっているが、その理由は説明できない。『記』の記載のように訶恵志泥が一人っ子の男子であったとすれば納得されよう。

御真津日子訶恵志泥（孝昭）は、後世の尾張の連の始祖にあたる奥津余曾《おきつよそ》の妹、余曾多本比売《よそたほ》と婚した。この后の本貫はたぶん葛城にあったので、訶恵志泥は葛城の掖上宮《わきがみ》（御所市池の内の辺）に住居を定めた。生れた子は、長子が天押帯《おしたらし》日子、次男が大倭帯日子国押人《くにおしひと》である。長子の天押帯日子は母の氏族で祭祀の司人（根人）となり、弟の国押人（孝安）のほうが政治を司った。

大倭帯日子国押人（孝安）は、姪の忍鹿《おしか》比売と婚した。住居は葛城の室の秋津島宮（御所市室）であった。子供は長子が大吉備の諸進《もろすすみ》、次男が大倭根子日子賦斗邇《ふとに》である。そこで次男が政治を司った。

大倭根子日子賦斗邇（孝霊）は、黒田の廬戸の宮（磯城郡田原本町黒田）に住居をきめ、十市《とおち》の県主の祭祀長、大目の娘、細比売《くわし》と婚して、大倭根子日子国玖琉《くにくる》を生んだ。

また春日（奈良市）千千速真若《ちぢはやまわか》比売と婚して、千千速比売を生んだ。

また意富夜麻登久邇阿礼《おほやまとくにあれ》比売（「淡道《あわじ》の御井宮」兵庫県西淡路町松帆）と婚して夜麻登登母母曾《やまととももそ》比売と日子刺肩別《さしかたわけ》、比古伊佐勢理《いさせり》比古（大吉備津日子）、倭飛羽矢若屋《とびはやわかや》比売の四人を生んだ。

また阿礼比売の妹、蠅伊呂杼《はえいろど》と婚して、日子寤間《さめま》、若日子建《たけ》吉備津日子の二人を生んだ。

最初の細比売とのあいだの一人っ子の男子国玖琉が政治を司ることになる。これは本貫地が代々の勢力圏、磯城郡の周辺にあるために当然のこととしてかんがえられる。

ところで賦斗邇《ふとに》（孝霊）の婚姻の記載で特異だとおもわれることがある。一つはこの記載ではじめて妻を磯城《しき》周辺の元家（根所）の女性以外から求め、そこへ通っていることである。第一に春日の真若比売がそうである。つぎにもうひとりはかれらの氏族の神話的な本貫地であり、また遠隔でもある「淡道」にいて、おそらくは神事にたずさわっているはずの久邇阿礼比売のところに通っている。しかも大司祭の女性として伝承されている夜麻登登母母曾比売を生んでいる。

もうひとつこれに関連して特異なことは賦斗邇《ふとに》は、同時に久邇阿礼比売の実妹である蠅伊呂杼《はえいろど》とも婚している。この段階は族外婚的な共同体婚のなかから共同体的な規制力がやや衰えてきた段階を象徴している。

強い共同体の規制力をもった母系氏族共同体の成員（このばあい首長的人物）が族外婚的に、他の氏族共同体の女性に妻問いした。そのばあいにはその女性の姉妹とも潜在的には婚姻したとおなじようにみなされる。

これはかれらの氏族の神話的伝承の時代からあった。邇邇芸が薩摩の国の阿多都《あたつ》比売（木花佐久夜比売）を訪婚したとき、その父大山津見は姉石長《いわなが》比売を副えてさしだしたとなっている。

こういうことが当然とされるのは、族内婚的な共同体婚の段階が崩れた段階で、族外婚が共同体の規制下にはじめて許容されるようになったとき、共同体が成員の女性と他の氏族の男子との婚姻を許容することは、その女性の姉妹近親との婚姻を許容するのとおなじ意味の、潜在的な強制力をもっていたためとみなすことができよう。

賦斗邇（孝霊）によって通婚圏ははじめて大和盆地南部から離れて北半部に及び、同時に神話的本貫地とその周辺との脈絡をつけた。この賦斗邇が婚姻圏を拡大した記載は、伝承の初期天皇群の勢力が、はじめて村落共同体（連合）の次元の土豪的な勢力を脱し、部族（連合）の次元へ入りはじめたことを象徴しているようにみえる。

大倭根子日子国玖琉《くにくる》（孝元）は、軽の堺原の宮（橿原市大軽町）に住居を定めた。後の穂積の臣等の先祖にあたり、たぶん生駒山の東のあたりを本貫とする首長内色許男《うつしこお》の妹、内色許売《うつしこめ》と婚して、大比古、少名日子建猪心《たけいごころ》、若倭根子日子大比比《おおびび》の三人を生んだ。

また内色許男の妹、伊迦賀色許売《いかがしこめ》と婚して比古布都押信《ふつおしまこと》を生んだ。

また河内の青玉の娘、波邇夜須《はにやす》比売と婚して建波邇夜須比古を生んだ。長子大比古は内色許売の氏族を継いで祭祀の人となったとみなせば、三男（『紀』では次男）若倭根子日子大比比が政治を司ることになる。

この国玖琉《くにくる》（孝元）やそのまえの賦斗邇《ふとに》（孝霊）あたりから通婚圏が拡大してゆく徴候が記述のうえに見えはじめる。ここでは河内が通婚圏としてはじめて登場してくる。

もうひとつは国玖琉は内色許男の妹と婚し、また内色許男の娘と婚している。これは内色許男の娘（の母の）氏族と、内色許男の妹の氏族との二つの氏族と婚姻関係をもったことを示している。

若倭根子大比比（開化）は春日の伊耶《いざ》河の宮（奈良市本子守町率川）に居住した。

大比比は丹波の大県主由碁理《ゆごり》の娘、竹野比売（京都府竹野郡丹後町）と婚して比古由牟須美《ゆむすみ》を生んだ。

また庶母の伊迦賀《いかが》色許売と婚して、御真木入日子印恵《いにえ》、御真津比売を生んだ。

また後の丸邇の臣の祖先にあたる日子国意祁都《おけつ》の妹、意祁都比売と婚して、日子坐《います》を生んだ。

また葛城の垂見の宿禰の妹、鸇比売と婚して建豊波豆羅《はづら》和気を生んだ。

大比比（開化）と庶母伊迦賀色許売とのあいだの子（男の一人子）、御真木入日子印恵《いにえ》が政治を司ることになる。

御真木入日子印恵（崇神）は、師木の水垣宮（桜井市金屋）の志貫御県坐神社の近くに居住した。

印恵は、木の国造、荒河刀弁《とべ》（和歌山県那賀郡）の娘、遠津年魚目《あゆめ》目微《まくはし》比売と婚して、豊木入日子、豊鉏《すき》入日売を生んだ。

また尾張の連の祖先にあたる意富阿麻《おほあま》比売と婚して大入杵《いりき》、次に八坂入日子、次に沼名木入日売、次に十市入日売を生んだ。

また大比古（伯父）の娘（従姉妹）、御真津比売と婚して、伊玖米《いくめ》入日子伊沙知《いさち》、次に伊耶《いざ》真若、次に国片比売、次に千千都久和《やまと》比売、次に伊賀比売、次に倭日子の六人を生んだ。

従姉妹の御真津比売との間の男児、伊玖米《いくめ》の伊沙知《いさち》が政治を司ることになる。

これら『記』『紀』に記載された伝承の初期天皇群の略歴の記述は、大和国磯城郡や葛城郡の周辺に居住する土豪家の記述上の「事実」として位置づけるとき、通婚の状態を語るものとみなすことができる。この土豪家は先祖の本貫地が筑紫（九州）にあるという伝承と、大和国磯城郡や葛城郡に定着するためには、「東征」の困難な長期の旅程を必要としたという伝承をもっていた。

けれどもほんとうの意味で伝承の初期天皇群とされる土豪に所属している伝承は、地域の村落共同体（連合）に直接かかわりをもつ畿内に入ってからの東征譚だけであろう。さきに久高島の村落共同体の現実的な構成と、村落の元家のもつ伝承と、国家成立後において、久高島に重層された神話とのかかわりでみてきたように、支配的部族は支配的な勢力を得るまでの過程で、版図におさめた被支配氏族の伝承をすべて取り込んで神話や神話的伝承を作りあげることができる。また一般的にはかならずそう創りあげるものだといえる。

この意味では筑紫（九州）におけるこの土豪の祖先の伝承譚は、伝承的な「事実」であるかどうか（この土豪家に属する伝承かどうか）、すでに保留をつけなくてはならない。
だが婚姻史的にみれば、筑紫（九州）におけるかれらの先祖の伝承譚は、大和における土豪達の婚姻譚と地続きであるということはできよう。

(1)天日高番《あまひこほ》の邇邇芸《ににぎ》が笠紗の岬で美しい少女にあった。大山津見の娘、神阿多都《あたつ》比売（木の花佐久夜比売）にあった。邇邇芸が婚しようというと、大山津見は、阿多都比売の姉石長比売をそえて与えた。

(2)邇邇芸と佐久夜比売のあいだに三人の子が生れた。

長子　火照《ほてり》（海幸彦）

次子　火須勢理《ほすせり》

三子　火遠理《ほおり》（山幸彦「天日高日子《あまひこ》穂穂出見」）

火遠理は綿津見の宮へゆき海神の娘豊玉比売と婚して、三年、妻の氏族に滞在した。

(3)火遠理（山幸彦）は、妻の海神の氏族から獲た知慧と技術で兄の火照（海幸彦）の難題と攻撃を卻けて兄に「じぶんは今後、おまえの昼夜をわかたぬ守護人となって仕えよう」と云わせる。いいかえれば長子の相続の否定を象徴する挿話とおもえる。

(4)豊玉比売は子を産むときの姿を火遠理に見られて身をかくしたが、そのあと妹の玉依比売を火遠理につけて与える。

(5)豊玉比売と火遠理のあいだの子、鵜葺草葺不合《うがやふきあえず》は叔母の玉依比売と婚する。

この一群の海人部の氏族にまつわる挿話は、強固さはやや崩れかかってはいても、ひとつの氏族のメンバーの男性が、他の氏族に属する女性と婚姻するばあいに、母系氏族であれば女性のもとに通い、ある時期滞在してもまた自族にもどってゆく。また女性の方は自族の領域内を離れることはない婚姻の在り方を象徴している。また婚姻ということ自体が、氏族共同体の共同の意志と規制のもとにあるため族長の容認なしには行われず、また容認があれば、ある女性と婚することはその女性の姉妹や叔（伯）母や庶母と婚することも潜在的には包括していることを意味する挿話になっている。この状態はひとつの氏族共同体が、その共同体の「内部」に存在する家族を婚姻単位としてひとつの〈団塊〉として認めているが、それ以上ではない状態を象徴しているようにみえる。神話や伝承のなかに登場する女性は、いずれにせよ氏族の女性首長あるいは、近親の女性として氏族全体を象徴するものになっている。それとの婚姻は氏族共同体の帰すうをきめることを象徴する。

3

『記』『紀』のなかで神話的な記述と伝承的な記述とを根本的に区別する標識は〈産出〉あるいは〈生成〉という概念が〈天空〉から由来するという観念が、神格化あるいは神名化された第一類と、自然景観として存在する物言わぬ自然、そのさまざまな現象と作用は、すべて人格神あるいは神的名辞の表象であり、また逆に人格神あるいは神的名辞によって表象されるという概念をもった第二類からやってくることとである。この第一類を神話的な記述とみなし、第二類をもともとある種族が、主として保有してきた伝承の特質とかんがえることにする。だがこの第一類と第二類とは、げんみつにはこの部分が神話、この部分は伝承というようには区別しがたい。なぜならば神話的な概念は伝承的な概念のなかから滲出するように拡大されてしか、生じないからだ。その意味では、ある一つの基構造をもった伝承は、村落共同体（連合）の次元にあるかぎりは伝承にとどまるが、ひとたび部族（連合）の次元におなじ基構造が拡張され変成をうけたとき、それは神話的な記述に転化するものだ。そうかんがえた方が正当だといえよう。壮大な神話体系とは壮大な古典国家という以外の何ものでもないともいえる。古典国家は村落の口伝も、氏族や部族の伝承も、すべて包摂しながらひとつの神話体系にまとめあげる作用をもっている。

わたしたちは歴史学や民族学の領域に踏み込んでこの第一類の〈天空〉から〈産出〉あるいは〈生成〉という概念が由来するという考え方を、大陸の騎馬遊牧民族によって日本列島に導入されたものとみなし、これが第二類を伝承としてもった先住種族を征服して王朝を築いたというような仮説をまったく採用しない。またその当否をあげつらう次元に踏み込むつもりはない。

むしろわたしたちは第二類の伝承をもったある広範に分布した支配的な部族のもった神話的な観念が、第一類に変成されると潜在的にはかんがえている。

『記』『紀』に記述された特別天神

(1)天御中主神《あめのみなかぬし》
(2)高御産巣日神《たかみむすび》
(3)神産巣日神《かみむすび》
(4)ウマシアシカビ比古遅神《ひこぢ》
(5)天常立神《あめのとこたち》

これらは〈天空〉というところには〈中心〉となるものと〈産出〉あるいは〈生成〉という作用と、その〈固定化〉という現象を司る神的な作用（神）があり、それによって万物が生じたのだという神話的な表象を神名化したものとみられる。

つぎに〈大地〉が固定化され、さまざまな大地の上の自然現象が生じ、人間がそのうえに居所を定め、人間らしい顔や心をもち、男女にわかれて種族の始祖となるという概念が神格化あるいは神名化される。

(1)国常立神《くにとこたち》
(2)豊雲野神
(3)宇比地爾神《うひぢに》（泥である神）
妹須比智邇神《いもすひぢに》（砂である神）
(4)角杙神《つのぐひ》（湿地の葦芽である神）

妹活杙神《いもいくぐひ》（植物の茎である神）

(5) 意富斗能地神《おほとのぢ》（家の戸である神）

妹大斗乃弁神《いもおほとのべ》（家の門である神）

(6) 於母陀流神《おもだる》（人の面影である神）

妹阿夜訶志古泥神《いもあやかしこね》（心である神）

(7) 伊耶那岐神《いざなぎ》（神話的な始祖男神）

妹伊耶那美神《いもいざなみ》（神話的な始祖女神）

はじめに〈空無〉だったところに〈天空〉に〈生成〉の中心があり、それが〈生成〉を司り固定化されるという概念を神格化し、その神格化された神が〈生成〉の観念の象徴であるとともに、〈生成〉を司るものであるという観念の作用を『記』『紀』の神話の第一段とみなすことができる。そしておなじ観念は〈大地〉が生成され、その上でさまざまな自然現象が起り、人間が形を生みだされ、男女の始祖となるという概念を神格化あるいは神名化して第二段の展開を遂げる。こういった〈空無〉から〈天空〉の中心に〈生成〉の作用によって人間の始祖が生み出されるという作用と、生みだされた結果とが、神として命名されるという観念が神話とみなされることになる。

こういう神話的な観念は、とても壮大で高度な観念のようにみえ、こういう観念をもった特別な種族が大陸から王朝として到来（どれくらいの人数？）してもたらされたようにみえるかもしれない。またこういう『記』『紀』の神話的な観念も、ギリシャやローマの神話体系や、イスラエルの神話（旧約）などに比較するといかにも貧弱な地域的なものと映る。だがこの論稿の考え方からすれば、それはギリシャやローマやイスラエルの古典国家が、わが古典国家より遥かに規模が大きく壮大な版図をもっていたために、さまざまな種族や氏族の民話や伝承を包摂できたということを意味するにすぎない。

〈天空〉の中心が生成を司り、そこから聖なるもの（神、種族）が天降っているという『記』『紀』のなかの神話的な概念は、村落共同体（その連合）の次元では、村落社会の周辺にある山嶽（あるいはその頂きの巨石）や、聖なる樹木などを憑依物として祭るようにすれば、それを介して〈天空〉から神は地上に降りて接続することができるという信仰に対応している。このような山嶽あるいは樹木の信仰は、べつに壮大でもなければ特別にそのために支配的な種族の到来などを必要としていない。かりにそういう信仰をもった種族が到来者だとしても純粋培養的に際立った種族を想定する必要はない。長いあいだ自然に個々に漂着したり、渡航したりして同化してしまったとかんがえれば充分だとおもえる。

神話と伝承とのこういった滲透構造をもった支配的な部族（連合）の第一次伝承は、始祖伊耶那岐と伊耶那美の国生みの記載にみられる。二人が婚して生み出した島の名と順序は、つぎのようになる。

(1) 淡道《あはぢ》之《の》穂《ほ》之《の》狭別島《さわけのしま》（淡路島）

(2)伊予之二名島（四国）

伊予国（愛比売《えひめ》）

讃岐国（飯依比古）

粟国《あわのくに》（大宜都比売）

土《と》佐国《さのくに》（建依別）

(3)隠伎《おき》之三子島（天之《あめの》忍許呂《おしころ》別《わけ》）

(4)筑紫島（九州）

筑紫国（白日別）

豊国（豊日別）

肥国（建日《たけひ》向《むか》豊《とよ》久《く》士《じ》比《ひ》泥《ね》別《わけ》）

熊曾国（建日別）

(5)伊伎島（天比登《あめのひと》都柱《つばしら》）

(6)津島《つしま》（天之狭《さ》手《て》依《より》比《ひ》売《め》）

(7)佐度島

(8)大倭豊秋津《おほやまととよあきつ》島（天御虚空《あまつみそら》豊秋津《とよあきつ》根《ね》別《わけ》）

以上が大八島国である。

そのあと帰りに生んだ島は、

(9)吉備児島（建日方別）
(10)小豆島（大野手比売）
(11)大島（大多麻流《たまる》別）（山口県）
(12)女島《ひめしま》（天一根《あめひとつね》）（国東半島）
(13)知訶《ちか》島（天之忍男《おし》）（五島列島）
(14)両児《ふたごの》島（天両屋《ふたや》）（五島列島）

ここにはおおざっぱに二つの特徴があるといえる。これらの国生みの伝承が、畿内以西の日本列島をすべて島嶼として認知していることである。そのうえ淡路島周辺を起点として四国全土と中国地方の瀬戸内海沿いの島と、九州全土を、いわば版図としていた海人部族の伝承だということが理解される。

もうひとつは土地の版図の〈生成〉ということは、神名化された人物の〈生成〉ということとまったく同義とみなされていることである。この特質はこの部族の神話のなかにすでにはっきりしていた。この意味は、たとえば讃岐国が飯依比古という首長によって統治されていたことから、讃岐国が飯依比古と同義になったということではない。讃岐国という土地の版図が、そのまま飯依比古という神名と同義であるという概念が、まず初源にあって、ある土地の版図を象徴するものが、その村落共同体（連合）の首長の名前だという概念があとからやってくる。これは時代が下るにつれてある土地の版図を司る首長は、そのどこかに土地の名を首長の名のなかにもつという命名の習俗をもつようにさえなった。

この島生み（国生み）の伝承の地理的な分布からかんがえられるように、最初の土地の版図に関する伝承をもった時期には、この海人部族系の支配的部族（連合）は、中国地方の日本海側（あるいは瀬戸内海沿岸を除いた中国地方の全土）と、畿内の全土を、その支配的な版図に組入れていなかった。もちろん畿内以北の日本列島は、この支配部族の視野のまったく外にあった。

国生みのあとに、神生みの伝承がやってくるが、このばあいの神は自然物やその動き、生活や生産の概念を神格化あるいは神名化したものとして受取れる。石土比古神《いわつちひこ》は岩石や土砂の神格化であり、沫那芸神《あわなぎ》や沫那美神《あわなみ》は海や河のないだ水面の神格化であり、天之水分神《みくまり》、国之水分神は灌漑水を分配する神であり、というように自然物と自然の作用と、自然現象がひとしく神格化される。

わたしたちはこの支配者となった海人部族の神話と伝承とを貫徹している根底的な理念をみつけるとすれば、この自然物、自然の現象、自然の作用を、ぜんぶ等しく神格化あるいは神名化してしまうことにもとめられる。ことに自然の作用の神名化は、あまり類例のみつけられない、理念的な特徴をなしているとおもえる。

伊耶那岐、伊耶那美は初期王朝の支配者となった海人部族の伝承上の第一次的な始祖にあたっている。この始祖の伝承のうち注意しておくべきだとおもわれることは次のような点である。

(1)伊耶那美が火の神を産んだため陰《ほと》を焼かれて死んだとき、伊耶那岐は死体のまわりをはいまわって泣くが、その涙でできた神が香具山(大和橿原市木之本)の山裾の木のもとにいる泣沢女神《なきさわめのかみ》だという伝承。
(2)伊耶那美を葬った場所が、『記』では出雲と伯耆の境の比婆山(広島県比婆郡)、『紀』では紀伊国熊野の有馬村となっている伝承。
(3)黄泉の国で伊耶那美に追われて最後に道を塞いでしまう黄泉の比良坂が、出雲の国の伊賦夜坂(島根県八束郡東出雲町揖屋)だという伝承。
(4)伊耶那岐が黄泉の汚れをはらうために身禊《みそぎ》に行ったさきが日向国の小門《をと》の阿波岐原《あはきはら》だという伝承。

この初期の支配的な海人部族にとって中国地方、とくに出雲国地方は、勢力圏の外部にあるとみなされていた。そのうえこの出雲地方と畿内の紀伊国熊野地方とは、域外地方としてまったく等価とみなされているふしがある。いいかえれば、この海人部族の本貫地が瀬戸内海に面した筑紫の沿岸域にあるとみなされたときには、中国地方(葦原中国《あしはらのなかつくに》)とくに出雲地方が域外地としてそれに対立し、本貫地が大和にあるとみなしたときには、熊野地方が域外地とみなされるという対応が存在する。

またこの支配的部族の第一次伝承の概念を構成する地誌的な要地、大和磯城地方、出雲、紀伊熊野、日向はすべて始祖譚と結びつけられている。これは村落伝承を基構造とかんがえるかぎりは、作為的に版図を連絡したために作られたとかんがえることができる。だがもちろんはじめからこの部族の統一的な伝承とみなすことができるわけだ。

(5)伊耶那岐の身禊《みそぎ》の最後の段階で次の神々が、同じ系列として生みだされる。

(イ)阿曇《あづみ》連（海人部族）の祖神

底津綿津見神

中津綿津見神

上津綿津見神

(ロ)住吉神（海人部族の祭神）

底筒（津々）之男命

中筒（津々）之男命

上筒（津々）之男命

(ハ)初期王朝の始祖

天照大御神（高天原〔日〕を治める）

月読命（夜を治める）

建速須佐之男の命（海を治める）

この構造の意味するものは、支配的な海人部族（初期王朝）と海人部族との等価性である。別の言葉でいえば初期王朝の始祖にとっての祭神と、海人部の祭祀する海の神とが同一だということを象徴している。もちろんこれを神話的な継ぎ合わせとみることもできるわけだが、繰返されるおなじ伝承構造からすると支配的部族と海人族とが別だとみるほうがはるかに不自然だといえる。

まったくおなじように、海人部族の祭神と初期の支配王朝が始祖とみなしているものが同根であることを暗示する挿話は繰返されている。

伊耶那岐の身禊から最後に生れた天照大御神と弟の建速須佐之男（はじめに海原を統治せよとされた）とが、誓約して子を生む。

(イ)天照《あまてらす》が須佐之男の剣をくだいて吐き出して生れた子
多紀理《たきり》比売（宗像《むなかた》〔海人部族〕の奥津宮）
市寸島《いちきしま》比売（宗像の中津宮）
多岐都《たきつ》比売（宗像の辺津宮）

(ロ)須佐之男が天照の剣をくだいて吐き出して生れた子
天忍穂耳《あめのおしほみみ》（初期王朝の始祖神）
天菩卑《あめのほひ》（出雲氏族に同化）
天津日子根《あまつひこね》（大和在住氏族の始祖）

熊野久須比《くすび》（出雲または熊野在住氏族の始祖）

この挿話はまえとおなじく海人部族が宗像（福岡県宗像郡）に祭祀している祭神と、初期王朝が始祖とかんがえて伝承した人物とが、等価なものであることを暗示しているとおもえる。

(1)高天原を追放された須佐之男は、出雲の国の肥の河上、鳥髪《とりかみ》という地に天降った。
(2)大国主神は兄神たちの難を逃れて、木の国（紀伊）の大屋比古のところへ行ったが、その助言で根の堅州国にいる須佐之男のところへ行ってその娘須勢理比売と婚した。
(3)大国主神がじぶん独りでこの国を作りなすことができないと嘆くと、海を照して憑依する神があり、「じぶんを大和の青垣の東の山の上（三輪山）に斎き祀れ」といった。
(4)天忍穂耳は天照の命をうけて天降って、天の浮橋に立って騒擾《そうりよう》のさまをみて、復命した。
(5)天の菩比《ほひ》神を遣わしたが大国主神に媚びて三年も復命しなかった。
(6)天津国玉神の子、天若日子を遣わしたが、大国主神の娘、下照比売と婚して八年も復命しなかった。
(7)天鳥船神を建御雷《たけみかづち》神に副えて遣わした。
(8)大国主神が帰順したので、天忍穂耳の代りにその子邇邇芸が、天児屋《こやね》、布刀玉、天宇受売《あめのうずめ》、伊《い》斯許理度売《しこりどめ》、玉祖《たまのや》の五伴緒《いつとものを》をつれて天降った。邇邇芸は、岩座《いはくら》をはなれ、雲をかきわけ、天の浮橋に立って、筑紫の日向の高千穂のくしふる峰に天降った。

(9)邇邇芸は笠紗の岬（薩摩国）で神阿多都比売（木花佐久夜比売）と婚し、火須勢理（海幸彦）と火遠理（山幸彦）またの名日子穂穂出見を産んだ。日子穂穂出見は豊玉比売と婚して、鵜葺草葺不合を生み、鵜葺草葺不合は、叔母玉依比売と婚して五瀬、稲氷、御毛沼、若御毛沼、またの名豊御毛沼、またの名神倭伊波礼比古《いはれひこ》を生んだ。

これらの単純な挿話は、初期王朝の支配的な部族が神話的な時代とかんがえている時期に、それ以前にすでに中国地方とくに出雲地方（葦原の中つ国）と、畿内とくに熊野・吉野地方に版図を確立していた支配的な部族に代ろうとしては、同化されてしまうという過程を、幾代にもわたって繰返し、最後に和解が成立し、支配権を譲渡されたのだということを語ろうとしている。

このことはもう少しさきまでいうことができる。初期王朝となった支配的な部族が、直接の始祖とかんがえているのは邇邇芸である。伝承によればこの始祖は日向の高千穂のくしふる峰を、神体山の御嶽《うたき》とし、その周辺地を本貫とした。ここが本貫地とされた理由は、『記』の記載を借りればこの地が朝鮮にむかって、笠紗の岬（鹿児島県）を結ぶ線のうえにあり、朝日夕日のよく照る場所とみなされたからである。そして筑紫の全土とくに瀬戸内海に面した南北九州の沿海地域に版図を拡大し、しだいに四国の全土と、瀬戸内海上の島々や、中国地方の瀬戸内の沿岸に勢力を拡張して、難波の対岸にあたる淡路島に達していたとみられる。

この支配的な部族は、聖なる神は山嶽の頂き（巨石）や、高所の樹木を依代として出現するという観念をもち、それを深層化の原理にしていた。もうひとつ原理的な特質をいえば、すべての自然物、その作用、自然現象は、神名化されうるという観念をもっていたのである。

この観念はどこから発生したのだろうか？　村落共同体のすべての女性は通過儀礼を経たのち神女となり、その兄弟は後見であり補佐役であり、幻想の性の対象であるという在り方からきているようにおもえる。このようなところでは必然的に神々は人間化されるよりも自然化され、また自然はすべて神名化されてゆくとみることができる。

もうひとつ邇邇芸を伝承上の始祖とする支配部族の神話が記載する特徴は、それが製鉄鍛冶（鏡、剣など）、玉造り、陶器造り、祭祀職など、非農耕、非漁業の技術（五伴の緒）を伴っているという伝承である。これは神話の基盤が海人部族的で島嶼的であり、内陸に入っては農耕的である支配部族が、すぐれた技術をもっていたことを象徴するようにおもえる。すくなくとも言語の記述的な地平では、神話の支配部族が、瀬戸内海を抱擁する九州、四国、中国地方の瀬戸内海沿岸にまたがる海人部族以外のものだとかんがえる根拠は存在しない。だが非農漁業的な大陸伝来の技術を熟知していたとみなすことはできる。


神武（神倭伊波礼比古《いはれひこ》）を伝承上の直接始祖とする支配部族の伝承は、いわゆる東征伝承である。

(1)登美の族長那賀須泥比古《ながすね》の軍に、日下（河内国草香村）で阻止され伊波礼は兄五瀬を失う。
(2)日に向ってたたかったのでよくないとして迂廻し、熊野の村に入る。ここで熊野の高倉下《たかくらじ》が昏睡状態のとき建御雷神の身代りの横刀をさしだして、熊野の荒々しい神を慴伏させた。（石上

神宮の太刀）
(3)八咫烏《やたがらす》に先導され吉野河の河尻で魚取る人贄持《にへもち》の子（鵜養部の祖）にあう。そのさきでさらに尾のある人井氷鹿《ゐひか》（吉野の首の祖）にあう。山に入ってゆくとまた尾のある人石押分《いはおしわけ》（吉野の国巣の祖）に出あう。
(4)宇陀の族長兄宇迦斯《えうかし》、弟《おと》宇迦斯に出あい兄宇迦斯は抵抗して打殺されるが弟宇迦斯は帰順する。（宇陀の水取の祖）
(5)忍坂《おさか》の大室（桜井市忍坂）にきたとき尾のある土グモ八十建《やそたける》を打殺す。
(6)登美比古、兄師木《えしき》弟師木など土地の族長を撃つ。
(7)邇芸速日《にぎはやひ》は登美比古の妹登美夜比売と婚していたが帰着した。その宇摩志麻遅《まぢ》（物部連、穂積臣、婇臣《うねのおみ》の祖）

この東征伝承の特質は、畿内における支配部族の共同体に包括された支配共同体「内」の構成氏族の由緒、出自、その役割を明示し、支配共同体の成立を語ろうとするものとみなされる。難波から直進するところを、日下で那賀須泥比古の軍に阻止されて熊野まで紀伊半島を迂廻し、熊野、吉野、宇陀、磯城などを経て橿原に居を定めるまでの経路は、いわば伝承の道行きを記載するもので、この間に伝説の八咫烏や天神継承の太刀の挿話が語られる。

じっさいに東征があり、その部族的な記憶のうえに伝承が作られたのか、あるいは磯城郡や葛城郡の地域に本貫を据えた土豪が畿内の全土を支配共同体として形成してゆくまでの過程が、東征神話として結晶されたものかどうかを決定することはできない。またここではさして意味がない。東征伝承が本質的に意味しているのは、初期王朝を形成した支配的な部族は、どうやって畿内の全土にわたる支配共同体を形成したかということだからである。

［未完］

〔参照文献〕

鳥越憲三郎『琉球宗教史の研究』

岡正雄『異人その他』

高群逸枝『招婿婚の研究』

Ⅱ

〈アジア的〉ということ

一　〈自然〉と〈自由〉

今日は〈アジア的〉ということ、つまり〈アジア的〉とは何かということをお話するためにやってまいりました。〈アジア的〉という概念はきわめて自明のことのように受け取られていますが、よくよく考えていくとあまり明瞭になってないところがあります。その明瞭でない部分を少しはっきりさせてみよう、そのうえで、問題があるならば、それについて触れてみようとかんがえます。

〈アジア的〉という概念がいつ出てきたか。あてずっぽうで、また多分そうだとおもうのは、ヨーロッパが近代国家を確立して市民社会が成立しはじめる、つまり十八世紀の末頃からです。その時期に、ヨーロッパ人が世界中に植民地を求めて、新天地に出かけていきました。そして世界像みたいなものが明晰にでき上がるようになります。そういう時期に多分〈アジア的〉という概念が成立したでしょう。いいかえますと、ヨーロッパの文化はすなわち世界の文化を意味する、あるいは、ヨーロッパの考え方はそれ自体がすでに世界の考え方を意味するんだ、つまり、ヨーロッパという地域が世界普遍性を持ち始めた時期に、たぶん同時に〈アジア的〉という概念は成立したと考えます。これには、様々な旅行記とか見聞録が出てきたことも与《あずか》ったでしょう。けれど、〈アジア的〉という概念が出てきたことの最も重要なポイントの一つは、ヨーロッパの市民社会が成立しかかったことだとおもいます。市民社会が成立したということは、個人の意識が、だれの見方とかだれの考え方も借りないで、自分の見方で世界を見ようというふうなことが、視野としては、あるいは発想としては可能になったということでした。

それからもう一つ、経済的に世界市場が成立しかかってきたとおもうんです。つまり、商品の流通とか交通とか販売とかに関するかぎり、商品には国籍もなければ、どこへ行っちゃいけないとか、どこへ行くと色が変わっちゃうとか、そういうことはないという概念が明瞭に確立してきました。もう世界全体をそれぞれの個人が眺め、像を作りあげることができるんだという意識が確立したことがとりわけ重要だとおもわれます。そのときに〈アジア的〉あるいは〈アジア〉という概念がはじめて、驚異の的でもあり、また異質の見知らぬ世界でもあるというような意味あいで成立してゆきました。

モンテスキューとウェーバー

モンテスキューの『法の精神』に「日本の法の無力」という項があります。「日本の法の無力」という項で、近世の徳川幕府の法について言及しているところがあります。モンテスキューが、どこから日本という概念、日本についての知識を獲得したかというと、『法の精神』の中に注書きがついています。東インド会社の設立のために必要な旅行記抜萃集《ばっすいしゅう》みたいな本から、日本についての概念を獲得したことがわかります。英国はインドの植民政策のために東インド会社を設立するのですが、そのために必要な〈アジア〉に関する見聞録、資料を集めたものだとおもいます。集めた知識がモンテスキューみたいな法哲学者の〈アジア〉、とくに日本なんかに関する資料になった、あるいは考察の対象になったといえます。それを基にしてモンテスキューは「日本の法の無力」という章で徳川時代、つまり近世の封建法に言及しています。それには、ずいぶん思い違いがあります。わたしたち日本人が読めば、何をどう思い違いしているかはすぐにわかります。その思い違いは、たぶん、その知識が、植民地政策に必要な〈アジア〉に関する資料、旅行記なんかを根拠にしているから、内容のあいまいさ、不確実さから出てきています。

本当の意味で、ヨーロッパの学問や思想が、〈アジア〉について、とくに日本みたいな辺境の小さなどうでもいい島国についてさえも、ほとんど正確な読みをするようになったのは、マックス・ウェーバーが初めてだとおもいます。ウェーバーの〈アジア〉とか日本についての考察の基礎になっている文献の調査とその考察の仕方は、極めて的確で見事であるといえましょう。間違った情報をもとにしてないとか、わたしたちよりももっと日本について勉強したとか、そういうことを感じさせるようになったのはマックス・ウェーバーが初めてであり、綜合的にいえば終りであるかもしれません。

ウェーバーまでは、西欧の〈アジア〉に関する知識は、個々の知識についていえば、あまり正確ではありませんでした。しかし知識あるいは資料自体が正確でなければ〈アジア〉についての考察が正確でないかというと、そうもいえないんです。それから、〈アジア〉についての資料とか情報をたくさん集めて書かれていれば、書かれた理解の仕方が正確かというと、そうもいえません。だから、それはもう洞察力といったものに依存するところがおおいのです。そういう意味あいで、われわれを納得せしめ、かつ人類の歴史の中で最も秀れた考察だろうといえる〈アジア〉についての考察は、ヘーゲルによってはじめてなされました。

ヨーロッパの世界普遍性

ヨーロッパが世界そのものであり、ヨーロッパの考え方がそのまま世界の考え方であるという意味あいで、ヨーロッパの考え方が世界普遍性を獲得したのは十八世紀の末から現代までです。その世紀はわずかに十八世紀、十九世紀の二世紀に過ぎません。ヨーロッパが達成したものが世界が達成した最も秀れたものだといってよろしいのは二世紀か二世紀半の間だと思います。ヘーゲルやそれに続くマルクスはそういう意味あいの巨匠ですが、個々の〈アジア〉についての情報はそんなに的確とはいえません。ヘーゲルは中国の古代の思想について言及するのに、『易経』の思想を重くみて、儒教の思想についてはこんなのはつまらないものだという評価をしています。逆に『易経』の思想は秀れた宇宙観であり世界観だということで、詳細に説明しています。現在のわれわれからは、これは理解の仕方が違うことになるわけです。ただ個々の情報がそんなに正確でないにもかかわらず、〈アジア〉をつかむつかみ方については、現在でもなお最も秀れた考察といえる理解の仕方をしています。

ヘーゲルの〈アジア的〉

ヘーゲルが〈アジア的〉と考えたのは何かといいますと、〈自然〉を原理とするということです。つまり、〈アジア〉というのは〈自然〉なんだ。〈自然〉をどのように考えてそれを征服するか。あるいは〈自然〉をどのように考えてそれを宗教とするか。〈自然〉をどのように考えて人間の規範の原理とするかということが、〈アジア〉あるいは〈アジア的〉という特徴だとヘーゲルは考えました。

これに対立しうる概念としてヘーゲルが対比させたヨーロッパの原理は〈自由〉ということです。その基本にあるのは、ヘーゲルの考え方によれば、〈自由〉という概念は個人の内面の世界がどこまでも拡大し深めていくことができるところに成立つものです。〈アジア〉という原理には、個人の内面性をどこまでも拡大していくとか掘り下げるとかいう概念はありません。そして、〈アジア〉の原理が仏教のように大なり小なり内面的になる場合にも、〈自然〉というものを内面化して〈自然〉に対して合一するとか、いかにして〈自然〉の中に感情を移入していくかとか、あるいは〈自然〉を母胎としていかにして悟りを開くかというような考え方をとります。人間の内面は内面としてどこまでも拡大され、どこまでも深化されるという概念は〈アジア〉にはないというのが、ヘーゲルの大づかみな〈アジア〉についての把握です。このつかみ方は基本的には最も正確であり、そして、現在もほろびない秀れたものだとおもいます。

ヘーゲルは、どこまでも〈自然〉という原理にとどまっている〈アジア〉は結局歴史的な停滞なんだと考えました。人間が〈自然〉を原理とし、〈自然〉のままに放置されれば動物のように弱肉強食になっていく。そのように〈自然〉状態を理解しています。だから〈自然〉を払底していって、意識が意識として独立していくところに人間の歴史の進歩の概念を描きます。ヘーゲルの歴史概念によれば、〈自然〉をどこまでも払底できない〈アジア〉は、いってみれば未開なある状態にとどまっていることを意味します。この理解の仕方は、倫理感と短絡させずに判断すれば、原理としてきわめて正確なようにおもいます。

ヘーゲルのいい方でいいますと、〈アジア〉では〈自由〉の何たるかを知っているのはただ一人の専制君主だけなので、あとの人間は〈自由〉の何であるかをわかっていないということになります。そしてこの場合の〈自由〉というのは、人間の意識の内面性をどこまでも拡張していくことができるんだという概念です。このいい方は極端ですが、よくあてはまるとおもいます。ヘーゲルによってはじめて歴史とは世界のことだ、あるいは、世界をどうつかむかということが歴史なんだ、あるいは、世界がどう展開していくかということが歴史だという概念が確立されました。これが世界史という概念です。世界史という概念のなかで、〈アジア〉は〈自然〉を原理とするところでいつまでも停滞しているという像であらわれてくるのです。

二　ヘーゲルの歴史哲学とマルクスの疎外

　ここでいくつかの問題があります。その一つは、ヘーゲルは世界史をそのようにつかみ、個々の地域について論じていくのですが、ヘーゲルの把握が確かさを持っているとわれわれに思わせるものは、どこからくるかということです。さきほど触れたように、それは具体的な資料や情報の正確さからくるのではないでしょう。情報の正確さでいうならば、〈アジア的〉とか〈アジア〉とかいういい方は何の意味もないということになります。〈アジア〉の中にはいろいろな地域があります。それから多くの人種をもち個人もまたみんな違っています。無限の情報の正確さをかんがえないかぎり、〈アジア的〉という概念は成り立たないはずです。ヘーゲルはそれを持っていたのではありません。

　〈アジア的〉というのは〈自然〉原理のことだ、というつかみ方は必ずしも正確とはいえないのに、なぜヘーゲルのつかまえ方が現在でもわれわれを驚かせるのか。簡単にヘーゲルは優れていたからだといえばそれまでのことですが、そういうことじゃなく、ヘーゲルに原理があったということです。どんな原理かというと、事実として行なわれているさまざまな現実の事や出来事の動き、それにまつわる様々な事象の動きは必ず論理的だという原理だとおもいます。

ヘーゲルの方法＝弁証法

世界史とか世界像とか、アジアとかヨーロッパとか、こういう大づかみな概念は、どんなに粗雑な分類のようにみえても、絶対に現実的だという確信がヘーゲルにありました。つまり、原理として展開されていることは必ず現実的だということです。その確信がヘーゲルの方法です。弁証法です。この方法の概念では、必ず現実的な事柄は観念的な論理に移し植えることができるはずなのです。つまり、現実的な動きは必ず合理的であり、合理的以外の動きというのは現実にはありえないということです。一見不合理に見える現実的な動きというのをよくよくつかまえてみたら、必ず合理的だということになります。情報や資料が正確で詳細かどうかにかかわりなく、ヘーゲルの〈アジア〉に対するつかまえ方の優越性を保証しているのは、この原理が貫かれていることだとおもいます。

マルクスの疎外

マルクスはヘーゲルのこの原理を基本的につかんでいました。つまり、ヘーゲルの歴史観とか歴史哲学とか、歴史を展開している論理とかの秘密がどこにあるかを的確に知っていました。ヘーゲルの歴史観は世界の歴史を世界精神の一つの具《ぐ》現《げん》過程だとみなしました。その意味で、全く観念的なわけです。ヘーゲルの考え方が観念的だという声は、同時代にたくさんありました。だから、すでに老いぼれた過去だというふうに考えた人たちは、たくさんいたわけです。しかし、マルクスやエンゲルスはそう単純じゃなかったのです。あいつは偉い、あいつだけはすごいと思ったんです。ヘーゲルがいうことは、一見すべて観念的だ。世界精神とかアジアとかヨーロッパとか、自由の原理とか自然原理だとかいって、すべて観念的なことで歴史をつかまえようとしている。けれど、なぜヘーゲルのつかまえ方が自分たちを打つんだろうか、自分たちを驚かせるんだろうかということを疑問におもったのです。それで、マルクスは一生懸命ヘーゲルの歴史概念を検討したのです。

その要《かな》めは、ヘーゲルが現実的なものは合理的なんだといった場合の現実と、論理とか観念とかをつなげているものは何かというところにありました。現実的なものと観念的なものとの間には、明らかにヘーゲルがいうように連繋《れんけい》があります。その連繋しているものは疎外の関係だというふうにみえました。現実の動きが、動きとして跳ね上げてしまうもの、あるいは跳ね飛ばしてしまうもの、あるいは自分で排除してしまうもの、そのものをつかまえたものが、論理とか理念とか観念とかいわれているものなんだとみなしたのです。疎外という関係をよくつかまえてはっきりさせていけば、ヘーゲルの歴史についての考え方は、そのままそっくり現実の動きをつかまえる方法自体として使うことができるということです。逆にいうと、ヘーゲルのつかまえ方以外には、世界を世界像としてつかまえることはできない。それ以外の方法ではありえない、というふうに考えました。

しかし、ヘーゲルの方法は論理のつかまえ方、理念のつかまえ方であり、現実の動きである歴史というよりも歴史を理念に翻訳したものだ。だから、逆さまに現実が理念に、理念が現実になった世界像だと考えました。そうだとしたならば、理念と現実の二つの関係をはっきりさせれば、一見すると歴史をただ言葉で記述しているにすぎないものが、現実の動きをそのまま表現しているものだ、そうみなすことができるはずです。つまり、記述されたヘーゲルの歴史は現実の動きそのものを記述しているものに移行させていくことができる、ということをマルクスは見抜いたとおもいます。そこで、マルクスの世界史という概念や〈アジア的〉という概念が出てくるのです。

農村共同体をどう考えるか

マルクスが〈アジア的〉ということに関心を持った現実的な理由もあります。英国が東インド会社を拠点にして、それを基盤にインドに対して植民地化を強行していきます。中国では、阿片《アヘン》戦争が起るというようなことがあります。またロシアも、〈アジア〉のひとつの形です。帝政ロシアの進歩的な人たちにとって、ロシアにおける〈アジア的〉な要素をどう理解していいかわからないことがありました。それはやはり〈アジア的〉ということに帰着するのですが、〈アジア的〉な制度の基礎になっている村落共同体、農村の共同体をどう考えたらいいのかが、ロシアの進歩的な人々にとってはわかりにくいことでした。これは、〈アジア的〉地域に一般的につきまとっている問題です。

農業の村落共同体は様々な微妙な違いはありますが、基本的には、耕作する土地を村落共同体自体が所有しています。そうして個々の農民は共同体から自分の土地を分けてもらって、それを耕作し、自分の取り分は、共同体の事務費用みたいな必要な分を除いて、自分の収穫は自分のものにするということになります。その共同性は〈アジア的〉な地域では、村落の基本的な形態です。理想的に運営されれば、個人にとっては都合のいいことです。つまり、個々の農民を富ませるとか、個々の農民の収穫を豊かにするとか、そういうことについては個人的なペースでいく。そうじゃなくて、個人個人でやったら大変不利であるということについてだけは、共同体が全員当番制で責任を持って処理する。例えば、どこかに水害があって、それを元に戻さなくちゃいけないというときには、個人では到底できませんから、共同体が処理するようにします。個人にとって都合がいいことに限って、個人で収穫して私有することを原則にします。

そのように理想的に村落共同体が営まれているとすれば、それをぶちこわしてしまうのは惜しいんじゃないか。つまり、それをぶちこわすのは果して正しいことかどうかという問題が、ロシアだけでなく、〈アジア的〉地域にとってもっとも重要な問題のひとつです。

同時に、個人でとてもできないことについて、村落共同体でやるという制度が、必然的に共同体のメンバーの意識を、相互扶助的な親和的な情感に育てます。情緒を豊かにしたりとか、ほかの人の不幸があればワッと行って手伝ったりという自然な共同性といいますか、情緒的にもそういう麗《うるわ》しい状況というものが、ひとりでにでき上がってくるわけです。理想的に営まれていればですけれどね。革命という概念がこれをこわすのはいいことだろうか、悪いことだろうかということが問題になってきます。ロシアの帝政末期の進歩的な人たち、政治運動家とか思想家とか、そういう人たちにとって、これはひとつの問題でした。それを質問されてマルクスは答えています。

この問題は、戦中派といわれている五十代後半の世界には馴染《なじみ》深い課題でした。日本でも、戦争中に右翼的な人たちが、天皇の存在はそのままにして、農村に理想的な村落共同体をつくろうみたいな考え方をとりました。つまり、農村主義的な右翼の人たちがいたわけです。この考えをどう批判するかについて、日本の戦争中の左翼はなんらそれを理解することができなかったのです。ただ、天皇をそのままに据え置いてという考えは、滑稽な悪だとみなすか、じぶんがその方向に同化するか、何《いず》れかの路を択《えら》ぶだけでした。それは確かに悪なんですが、しかし、村落共同体をどうするんだ、ここで育《はぐく》まれている相互扶助感情と情緒の残存をどうするのか。こわすのがいいのか、こわさないのがいいのかという問題については、なんら解決しないで過ぎてしまいました。それが右翼が左翼になり、左翼が右翼に転化した戦争期の問題であり、日本は現在でもあまり処理されていないのです。

三 ヨーロッパの共同体、アジアの共同体

〈アジア的〉な地域に共通な具体的・現実的な課題は村落共同体あるいは村落共同体の遺構の問題に集約されます。残された構造は眼にみえる意味あいもありますし、同時に眼にみえない意味あいもあります。皆さんの中にも、村落共同体的な意識があります。また共同体至上の考え方と相互扶助感情の残存があります。それを世代の若い人は全部取っ払っちゃっているかもしれませ

んし、そういう世代もまた、年を取ってくるとそこへ逆戻りするかもしれません。だから、具体的な村落共同体社会がなくなっても、精神の遺構としては、なかなかなくならないものです。つまり、その問題をどう考えるべきかという問題は、依然として今もあるかもしれません。そして、その問題が、〈アジア的〉という概念の現実的な基礎の課題です。

この村落共同体の遺構あるいは遺跡は、遡ればどこら辺に起源があるかを、マルクスは歴史という概念で考えてゆきました。そうすると、人類はかつて原始時代から古代の国家に入るその中間のところで、〈アジア的〉とみなされる段階を通ったと考えるべきだということになりました。つまり、〈アジア的〉という概念には地域空間がアジアというだけでなくて、時間、つまり時代的な概念でもあるという考えにたどりつきます。その時間は、原始時代から古代の社会へ突き進む人間の歴史がすべて通過したという概念になります。そうでなければ、〈アジア的〉ということの特異性がつかめません。

マルクスの同時代は十九世紀末の村落共同体からどんどん遺跡を発掘するように、精神の遺跡といいますか、構造的に、あるいは思想的に、あるいは理念的に論理的に、精神の遺跡、つまり歴史を発掘していきました。どんどん発掘していくと、最後に出てくる共同体の姿があります。そうすると、その共同体の姿は個人が土地を所有しているんじゃなくて、共同体が所有しているんだ。個人は共同体から土地を分割してもらってそれを耕して収穫している。そういう時代がどうしても存在することになります。もっと遡れば、遡ることができます。すると、共同体が全部共同で耕し、共同で収穫して、それを部落の倉庫みたいな一個所に全部集めて、みんなで協議してそれを分けちゃうというような制度が、もっと前に考えられました。

考古学が現実の遺跡を発掘するように、目に見えない共同体の遺構というものを、どんどん、思想と理念と論理とによって発掘していきますと、どうしても、原始時代と古代の中間のところに、〈アジア的〉といわざるをえない共同体のあり方を、人類が普遍的に持っていたということになってきました。〈ヨーロッパ〉は、早くも古代に入ったときに、その共同体をなくしていくほうに、歴史が進んでいきました。ところが、なぜか〈アジア〉では村落共同体を亡ぼすよりも温存していくほうに歴史が進んでいった、とマルクスは考えたのです。

アジアとヨーロッパの違い

なぜ〈ヨーロッパ〉では、共同体を亡ぼすように歴史が進行していったか。なぜ〈アジア〉では、それが残ってしまったんだろうかということは、マルクスやその同僚であるエンゲルスが考えたことです。それは何かというと、一つは、アジアというのは、インドでもペルシャでもそうですけど、広大な砂漠とか平野があります。その広大な平野では何が一番必要か。人類が生きていくために何が必要かといったら、水利、灌漑《かんがい》作用だ。つまり、水利工事とか灌漑工事だということです。水利工事とか灌漑工事がなければ耕作できません。これは土木工事ということかもしれませんけれども、そういう土木工事をいかにしてやるかということが、ヨーロッパでは、個人的な企業みたいなもの、事業みたいなものが寄り集まって結合して、より大きな企業体みたいなのをつくっていって開拓工事をやるとか、水利工事をやるとか、公共工事を請負《うけお》ってやりました。

しかし〈アジア〉では広大な地域であり、かつ気候・地質からいって、砂漠地帯のようなものが大変多いですから、そこでどうやって大規模な水利・灌漑をやるかといえば、個人あるいは村落が結合してやろうというふうにならなくて、それを中央の政治権力に任してしまいます。それが、〈アジア〉と〈ヨーロッパ〉の違うところでした。

〈ヨーロッパ〉では、そういう公共工事が必要な場合には、私的な企業が連合して、より大きな企業で民間的にそれをやってしまうというように歴史が進んでいきました。しかし、〈アジア〉では、あまりに広大な地域であるということと、気候的・風土的にいっても、砂漠地帯が多いとか、河川の氾濫が多いとか、広大な土地に少い人口しかいないとか、そういうことを加味して考えると、それを村落が共通の目的でもって結びついて共同してやろうというふうにならなくて、村落共同体は村落共同体で孤立してしまって、それらが共同で何かをやるように展開しませんでした。そのために、中央の専制的な権力がそういう公共事業をやるようになります。

このように考えることで、たくさんのことが説明できます。例えば、ペルシャでもアフリカでもいいのです。テレビなどで何千年前のインカの遺跡がこういうふうになって、文明が栄えていたのに、今は人影一人見ないみたいなことがよく紹介されるでしょう。そこに家が建ち、巨《おお》きな遺構のあとがあり、帝国と文明が存在した跡があるのに、現在、人間の影がまったく無くなってしまうということがどうして起りうるのか。原子爆弾が落ちたとか、大地震が起きて一度になくなったと理解するなら理解できます。しかし、そんな痕跡がどこにもなかったら、なかなか説明できないのです。それを説明する唯一の原理は、公共的な事業を中央権力に任せたということです。もしその巨大な中央権力がほかの王国と戦争して、全部亡びてしまったら、頭が全部なくなったとおなじで、村落共同体の存立にとって必要な水利・灌漑とか、一つの村落ではとてもまかないきれないような大工事をやる推進体がいなくなることを意味します。そうすると、個々の村落の生活は停止され、人々は滅亡離散するより仕方がないのです。つまり、その場所から根こそぎ去ってしまうか、あるいは死滅してしまうか、とにかく一つの文明が全部なくなってしまうより仕方がないのです。マルクスたちが、〈アジア的〉という概念を現実の制度と村落社会の構成として描いたときの構造はそういうものでした。

四　アジア的共同体＝理想のモデル

マルクスがつくりあげた〈アジア的〉という概念によって、ヘーゲルの描いた世界像のなかの〈アジア的〉という概念は、ヘーゲルのようにたんに原理的にではなくて、現実的な世界像の問題と交差してゆきました。その交差したところで、マルクスは現状分析を加味して、いくつかの具体的な考察を始めていきます。

マルクスは、インドについてイギリスが東インド会社を基盤にしてインドでやったことは何なのか、インドでやった植民地政策は何をしたのかを分析しています。たくさんのことをいっていますが、根柢的にいいますと、イギリスのインド植民地支配は、インドにあった古代からの村落共同体を根こそぎぶちこわしたということです。インドは古代から、ギリシャ人が侵入してきたかとおもうと蒙古人が侵入してきたとか、様々な征服王朝の支配が成立しています。王族国家という範囲でいえば、様々な侵入をうけては瓦解《がかい》し、また侵入されるという歴史を教訓として、インドの村落共同体は、自体が一つの王国であるように孤立して形成されました。それは独立国家のように、上位の本当の国家がどんなに滅亡し交代しても、滅亡したり交代をしたりしないように孤立した自衛作用をつくってゆきます。村落共同体は独立採算的に強固に閉鎖的に存続してきて、歴史の長い時代を通過してきます。イギリスのインド支配はこのインド的村落共同体を根こそぎこわしてしまった、とマルクスは述べています。

どういうふうにこわしたかということは、それこそいってみれば簡単なことです。インドでは村落共同体の経済的基礎になっているのは、農業と織物です。インド更紗《さらさ》のような名産物があるでしょう。そういう織物が、農村で家内工業的・家庭工業的にやられていました。インドは木綿の原産地で、インド産木綿をヨーロッパ市場に輸出して、それでもって長い間村落共同体をまかなってきたのです。イギリスは、ヨーロッパの産業革命の最新の機械を使って作った織物を、逆にインドに入れていきました。それからインドに縒《よ》り糸を入れていったわけです。するとインドの家内工業は近代化した工業に移っていくわけです。そしたら、今まで村落共同体を独立させてきた基盤である、農業と織物の家内工業的な結合は破壊されることになり、農民たちは近代化した都市の工場へ働きに出ることになってしまったのです。

インドの何千年来続いた、村落共同体の独立と閉鎖性とは、イギリスのこの政策によって根こそぎこわされたのです。マルクスは、こういう述べ方をしています。インドの歴史は、外国人によって侵入されたり征服されたりしたけれども、その侵入とか征服とかでもインドの表面をなでていったにすぎなかった。しかし、イギリスがインドにやったことは、そんなものとは比べものにならない。インドにおける〈アジア的〉村落共同体は根柢的にこわされてしまった。このために、インドの村落共同体民は、徹底的な飢餓状態にさまようほかなくなってしまった。この悲惨さは何物にも比べられない。これは根柢的な破壊だ。

歴史的必然

しかしながら、またマルクスはこうも述べています。もしも歴史の進歩というものが、このように村落共同体をこわしてしまう方向を歴史的必然とするのならば、イギリスがインドにやったことは、どんなに野蛮でどんなにひどいことであったとしても、歴史の必然が請け負わなくちゃいけないことかもしれない。そういういい方もしています。このいい方は大変微妙ないい方です。マルクスは大変なヒューマニストですから、その悲惨さ、無茶苦茶さというのは、我慢ならないほど根柢的だとおもえたにちがいありません。しかし一方で、歴史というのは何だろうか。歴史というのは何をこわして何を残していくのだろうかを考えていきますと、村落共同体にはよくない面もあります。例えば、ほかの村落共同体とかその上位の国家自体がどんなひどい破壊をやっても、また逆に破壊にさらされても、孤立した村落共同体の内部の村落民たちは、平気で我れ関せず、じぶんの利己的な生活さえ破壊されずに保存できればいい、というようになるからです。また孤立した村落共同体の内部だけが世界全体になり、蒙昧《もうまい》な宗教や迷信や呪術に支配されたり、ほかの村落共同体やほかの国家にたいしては残忍で冷酷なことを平気でやるようにもなりうるわけです。

こういうことは、現在でも〈アジア的〉な地域で残存していますし、わたしたちのあいだでも、歴然と意識のなかに残存しています。自分よりも上位の共同体とか制度とか権力とか、そういうものがどんなに抗争して交替しようが、どんなひどいことをしようが、そんなの知らないという、閉鎖的な概念はいまでも生々しい意味を帯びています。極端にいいますと、村落共同体が世界の広さであり、地球が世界の広さではないのです。自分の利害に関係のない所でどんなことが行なわれようと、あるいは、自分の利害に関係のある、膨大な権力のところで悪いことをしていたって、自分のところに響いてこなければ関係ないよという概念は、わたしたちのあいだでも残っているでしょう。

わたしたちは、思い当たるのです。これは〈アジア〉では特徴的です。全部思い当たるはずです。思い当たらなかったら嘘だとおもいます。それは存外、超近代的な形をもっているかも知れませんし、前近代的な形で残っているかもしれません。

はじめにヨーロッパが市民社会を獲得したときに、自己意識だけで世界を見渡すことができるんだ、その理解の仕方がどんなに誤っているか偏《かたよ》っているかは別として、一応眼の中に世界を納めることができるんだという意識に到達したというお話を致しましたが、村落共同体の独立性だけでは、この視野の攫《かくしゅ》取は不可能です。

個々の人間が自分の意識でもって、自分の考えでもって世界を見ることができることが、人間の歴史にとって進歩だとすれば、その面からは〈アジア〉における、例えばインドにおける村落共同体の破壊は、歴史の必然かもしれません。そうすると、イギリスがインドでやったことは狂暴であり圧制的な植民地化でしたが、しかし、歴史の必然に加担したことにもなります。この二重の概念の中で、マルクスは揺れています。その揺れというのは当然なことです。その揺れの中にこそ、本当の問題が横たわっているようにおもわれるのです。またその揺れの中に、たくさんの貴重な問題が含まれています。

理念的にいえば、歴史の進歩がある地域に悲惨をもたらし、権力のエゴイズムで悲惨がもたらされるのは不都合だけれども、歴史の必然がもたらす悲惨がその中に含まれるならば、それは仕方がないということになりましょう。

人類の理想形態

それから、もう一つの問題があります。人類の歴史の理想形態というようなものを描けるとすれば、それはまさに村落共同体、つまり、古代の、あるいは〈アジア的〉な村落共同体が持っていた相互扶助形態が、高度な別の次元で成立したときに描きうるものです。それを理想の社会とおもわざるをえないところがあります。

どういうことかといいますと、共同のために個人が犠牲になるとか、そういうことじゃないんです。個々の農民なら農民、市民なら市民、労働者なら労働者が富んだり栄えたりするためには、あらゆることは私的でなければならない。しかし、私でやったらとても個々の人々が富むことができないというようなことに限って、それは共同体が請け負わなければならない。つまり、労働者とか農民が順繰りに協同組合みたいなものをつくって、そこで協議しながら共同でやらなければ個々の成員が富めないということについてだけ、共同的に処理します。その他のことは、個々人が私的に生産したものは私的に所有する。そういう形態が理想なわけです。

村落共同体の古代の形は、さきほどいいましたように、一方で迷妄を伴い一方でエゴイズムを伴います。一方にまた、くだらないことも伴います。例えば、自分の祖先は動物だと思ったり蛇だと思ったり、ばかげた蒙昧性を持つわけですが、そんなことは全部払底しなければいけない。しかし、個人が富むことに関するかぎりは、個人ができないことに関することだけ共同で順繰りにやるというような、そういう形態を人間社会の理想形態として描く以外にないわけです。

そうすると、この村落共同体が持ってる原形の中には、人類がやがて雪とかゆ《ヽヽ》ほど違いますけれども、違う次元で実現しなければならない原形というものがここにあるということも確かなわけです。つまり、ある理想のモデルが〈アジア的〉な村落共同体のイメージの中にあるということも確かなことです。そこのところがまた、マルクスが揺れたところだとおもいます。そこのところに、〈アジア的〉ということの本当に重要な問題が、自己矛盾としてあるようにおもわれます。

それで、マルクスは、インドの特徴はほかの〈アジア〉のどの地域にも増して、村落共同体が独立の形態をもっていること、それから〈アジア〉一般の特徴ですが、公共事業は専制君主、つまり中央権力に任してしまっていることだと述べています。地理的にはインドはヨーロッパにおけるイタリヤみたいなものだ。民衆の意識でいえば、〈アジア〉のアイルランドみたいなものだというういい方もしています。

五 〈アジア的〉ということの二重の課題

ザスリッチというロシアの進歩的な思想家・政治運動家に訊《たず》ねられて、ロシアにおける〈アジア的〉な要素、つまりロシアにおける村落共同体をどう考えたらいいのかについて、マルクスは意見を述べています。

ロシアは、強固な国民的な規模、つまり全体的な規模で村落共同体をいまだにもっている。そしてロシアの村落共同体は、同時にロシアにおける資本主義の発達と併存している。このことがロシアにおける村落共同体の特徴なんだ、とマルクスはいっています。そして、同時に、帝政末期の情況論になりますけれども、ロシアの資本主義は同時に危機に直面している。なぜ危機に直面しているかというと、ヨーロッパの資本主義が危機に直面しているため、それと同時的な意味合いでロシアの資本主義もまた危機に直面している、とマルクスは考えています。つまり、ロシアは国家的な規模で村落共同体を残存させており、また同時にそれとならんで資本主義をも存在させ、しかもその資本主義はヨーロッパの資本主義の成熟した危機の影響下にあるというのが、マルクスの把握でした。この特徴をどうするかが革命の問題なんだというういい方をしています。

ヨーロッパにおける歴史の必然性というものを考えれば、ヨーロッパには村落共同体あるいは農業の古典的な共同体はなくなっています。もしもロシアの村落共同体が、同じようになくならなければならないものだということを合理化できるとすれば、ただ一つの理由しかない。その理由は、古代以前には、あるいは、古代のあたりではヨーロッパにおいてもあったであろう村落共同体が、今は現になくなっているということ。そうだとすれば、歴史の必然は、ロシアからも村落共同体をなくすかもしれないということです。ロシアの村落共同体がなくならなければいけない、こわさなければいけないということがもし必然化できるとすれば、合理化できるとすれば、それしか理由がないとマルクスはいっています。つまり、ヨーロッパでもう歴史は村落共同体をなくしているから、同じようになくなるだろうということだけが、ロシアで村落共同体をなくさなければならない唯一の根拠だということです。もし根拠があるとすればそれが唯一の根拠だ、というういい方をしています。

ところで、ロシアにおいて資本主義が生まれてから発達して初老になっていったその全ての時期を通じて、村落共同体が強固に残っていたということがきわめて問題になります。ロシアの村落共同体の長寿性は、もしかすると歴史の前史が終るまで生きるかもしれない長寿性かもしれないからです。ロシアにおける資本主義の初期にもあり、それから、ロシアにおける資本主義の爛熟期にもなおかつ強固に併存してあるということは、村落共同体がいかに強固か、いかに長寿かということを証明しているかもしれません。そうだとすれば、村落共同体の〈アジア的〉な骨格は、ロシアにおける革命の基礎に、やりようによってはなりうるというように考えるべきだ、とマルクスはそう答えました。この答はいろいろな問題を含んでいるとおもいますけれど、とにかくそう答えています。

ロシアの村落共同体は、革命のあとに、農民たちが自分の耕作地を共同体から分割して個人的に耕やし個人的に収穫する、という〈アジア的〉性格を再構成して、個々に農民が繁栄するというようなところでは、共同体所有を破壊して私的な所有に全部移してしまい、ただ共同体でやらなければ個人の手に負えないことだけを、共同体のメンバーで輪番《りんばん》的にやるという形にする。しかも共同体でやることについても、共同体の権力でやるとか、村長が独裁でやるというんじゃなくて、メンバーの農民たちが協議し合ってやるというような高次の制度に移行させる。この意味での村落共同体的な再構成は革命にとって重要だ、とマルクスは考えました。

マルクスがロシアについて数えあげたもう一つ有利な点があります。ヨーロッパにおける危機に瀕した西欧資本主義の悪い面を取らないで、いい点だけを取り入れることができる機会が、ロシアにはありうるということです。

ロシアの村落共同体の特徴は二つ数えあげられます。一つは、膨大な土地であるために大規模農業が可能だ、ということです。資本主義が産み出した様々な機械を使って、大規模農業を営むことができます。だから、資本主義のいいところだけ取り込められるということです。もう一つは、必ずしも利点であるといえないかもしれない特徴です。注意しなければ欠陥、あるいは弱点に転化しうることです。ロシアの膨大な土地に、村落共同体は孤立して分布しているため、村落共同体が結合して何か公共的にやらねばならないことをやるということがとてもしにくくなります。だから、必ずそれは中央政府・中央権力のやることになってしまって、インド的なやり方になってしまい、中央権力が巨大化する傾向をロシアに生みだしてゆくことです。

この問題は、ロシア革命が成就したときどういうことになったでしょうか。それは検討するに価する問題でしょう。その一つは、マルクスが弱点として指摘したことは、やはりロシアに中央権力の膨大化をもたらしたとおもいます。ロシアの村落共同体は集団農業共同体として再生されました。しかし農民たちによる土地と農産物の全き私有制、そして個々の農民たちに不可能な諸施設についてだけ共同体的な事業とするという再生は、まったく消滅してしまって、地主に代わった膨大化した中央権力とその軍事力を整備し、支えるために奉仕することになりました。概していえば、古代の強固な〈アジア的〉村落共同体の構成をそのままいわば転用し、さらにそのまま強固にする方向に進んだと考えることができます。コルホーズにおける集団農業とか計画経済とか、強制労働とかノルマ制度とか、そういう様々な形で現れてきた問題は、村落共同体の再生ということよりも、〈アジア的〉な圧制の拡大といったほうがいいものでした。これはスターリン体制といわれているものの基本的な構造だと考えられます。だから、ここのところでは、〈アジア的〉専制のロシア的な再生という側面構造が、より近代的に強化された形で実現されてしまったとみなすことができます。

〈アジア的〉の現在的意味

これらの〈アジア的〉特質の課題を少しずつ詳細に検討していって、結局、何に到達するのでしょう。確定的なことに到達するのではなく、〈アジア的〉という課題自体の現在的な意味は何かという情況そのものに到達するのです。

〈アジア的〉な村落共同体の現在の世界における実体は、眼にみえる制度と眼にみえない観念とがあります。また眼にみえて残っている遺構と、眼にみえないで残っている宗教的な神聖意識と、共同体至上意識があります。習慣とか慣行とかの形態で残存する部分もあります。それから、まだあります。個々の人間の意識の働かせ方、意識の動かし方とか、ものの考え方そのものの中に、やはり〈アジア的〉な村落共同体的な志向性は残っています。残っているということ自体は、別に善悪ではありません。歴史が残したものとして残されているわけです。またヨーロッパでは、村落共同体的なものが亡びたのは、歴史が亡ぼしたから亡びただけです。

どのようにしたら、いいほうに働くのか。どうしたらよくないように働くのか。どうしたら自然に亡びてしまうものなのか。それがわれわれに課せられている〈アジア的〉ということの問題です。その問題は、西欧の近代文化が世界文化の普遍性だから、無邪気に模倣することに進歩の方向を考えていくだけで、あるいはそれを受け入れるものを進歩の方向で考えることだけで解決するとは、とても思えません。

われわれが持っている課題は、二重の含みをもっています。それは、ある部分では眼にみえる課題でしょうし、ある地域では、形としては残っていない、全く近代的な農村になりつつあって、近代的な意識として実現されつつあるのかもしれません。そうなってくると、意識の働かせ方そのことの中に、そのことが最終的に残っていて、もはや生理的な気質としてしか指摘できない問題だとおもいます。その総体的な問題をどうするのか。できるならばきわめて巧みに、正確に選り分けていくことが、〈アジア的〉ということが包括している課題ではないかと考えます。

「アジア」的なもの

いままでわたしたちがみてきた「アジア的」という概念についての論議は、右翼的な不毛さと左翼的な不毛さに患わされてきた。右翼的な論議は、十七世紀以来、西欧の植民地として虐げられてきた「アジア」という鬱積が根柢にあるため、アジア地域での産業の未発達と、農業の村落共同体の強固で永続的な停滞を、特殊で地域的なものとみなさずに、美化したいモチーフをどこかにかくしてきた。そして農業の村落共同体と、未発達でかたよった産業のうえに、ほとんど遮蔽スクリーンなしに（なぜなら充分発達した産業組成だけが遮蔽スクリーンだから）じかに対峙している専制的な国家を、理想像にまで高めようとした。未発達な産業組成は、かえって支配者と農民とをじかに触れさせる契機として美化され、閉じられた農業の村落共同体は相互扶助と公共にたいする自己犠牲の倫理を保存するものとして賞揚された。そして専制君主とそのまわりの支配共同体が〈仁慈〉にあふれていれば、わずかの〈貢納〉物を農耕の村落共同体から召上げるだけで苛斂誅求などどこにもない平等な理想国家の像が得られることになる。中間に最小限にしか遮蔽スクリーンがないから、専制国家と農耕共同体のあいだには透明な〈意志〉の疎通がおこなわれ〈仁慈〉がゆきわたるとみなされた。こういった制度の画像が、右翼的に描かれた〈アジア的〉なものの理想像である。もちろんこのばあい専制君主とそれをとりまく支配共同体の像は、時代と制度の変遷に応じてさまざまに置きかえることができる。支配共同体が共産主義党派であっても、どんな理念的な組織であっても差支えない。専制的な支配共同体と農業の村落共同体とが、あたうかぎりじかに透明に対峙している画像が成立している。

これにたいし左翼の「アジア的」な概念は、おもに共同体論や生産様式論として作られてきた。マルクスが『資本論』や『書簡』や『先行する諸形態』で使っている基本的な語彙に違反しまいとするあまりに、まず制度や生産様式の細部を、マルクスの用語に無矛盾なように充填していって、〈アジア的〉な政治制度と生産様式についてひとつの抽象体を作りあげる。いいかえればいつも〈位負《くらいま》け〉の論議なのだ。まず作りあげた〈アジア的〉な概念の抽象体に、アジアの諸地域の政治社会制度、農業や手工業の生産様式の具体的な細部をあて嵌めて、いわば抽象体のうえに衣裳を着せる。だから〈アジア的〉ということをめぐる左翼的な論争はいつもこの抽象体の細部の仕上げの相違と、アジア諸地域での具体的な資料、調査の組み上げ方の相違に還元されてしまう。

これもまったく不毛な論議だった。わたしたちが左翼の〈アジア的〉生産様式論などをみていて、その萎縮した語彙の羅列を競いあうだけの論理のひろがりの貧困さ、官僚的な用心深さ、宗教的なまでの規範意識に、心の底から嫌悪をもよおすのは、まず抽象体を作って、あとから具体的な資料をあて嵌めるその方法に由来している。〈アジア的〉な地域と時代の具体的な制度や、経済様式の姿を追求し、論じていくなかで〈アジア的〉な概念が、おのずから本質にまで解明されているという遺り方だけが、不毛性を免れる道で、それ以外は無意味なものだといってよい。マルクスが〈アジア的〉という概念をつくりあげたのは、スペイン、ロシア、インド、中国、インカなど、いずれにせよユーラシア、オリエント、アジア、第三世界などの広漠とした大陸と、風土条件の地域であった。そこからつくられたかれの〈アジア的〉という特質をあげてみれば、

(1)大きな規模の灌漑水利事業を請けおう中央専制国家と、その版図の広大な地域で、異なった氏族や種族ごとに、閉じられた農耕の共同体を営んでいる村落とが、向きあっている。

(2)ひとつの種族や氏族が営んでいる農耕の村落共同体や、その連合体のうえに、征服者としてやってきて、支配権をふるう別の種族や氏族や民族の征服王権。だから王権は交替と存亡を繰返すが、農耕の村落共同体は、おおくこの支配王権の存亡や交替や紛争に無関係な貌をしている。

(3)支配的な王権と農耕の村落共同体との政治制度的な関係は、貢納物をとるものと、さし出すものとの関係である。

(4)土地は、家まわりや共同体の占有地はあっても、本質的には国家の（専制君主の）全所有に属している。

マルクスがこしらえあげたこの〈アジア的〉な政治制度と、農耕の村落共同体の画像は、もちろん〈アジア的〉という概念の本質像の粗描をもなかに含んでいる。だが唯一像としてではない。この画像に細部を接ぎはぎしたり、充塡したりして作りあげた抽象体などは、まったく無意味だし、これらの粗描を外枠として、あとから内部を〈マルクス主義〉的に充塡することも無意味だといえよう。もし抽象的な本質像を近似的に作りあげたいのなら、すべてのアジア、オリエント、ユーラシア、第三世界の具体的な制度や、経済的な構成を、できるかぎり網羅的に追求して、そこから抽出された実像を作りあげるほかにありえない。それは実証的な史家が、最終的につくりあげる総括像というべきものであり、またそういうものとして大切な意味を持っている。

だがそれよりも切実だとおもえるのは、マルクスのつくった〈アジア的〉な画像が、大陸の広大な砂漠や、河川流域のひろい低湿地帯をモデルに作られているために、わたしたちの島嶼的な風土や地理や、自然条件や、初期支配王権の起源の画像と、とても相違していることだ。おおざっぱにその相違点をあげてみると、

(1)中央の専制的な王権は、せまい地勢に分断された地理条件のために、大規模な水利灌漑の工事を負担する必然はまったくなかった。溜池をつくり、水利生活用の堰井を掘り、小さな河川を灌漑用に利用する工事をおこなう程度だった。これは農耕の村落共同体が内政としてもやれる規模だった。だから大規模な中央国家は必要でなかった。

(2)ほかの民族による征服王権の成立とか、その存亡交替というような大陸〈アジア的〉な政治

制度上の体験を、初期王朝はほとんどあるいはまったくしなかった。小規模で島嶼的で比較的平穏で持続的な支配王権のもとに、農耕の村落共同体は置かれた。

(3)それと裏はらに、わたしたちの初期の〈アジア的〉な専制王権は、祭祀的あるいは儀礼的あるいは宗教的な制度を、強固に高度にはりめぐらしたとおもえる。その意味では初期王権は〈旧約〉的で、無意識の深層にまで浸透した禁忌と、呪術的な要素を蓄積して、国家的な宗教にまでひろげていった。

(4)農耕の村落共同体が氏族共同体あるいは、親族的な血縁共同体から構成され、強固に閉じられる傾向がおおきかった。地勢的に低い丘陵や、谷によって、小さな独立した閉地域をつくっている自然条件がこれを助長した。

(5)未発達な非農耕的な産業の共同体が、農耕共同体に対応して血縁的に閉じられて存在し、共同体的な構造がなかなか解体されない傾向がうまれた。

こう数えてくると、わが国の〈アジア的〉な政治制度と、農耕の村落共同体の関係は、マルクスが大陸の広大な砂漠地や低湿地帯像をもとに作った〈アジア的〉な概念像とは似ても似つかないようにおもわれてくる。ただ、初期王権の支配共同体が、すべての土地を所有し、被支配の農耕共同体と〈貢納〉によって結合されている〈アジア的〉な特質はつらぬかれている。

わたしはこんな初期天皇制と農耕の村落共同体の結びつきのイメージを中心において、すこしずつわが国の〈アジア的〉な画像に接近してゆきたい。

アジア的と西欧的

Ⅰ 「西欧的」ということ

吉本です。今日のテーマは「アジア的と西欧的」となっていますが、ぼくは「西欧的とアジア的」と、逆にしようとおもいます。

どんな意味で「西欧的」と「アジア的」という言葉を使ってるか。これはテーマとの一種の妥協になりますが、「西欧的」という言葉で、日本もこの二〇年くらいのどこかで仲間入りをした先進社会、あるいは先進資本主義社会の構造的なものを「西欧的」と云いたいということがひとつあります。それから「アジア的」という言葉で何を云いたいか。もちろん地域としてのアジアということ、またオリエントも「アジア的」という概念に含めてかんがえたいのですが、それだけでなくて、一般的に現在の後進的な社会や地域がもっている問題も含めて、漠然とした意味で

「アジア的」という言葉を使いたいのです。

i　論理

まず「西欧的」ということでは、「論理」ということを云ってみたいとおもうのです。つまり「論理」ということが、「西欧的」というもののなかでどんな意味をもつかということです。それから他には、「手段」ということを云ってみたいのです。「手段」ということが「西欧的」という概念のなかでどんな意味をもつか。「手段」はいろいろな手段があるわけで、芸術でいえば表現手段ということがあります。表現手段は社会の展開といっしょに変ってゆきます。芸術のばあいもそうですし、あるいは生産の場面をとってきても生産手段というものがあり、それらは刻々と変ってゆきます。だから、「手段」という問題が「西欧的」という概念、あるいは先進社会的というもののなかで、どんな意味になるかを云ってみたいとおもいます。もうひとつ云ってみたいことが「権力」ということです。「権力」というものが「西欧的」という概念のなかで、どんな意味をもつか。そしてそれが現在どんな意味の変化を遂げているかに触れてみたいのです。

a　「論理」と同一性

「論理」ということから始めてみましょう。

「論理」の基本的な性格は、自明性をとびこさないということだとおもいます。そこでかんがえられるいちばん簡単な例のひとつをとってみます。「AはAである」という論理的な命題があります。これは論理的には自同律ということになるのでしょうが、哲学の言葉でいえば同一性ということです。「AはAである」ということは、西欧的な概念のなかではいったいどういう意味になるのか、というところから始めてみたいとおもいます。

「AはAである」、つまり同一性ということにはいくつかのことが含まれています。それは文字通り「AイコールA」という意味がひとつあります。つまりAはAそのものなんだという意味です。それからもうひとつ重要なことは、Aというものがたくさんあるとすると、Aというものはたくさんのなかで、それと等しいという統合の関係にあるといいましょうか、媒介があるといいましょうか、そういうことが「AはAである」という概念のなかに含まれます。つまり同一性という概念のなかには、そのものがそのものに等しいという問題と、もうひとつはそのものがそのものに等しいという関係にあるAは、たくさんの別のAと等しい関係にあるということです。これはかなり重要なことだとおもいます。つまり、われわれがあっさり「AイコールA」と云っているもののなかに、「AはAというものと同じという関係性にある」という概念が含まれているのは、論理学とか、数学とか幾何学とか、西欧だけで発達した重要な概念だとおもわれるのです。

また、その「AはAである」、あるいは同一性という概念のなかで、もうひとつ大切だとおもわれることがあります。そこまでいくと、人間とか人間の思考というものと関係してくるのですが、つまりAはAと等しいとかんがえる考え方と、そうかんがえている存在、つまりかんがえている人、あるいは物ですが、そのかんがえていること自体も、かんがえている人、あるいは物自体も同一性という概念のなかに含まれてしまうということです。これもやはり、西欧的な概念のなかではとても重要なことのようにおもわれます。

つまり、西欧的な概念のなかで何かが存在しているという意味は、かんがえているとか、思考しているということと同じ意味をもつということです。かんがえていることと、存在していることとは同じなんだ。同じように、たとえば「AイコールA」というばあいには、同一性という概念に包括されて、そのなかにかんがえている人と、かんがえている物自体や、思考がぜんぶ含まれていること、そういうことが重要だとおもいます。

b　ヘーゲルの同一性

それは遡《さかのぼ》ると、ギリシャの時代からずっと「西欧的」といわれている概念のなかに含まれていることです。古典近代の時期の代表的なヘーゲルのような哲学者を挙げれば、いま「AイコールA」という同一性の概念のなかで、「AイコールA」という概念自体と、そうかんがえている存在とはぜんぶその同一性という概念に包括されますから、かんがえることと存在することはイコールだということが、ヘーゲルの同一性の概念のなかに含まれています。ましてヘーゲルのばあいには、かんがえることが存在のなかに含まれてしまうことは、根源的に本質のところまで遡っていきます。ヘーゲルにとっては絶対的な概念とか絶対的な理念とか絶対的な真理とか、そういうものだけがいわばほんとうに存在するので、あらゆる論理や論理によって展開されるもの、あるいは論理によって名づけられるものは、絶対的な真理や絶対的な理念からいちいち流れくだってくるものだ、というように極端につきつめられます。そして、こういう考え方はヘーゲルだけに特有のものではなくて、古典近代の西欧の概念のなかに普遍的に含まれていると云ってもいいくらいです。

デカルトをとってきますと、デカルトの原理でいちばん重要なのは、あらゆる事態や事がらはごく単純なところから出発して、それをつみ重ねて論理的にかんがえてゆけば必ず解けてしまうものだ、到達できてしまうものだ、ということです。もうひとつ重要だとみなしたことをあげると、あらゆることはぜんぶ疑うべきだ、つまり感覚的に真だとおもわれるものや、思考によって真だとおもわれるものや、あらゆるその他のことでほんとうだとおもわれるものは、すべて疑ってしかるべきだということです。しかし最後に、疑っているじぶんというものは疑うことができない。だから疑っている状態にあるじぶんは確かに存在するものなんだ。他のばあいにはすべての存在は危ぶまれるものだとしても、何かを疑っているとか、何かをかんがえているじぶんだけは、すくなくともその最中だけは存在しているのだということが、デカルトのなかでとても重要な原理になっているとおもいます。

この考え方はデカルトだけじゃなくて、同時代のライプニッツなどをとってきても云えることです。ライプニッツには「モナド」という概念があります。それは自然物、あるいは自然の事象のなかで、本質的でそれ以上は細分化されない単位にあたるものです。あらゆるものは「モナド」のあらわれた現象としてかんがえられるということを、近代の初期にかんがえました。そのなかでも重要なのは、ヘーゲルでいえば絶対的概念とか絶対的理念といっているものなんですが、ライプニッツでいえば神という概念です。その神のあらわれとして「モナド」はあらゆる事象の根本を司《つかさど》るものとして存在する、そういう概念はライプニッツのなかで重要なものだとおもいます。

つまり、考えていること、論理的であること、疑っていること、そういうときだけ人間は存在するんだ、あるいはそのときだけ、存在という概念と、かんがえるという概念が同一なんだ、ということは、西欧的な思考のなかでとても重要なことにおもわれます。

この問題を、先ほど云いました「AはAである」という同一性の概念のなかで、もうすこし先までもっていってしまいます。ヘーゲルを例にだすのがいちばんいいので、ヘーゲルのなかで同一性という概念はどういう意味をもつか、かんがえてみましょう。この同一性という概念を、純粋にじぶんがじぶんに等しいとか、「AはAに等しい」という同一性としてかんがえたばあいには、その同一性の純粋なるものが、ヘーゲルにとってはあらゆる存在するものの本質とかんがえられています。だから、ヘーゲルにおいては、同一性の純粋なるものが、事物あるいは存在するものの本質なので、あらゆるものはこの本質から流れくだってくるとかんがえられています。ヘーゲルの事物の同一性の純粋なるものとしての本質という概念をかんがえていったとき、いくつかの段階が区別されます。純粋な同一性としての本質というものは、まず第一にはどういうことかと云いますと、区別ということなんだという考え方がヘーゲルのなかにあります。つまり区別ということが本質の重要な性質のひとつなんだ、ということです。それからもうひとつは差異ということがその次に重要な移行概念です。そしてその差異をもう少し移行させてゆくと、対立という概念になります。だから、ヘーゲルのばあいには、「AはAである」ということの純粋な同一性から出発して、区別という概念があり、差異という概念があり、そして最後に対立という概念があり、それらは移行という間柄の中でぜんぶ結びついているのです。そして対立という概念のなかには差異と同一ということの一種の統一が含まれ、そこからまた新たな差異性とか区別とか同一性というものが生じてゆきます。

C　ハイデッガーの差異性

また、ヘーゲルの論理のなかでもうひとつ重要なことがあります。それは「AはAである」という同一性のなかにしか、差異性とか区別とか対立という概念が生まれてくる根拠がないということです。つまり、同一性という概念のなかに差異性という概念は内包されているのであって、その内包されているのが移行という仕方のなかで対立にまでだんだん極端化されていくという図式があります。

ところが、この概念は時代が下って、哲学的にはヘーゲルだけを問題にしたハイデッガーのなかにもうけつがれます。ハイデッガーのなかではヘーゲルの純粋なる同一性としての本質という概念、それから差異性という概念、それらがどうかんがえられているかといえば、時代の相異というか、西欧的な思考方法が解体に向って編成していくやむをえない必然があって、ヘーゲルのように絶対的な概念とか、絶対的な真理とか、絶対的な理念というものは、もうすでに存在することができなくなっているのです。ですから、ハイデッガーのなかでは、ヘーゲルの云う純粋なる同一性としての本質という概念とか、存在の絶対性とかいう概念はもうなくなっています。ハイデッガー自身が云っているところでは、じぶんとヘーゲルとは思想の現場としてどこがちがうかというと、じぶんにはヘーゲルのもっていた絶対的な理念とか、絶対的な真理みたいなものはもうなくなっちゃっている、じぶんには同一性というところから追いつめられた差異性ということしかほんとうの論理学のテーマはなくなっちゃっているんだと云っています。同一性という概念をどこまでも追いつめていくと、あとには差異性という概念しか残らない。ということは、ヘーゲルの同一性の概念とはまったくちがってしまっています。ヘーゲルの同一性は差異性を内包していて、同一性が崩れていったばあいに差異性の問題がでてくるという論理の筋道があるのですが、ハイデッガーではすでにそういう筋道はなくなって、同一性というものから追いつめられていった残余の概念として差異性がかんがえられる。そして、その差異性についての差異といいましょうか、それしかじぶんの論理的なテーマがほんとうはないんだ、とハイデッガーは云っています。

これは西欧の現代的な思考や論理の原型になっているところですが、ハイデッガーのばあいにはすでに、ヘーゲルと較べて、そこまでおなじ概念がちがってしまっていることがわかります。じぶんの論理にとっては、差異性についての差異、あるいは差異についての差異性ということが大きなテーマである、というところまで、ハイデッガーは論理の歴史から追いつめられたということになります。

ハイデッガーにとっては、問題にするに足る哲学者はヘーゲルしかいませんでした。しかし、だからヘーゲルとじぶんとの論理学の根拠のちがい、あるいは哲学の根拠のちがいというのをはっきりさせなければならないとかんがえました。ハイデッガーはそこに論理におけるじぶんの現場を指定しているようにおもいます。

d　キルケゴールの反復

「手段」という概念にいく前に、いまの論理のところで問題にしたい哲学者が一人います。それはキルケゴールという哲学者です。どうしてキルケゴールを問題にしたいかと云いますと、キルケゴールはヘーゲルが眼の敵であったのです。先ほど問題にしたヘーゲルの論理学のなかで、移行とか関係とか媒介とかへーゲルが云っているものは、ほんとは反復なんだ、と述べています。反復とかんがえるべきところを媒介（性）とかんがえたというのが、キルケゴールのヘーゲルにたいする異議申し立ての根本にあるものです。つまり、媒介とか関係づけとか移行とかってヘーゲルが概念の動き、概念と概念との区分を与えようとしているものは陳腐《ちんぷ》なもので、ほんとうは組替えられなければいけない。そのばあいに何で組替えるか、どこで組替えるかといえば、ヘーゲルが関係とか移行とか媒介とかを契機にして、同一性から差異性へ、それから区別へ対立へと変ってゆくとかんがえているものは、ぜんぶ反復という概念で云いかえられるべきなんだというのです。反復という概念さえつかまえれば、近代における西欧的思考の原型になっている同一性・差異性・区分などの概念は組替えることができる。それを組替えることによって、ギリシャ的な思考方法が分化しない以前のところまで、論理の問題を遡り、そこへ諸概念を繋《つな》げることができる、というのがキルケゴールのヘーゲルへの異議申し立てのモチーフでした。

キルケゴールの反復とはどんな概念でしょうか。ギリシャ哲学は論理、あるいは思考の根本を司っているものは、記憶とか追憶とかいうものにあることをよく知っていました。そうすると、反復という概念は過去から遡ってくる追憶という概念に置き換えることができます。それから、ヘーゲルがいう媒介とか移行とかいう概念は、未来へ反復される追憶という概念に当ることになります。だから、反復とかくりかえしを介して、同一性というものは区別という概念に移行し、それは差異性に移行し、さらに対立に移行するということができるはずです。ヘーゲルが移行とか媒介とか関係とか、つまり同一性と差異性は一種の関係づけなんだとかんがえているところは、ぜんぶ経験の反復とか、あるいは未来にたいする追憶とか、過去にたいする反復とかいう概念で置き換えることができます。

すると、反復という概念を蘇《よみがえ》らせることで、いわば古典近代の論理的な思考方法というものと、古代ギリシャ的な思考方法を貫徹する論理的観点が得られるということです。これはまた、キルケゴールがヘーゲルのもつ絶対理念とか、純粋本質とかいう概念にたいして精いっぱい異議申し立てをしながら、かろうじて根本にじぶんの論理が成りたつ場所を提出していることになっています。これはキルケゴールが『反復』という著書でとくに強調している点です。

この反復という概念は、手段をかんがえるのにたいへんいい概念だとおもいます。たとえば生産手段を媒介として、原料から製品への移行がかんがえられるというばあい、生産手段とは反復によって原料から製品を作ることです。生産手段の概念を入れなくても、反復によって原料と製品を繋げることができます。それは、生産手段を媒介にして原料から製品をつくるという云い方とおなじことです。このばあい、反復という概念はよく手段ということを実情に則して云えています。芸術表現をかんがえてもおなじことです。表現という手段を媒介にしてとか、映像という手段を媒介にしてというばあい、媒介となる手段を反復という概念に置き換えることができます。

この反復という概念はとても重要で、有用なものにおもわれます。反復という概念を提出したキルケゴールは、デンマークの非体系的な哲学者ですが、この哲学者の存在は、西欧的な思考のなかで重要なものなんじゃないかとかんがえられます。

ii 手段

この論理の学というものが、自然現象とか事物の現象とか、あるいは人間と人間との関係の現象とか、それから、何でもないものから表現的なものへ移ってゆく移り方の運動やらを覆《おお》い尽してしまう、論理の概念を使うことによって、それらのぜんぶを説明することができるという思考方法は、西欧だけにしか発達しなかったと云っていいとおもいます。この重要さが「手段」の分野でいいますと、現在みたいな技術的な社会を作り、情報化社会を作り、また科学を発達させた根本にあるものです。

論理をつみ重ねてかんがえていくときに、はじめて人間は存在するんだという極端な概念は、西欧的思考に特有なものです。また、これがあってはじめて、西欧的な社会に典型をみつけられる現在の先進的な社会のあらゆる問題が、欠陥も美点も含めて生みだされてきているといえましょう。

西欧的な現在の先進社会を、どういうところでつかまえたらいいか、仮りに手段ということからいいますと、マルクスにこんな云い方があります。粉を挽《ひ》くための風車とか水車の存在は、封建社会を象徴するものだ。蒸気的なミル（粉挽き機）は資本主義社会を象徴するもんだ、というのです。それならば、マルクスの云い方をかりれば、現在はエレクトロニクス・ミルの時代ということになりそうですが、これは手段の分野でどんな社会を象徴するのでしょうか。これが大ざっぱに現在の先進的な社会、あるいは西欧的な社会のいちばん根本にある問題だとおもわれます。

エレクトロニクス・ミルが現在の先進的社会の手段の分野を象徴するとすれば、それは今までの資本主義でない超資本主義を象徴するのだろうか。それともそうじゃなくて、資本主義の終焉や死というものを象徴するのだろうか、ということです。現在の日本がその仲間入りをした先進的な西欧社会のイメージを作るばあい、とても大きな分かれ道の問題になるとおもいます。しかし、この問題は一見すると大きな分かれ道になるんですが、超資本主義に移行するとかんがえても、資本主義はそこで死滅してちがう何かになるというイメージを浮べても、実質的にはそれほどのちがいはないだろうというのが、ぼくの考え方です。このイメージの問題は、極端なことを云いますと、現在の問題のほとんどすべてを象徴しているわけですから、これは皆さんが、ゆるりゆるりとおかんがえになられて決定されればいいとおもいます。

Ⅱ　エレクトロニクス・ミルの時代

i　表現手段

いま手段ということを生産手段に象徴させてきましたが、この手段は媒介＝反復の項として産業の分野だけではなく、すべての分野の表現の手段についても、おなじ問題をみることができます。手段がその分野の性格を決定し、それが時代のさまざまな揺《ゆら》ぎやヴァリエーションを映しだしているとおもわれます。

表現の分野でもさまざまな例をあげられるんですが、ごく解りやすいし、ぼくは熱中して中毒気味ですから、テレビの番組を例にしてちょっとお話してみたいとおもいます。テレビのどんな番組で象徴させてもいいんですが、まずとても便利な例をひとつあげてみます。

日曜日の午後の八時から4チャンネルで「天才たけしの元気が出るテレビ」っていうのが四月頃（昭和六〇年）からはじまっています。この番組は、現在の社会がぶつかっている大きな問題をとてもよく象徴しています。「天才たけしの元気が出るテレビ」は、いままでにふたつ大きなテーマを取りあげています。

ひとつは、荒川区のほうに熊の前という商店街がありますが、その商店街がさびれている、これを何とか活性化することはできないかということをいろいろ試みています。たとえば川崎徹さんがCMを作ったり、さまざまな智恵を貸したりとかして、どうしたら活性化できるかやっています。具体的にこういうCMを川崎さんが作ってこうやったとか、商店街の人たちにはこういうアピールをしたとか、商店街の人たちが寄り集ってこういうことをやったとか、いちいち具体的に映像でたどりながら、ビートたけしをはじめ、番組の出演者スタッフが街頭の場面に介入して、いかにその商店街が活性化されていくかをテレビでやっているのです。

それからもうひとつ、横浜商科大学がさびれた大学であるってことを取りあげまして（笑）、このさびれた大学をいかにして景気のいい学校に転回するかという活性化の方法をいろいろかんがえて、催《もよお》しをしたり、あるいはおなじ横浜にあるフェリス女学院大学などの女子学生と交歓させたりとか、いちいち映像に映しながら、いかにこの大学が活性化し、その力を呼ぶかを映像化していきます。

この番組はいくつか興味深い事がらを含んでいるとおもいます。ひとつは、テレビの映像のなかに登場する人たちが、現実の街筋とか学校とかの在り方に介入して、ある効果をえてその場所を活性化するために、何ができるかできないかを、ともかくも試みるために、スタジオ空間を街頭に動かしたということです。何故興味深いかといえば、ビートたけしにしろ、他の登場スタッフたちにしろ、映像のなかの人間としてその存在が意味をもっているわけです。つまり映像としての人間であるわけです。その映像としての人間が、何を勘違いしたか、あるいは何を勘違いしないで新たな試みをしたのか。実際の街筋に行って、街筋やさびれた学校をほんとに活性化できるかどうかが、とても大きな意味があるのです。つまり映像人間が具体的な人間としてどれだけの意味をもつかという試みが、このなかにあるとおもいます。もっとたくさんの深読みができます。つまり、映像人間と映像でない実在の人間とが、ある種の混合空間のなかで交換されていることが、このなかに含まれています。つまりここでは、映像としての人間と具体的な現実の生《なま》の人間とが同一化されていることが示されています。これは、エレクトロニクス・ミルの時代でなければとうていありえなかった錯覚であり、交換風景です。つまり映像人間がすでに現実的人間と等価値であり同一性だというところに、ある種の考え方が成りたつことを意味しています。

まだ、この番組で目立つことがあります。この番組の映像をみているかぎり、視聴者に実際に街筋や学校が活性化したかのように、映像自体を組み立てています。しかしほんとは判らないことです。ほんとにそうかね、と疑いをもってみるのが正しい見方です。あるいは、冗談ともほんとともつかない映像で視聴者を愉《たの》しませている、と視るのがいいとおもいます。つまり、映像としての人間たちが現実に介入して何かやったら、街筋や学校が活性化されてきたと映像自体に語らせていますが、ほんとのことはそこへ行ってみなければ判らないし、そう疑ったほうがいいのです。映像の作用で、実際にそうかどうかとは別に、そうなったという映像の径路を作りあげることができます。つまり人間のイメージをそう作りあげることができることが大切です。これも眉に唾をつけたほうがいいので、横浜商科大学にテレビ番組が介入したら活性化されて、来年度の入学試験にはわんさと人が押しかけるかどうかは判らないことです。でも映像をみていると、活性化しつつあるように見せることには成功しています。でも意地悪い見方をすれば、映像がひとりで走ってひとつのイメージを作りあげているので、ほんとはそうじゃないのかもしれないとかんがえたほうがいいのです。つまり映像は映像自体として現実と関わりなく、人間をある意味形成の場所に、あるいはイメージ形成の場所に引き込んでゆくことができます。

この二つの象徴的な意味があれば、この番組はいまのところ上手に固まって、面白い番組になっているとはいえませんが、しかし意味としてはたいへん大きな意味をもっています。現在のエレクトロニクス・ミルの時代、高度情報化の時代、超資本主義へ移行しつつある時代の、映像と現実との関わりについて、さまざまな示唆を含んでる番組とおもえます。たいへん新しい番組の試みといえましょう。

ii　世界視線

こんな例は、現在いくつもあげることができます。たとえばボードリヤールは、『象徴交換と死』という本のなかで例をだしています。パリ郊外の空港で行われた航空ショーで、ソ連の超音速旅客機が墜落したという例です。墜落して死につつあるパイロットの姿が機内のテレビに映っている。つまり死につつあるじぶんを視ながら、その飛行機のパイロットが落ちていった場面です。そういう一種のハイパーリアリズムというか、ハイパーな空間や映像というものの在り方を象徴している例として、あげられています。これもまったくおなじなんで、死につつあるじぶんが死につつあるじぶんの映像を視ながら死につつあるというのは、映像としてのデカダンスといえばデカダンスです。また映像と現実の関係でいえば、現実と映像とがもはや逆転している、たいへんデカダンスな事がらです。これは映像がデカダンスとして存在する存在の仕方です。しかしボードリヤールの例をもちださなくても、その種の映像のデカダンスはいくつでも指摘できます。つまり、死につつあるじぶんの映像をパイロットがじぶんで視ながら死につつあるという事態は、現在ではまったく可能だということは何を意味するかということです。映像の次元と映像をみている現実のパイロットとの関わりあいをみているもうひとつの視線の介入をかんがえることができるということです。

そうかんがえれば、これはすくなくとも四次元の在り方だということができます。つまり死につつあるじぶんの姿をじぶんが死にながらみているというのは、みているじぶんと映像のなかのじぶんをもうひとつみている視線、つまり四次元のところからみている視線を想定すれば辻褄《つじつま》が合います。これは映像の倫理としてはデカダンスなんですが、いまのエレクトロニクス・ミルの時代、あるいは超資本主義に移行しつつある時代を象徴するに足りる例だといえましょう。

現在かんがえるかぎりでは、ボードリヤールがあげた例とか、ビートたけしのテレビ番組に象徴されている映像の在り方の例は、これ以上高度な映像はかんがえる必要がないといえる高度な映像を象徴しています。だいたい映像の概念は、社会像という概念に拡張してもおなじことです。また、生産手段に限定してかんがえてもおなじ問題に当面しているわけです。つまり像としての社会、イメージとしての社会の在り方と、具体的・現実的な社会のリアルな在り方とのあいだに区別を設けることがあんまり必要でない、あるいは同一な、いつでも交換できるものとしてかんがえられるもうひとつの視線を想定せざるをえないことです。

その視線がこれからどういくのか。エレクトロニクス・ミルの時代はどう展開されるのかというばあい、到達点、あるいは出発点として、終末あるいは始まりとして、世界を外からみている視線がかんがえられるわけです。このことが社会像の問題としても、映像の問題としても、それからもちろん、文学や芸術のような表現の問題としても、やがて最終的に普遍化されてでてくるとかんがえられる問題です。これがエレクトロニクス・ミルの時代の表現をとてもよく象徴している事がらだといえます。

これからの社会像がどこへ行くかは、だれにも判らないことです。ウルトラな展開をするのか、存外《ぞんがい》ぶち壊れてしまうのか、そこのところは何とも云えないわけです。しかし、現在急速に変りつつあるさまざまな映像の分野、表現の分野、あるいは手段の分野、あるいは社会像をつかまえるばあいの、根本的なつかまえ場所は、わかりやすく得られるのではないかとおもわれます。現在ここの場所でさまざまな事がらが混交して現われてきています。これは不気味といっていいのか、やりきれないといっていいのか、そんな不安や危惧《きぐ》も同時に起こるわけですし、またこれは政治的な制度とか、政治的な分野の問題として何を意味するか、という問題にもつながっていくかもしれません。現在さまざまな混乱をひきおこしている根本にあるのは、手段の分野として無限に拡張してしまい、それと同時に無限に拡張してゆく手段が、手段自体のなかに自己像を繰り込んで高次化しつつ変化する姿のなかに、解かれるべき鍵を含んでいます。この問題が、現在、西欧的な、あるいは先進的な社会がいちように当面している問題のメタファーだと云えるでしょう。

日本というのは、実のところどういう国か解りにくくなっています。この解りにくい日本は、一九六〇年代から一九八〇年代のあいだのどこかで、ある急速な展開の仕方で、西欧先進型の社会に移行してしまったところに求められます。そして手段の特定の分野だけをとってきますと、それは世界の先進的な社会のなかでも一、二を競う高度社会の仲間入りをしているということです。

ところが、何故日本の高次社会像がすっきりしないかといえば、もうひとつの社会像をかかえているからです。それは今日のお話でいえば「アジア的」という概念のなかに包括される日本社会の特異点です。日本の社会像の全体から、この「アジア的」な要素がどんなふうに消滅していくか、どういうイメージでならば現在の消滅の度合、あるいは消滅しない度合をつかまえられるかということです。

ぼくが西欧的な先進社会の民衆なみに、だれもが中流意識や中産階級の意識をもった社会の生活の在り方にあぐらをかいて、コム・デ・ギャルソンかなんかの背広を着て写真とったりすると怒る人がいるわけですね（笑）。おまえそんな服着て、東南アジアのボロボロの服を着ている貧乏な民衆のことかんがえろって云うわけです。それが何を意味するかというと、おれは西欧的な先進社会に仲間入りした日本国の社会の一員であるっていうふうに、すっきりとおもい決めて安心していると、そういうふうに云われちゃうということです。洋服ひとつ着るにもビール一杯飲むにも東南アジアのね（笑）、ボートピープルみたいな人をかんがえなきゃいけないとか、アジアやアフリカの難民のことをかんがえなきゃいけない、そんな考え方が、たしかに一方にあるのです。

そんなことがおこるのは、特定の人がそうかんがえているとはおもわないほうがいいのです。むしろ日本の社会のなかに、ある度合でアジア的な社会の特質が残っている象徴だとかんがえたほうがいいのですね。どういう度合で残っているのか判らないとしても、残っているために、その種の批判の仕方が提起されてくるとみなされます。

ただ絶対にとりたくない考え方は、現在の日本の社会を理解するのに、あらゆる先進社会的なものはぜんぶ否定的な象徴であり、石炭と薪《まき》とロウソクでプリミティヴに生活したほうがいいとかんがえるとか、東南アジアの人みたいにみんなボロ着て生活したほうがいいとかんがえる人と、反対に、日本はもう先進的な西欧型の社会に入りこんでいる。のみならず、そのなかで一、二を争うところまできちゃっているとすっきり割り切れている人との対立の問題として、現在の問題をかんがえる考え方です。そういう対立には与《くみ》しないし、そういう対立の仕方を壊してゆくべきだとおもいます。

すくなくとも、現在の日本をかんがえるには、二つの軸の同在が必要だとおもいます。それは先進社会に入ってしまった日本の社会的なイメージと、それからいかほどかの度合でアジア的な社会の歴史的な在り方の影をちゃんと引きずってもっている社会のイメージと、その二つの軸を併存《へいぞん》させながら、その軸が、合成力としてどういう方向を指しているかをかんがえてゆくべきだとおもわれます。

おまえ贅沢《ぜいたく》な服を着てとか、ビール一杯飲むにも東南アジアの青年をかんがえろという云い方にたいしてぼくは反撥しますし、それはまちがいだとおもいます。しかしそのばあいでも、そういう軸はなにほどかの度合であるし、その度合をその人はまちがえているので、軸自体は存在してるとみなすのがぼくはいいとおもっています。この軸は無くなったのに、こういうバカなことを云ってる奴がいるとかんがえないほうがいいのです。

ここで、今日のテーマである「アジア的」という課題が浮上してくるとおもいます。それをすこしぼくなりに申しあげてみたくおもいます。その後で、もう一回、日本ってのはどういうイメージなのかかんがえてみて、すこしでも前よりイメージがはっきりなればいいとおもいます。

Ⅲ 「アジア的」ということ

i マルクスにおける「アジア的」

「アジア的」という概念を論理的にすっきりと云った人は、やはりマルクスだとおもいます。マルクスが一九世紀末か二〇世紀の前半に、エンゲルスとの往復書簡などで要点をすっきり云いきっています。何を「アジア的」特質としてつかまえるかが、初期の社会主義者お二人さんの話題になりました。西欧社会とくに典型的なイギリスだけをかんがえて西欧資本主義の社会と政府を考察したマルクスにとって、そのイギリスの印度《インド》会社が政府の保護下にとったヒンドスタン―アジアへの対処の仕方のなかに、「アジア的」な社会の特質も読むことができたのです。西欧以外の社会は残余の陰の世界にある社会として片づけていた当時の風潮のなかで、そう簡単に片づくわけがないことを、初期の社会主義者たちはよく知っていました。

かれらは「アジア的」国家と社会には、三つの特色があるとかんがえました。政府は財政部門の省、いまでいう大蔵省とか通産省のような省、もうひとつは軍事省、もうひとつはいまでいう建設省、つまり大きな公共事業をやる省、その三つの省があればいいんだと指摘しました。財政省は国家への貢納《こうのう》を集めればよい。軍事省は他の征服王朝が攻めてきたときに争うだけの軍事力をもっていればいい。あとひとつ、公共事業をやる省が、どうしてもアジア的な社会では必要だとかんがえたのです。

もう少したち入ってみますと、財政省は、「アジア的」社会では貢納制、つまり貢《みつ》ぎ物《もの》を国庫に納めさせるのが主な仕事です。これが「アジア的」社会の特徴です。もっと云いますと、「アジア的」な社会では、土地はぜんぶ公有で、その公けの最たるものは帝王ですから、その所有に属するとかんがえられていました。つまり「アジア的」な専制君主だけが国家のすべての土地をもっているのです。だから、個々の村落の人たちがその土地を耕しているのは、公有地を貸してもらって耕しているので、収穫したものは税物として納めなければならないとかんがえられていました。この制度を貢納制というのですが、「アジア的」な社会のいちばんの特徴はこの貢納制ということです。そうすると、公有された土地を耕して、そこから収穫物を得て生活しているのだから、残りは国家に納めよということになります。貢納制は経済学的にいい直しますと、収穫物の何パーセントかを国に納め、国家はそれを蔵に貯蔵しておく。貢納物は、税金代りですが、同時に地代ってことになります。地代を国家あるいは君主に納めて公有地を借りているという気分が、貢納制の特徴です。

また軍事を考えてみます。

「アジア的」な社会とは、主にオリエント地域とかアジアの大陸をマルクスたちはかんがえています。つまり西欧からみられた「アジア」は、ぼくらからみてオリエントにあたる概念です。マルクスも、オリエントとかせいぜいインドとかを主要にかんがえたのです。そこでは、農耕の村落共同体がとても広い地域に小さく点在して、それなりに自立的な共同体を作っています。

それらの上に君臨《くんりん》している国家や王朝は、他から征服者がやってきて敗けてしまうと、すぐに別の王朝に替ってしまいます。また次の王朝がきて、自立的に営まれている村落共同体をはるか上方から支配する。そのばあい、村落共同体を破壊して支配するということをしないで、それまであった村落共同体をそのままにして、その村落の長を通じて支配する形になります。また次には別の王朝が、ヨーロッパからか極東からか攻めてきて、それまでの王朝を滅ぼして、村落共同体を支配します。そうすると村落共同体のほうでは王朝がどんなに交替しても、そんなのは知ったこっちゃない、いちいちつきあっていられない、じぶんたちだけで独立の閉じた共同体を作って、土地を耕してやっていこうということになります。せいぜい、小さな部分国家しか作らないのです。征服王朝はいくらでも他所《よそ》からやってきて、戦に負ければ交替するし、またそれを斥《しりぞ》けたりすることもあるという形で変遷します。それがアジア的な社会の特徴です。そこで軍事力がどうしても必要になります。軍事力イコール政権みたいな軍事省がなければならないのです。

もうひとつは公共事業省が、「アジア的」な社会の特徴になります。農耕共同体は広い地域に閉鎖的で独立的な共同体や小都市を作って分立しています。それらを総合して、全体の灌漑用水を得るために、河川を修復するとか、池を作るとか、流れを塞《せ》き止めて灌漑用の水を溜めるとかいう工事を、大きな規模でやろうという共同体も小都市もありません。アジア・オリエントにおおい砂漠地帯や、多量の雨が降ると河川が氾濫して田畑がつぶれてしまうような平地地帯で、大規模な灌漑工事をやるのは中央の専制政府しかないのです。だからアジアでは、中央政府は大きな灌漑工事をやれる力と、やれる役割を果すことが必要です。これが、「アジア的」社会のおおきな特徴です。マルクスたちがかんがえた「アジア的」な政府のイメージはおよそそんな特徴をもっていました。

これは逆の現象をかんがえると、判りやすいとおもいます。「アジア的」な形の社会では、東南アジアでもシルク・ロードでも、アフリカでもいいですけど、数千年前に栄えた大都市がいまは廃墟になって建物や礎だけしか残っていないところがどこでもあるでしょう。ああいうのはどうして出来るかといえば、中央政府が征服されたとか、追い出されて、他の地域に行っちゃったりすると、大規模な灌漑工事をやってくれる政府がいなくなります。すると、いままで歴然と栄えていた大都城市が、たちまち飲料水や灌漑水をなくして、人々が四散し、都市として廃墟になって、つぶれてしまうのです。もっと極端なばあいをいいますと、何千年も栄えたはずの文明自体が、すぐに廃墟になっちゃうのです。これは「アジア的」社会の大きな特徴です。中央政府や中央の王朝が征服されたり、滅亡したって、個々の都市や村落共同体が滅亡する理由はほんとはすこしもないんですが、灌漑工事を全体的に請け負ってくれる政府がいなくなるわけですから、街や都市自体が滅びてしまうとか、あるひとつの王朝に対応した文明自体が滅びてしまうのです。

そうしますと、「アジア的」な社会では、支配者あるいは支配共同体が、いままで要約した三つの主な役割をもっていれば、たくさんの個々の被支配共同体と向き合ってひとつの国家が出来あがることになります。またアジア的な社会では、小国家や小さな地域の共同体がそれぞれかなりな程度独立して、自立自営に近い形で存在していて、王朝が替ろうがどうだろうが、じぶんたちの共同体だけは守っていこうという形で対処しています。はじめにお話しした「西欧的」な論理の展開は、こういう国家や社会の仕組みでは生まれるはずがありません。つまり小さな簡単なことを単位として、それをつみ重ねて複雑な問題を解いていくとか、あるいは小さな簡単な問題から出発して、それをどんどんつみ重ねて、あらゆる事物の関連性をつかんでいくとか、そういう考え方は、こんな構造をもった「アジア的」社会では存在しなくてもいいし、また存在することはできないとおもいます。つまり社会構成の論理模型が簡単なわけで、支配共同体と被支配共同体の関係は、支配者の土地を借りているというふうにかんがえ、その土地を耕したのなら、税金として収穫のいくらかは納めるという形でしか、支配共同体と被支配共同体の関係はありません。ここで構築されるべき論理的な段階性は、こんな平べったい構成の社会では成りたちようがありません。つまり、ひとつの端があると、他の一方の端があるというだけのことです。また支配共同体があると被支配共同体の並列があって、むきだしに対面しているとかんがえればいいわけです。

ii 「内側」と「外側」

また西欧的な概念として流行《はやり》である「内側」と「外側」という概念でいいますと、「外側」ってのは共同体の内部ではいらないわけで、「内側」同士の支配と被支配というのをかんがえれば、

「外側」と同じ役割か同じ意味をもつことになります。「アジア的」な社会が「外側」という概念をもったのはほんの最近のことです。日本でいえば近世の初頭くらいのときにはじめて本格的な意味で「外側」をもったといえるほどです。これはどこの「アジア的」な国の社会でもそうです。インドの社会でも、仏教なんかが発生した太古から一九世紀の初頭くらいまでのあいだは、やはり典型的な「アジア的」な社会で、「内側」だけで話はすんでしまったとかんがえられます。農耕的な社会があって、余計な収穫物は税金として納めるという大きな筋道があって、インドの社会でいうと家内工業、つまり農家が兼業でもっていた紡績の小さな工業があって、それを販売する商業がわずかに成りたっている、それが一九世紀の初めまで続いてきた社会の像です。「アジア的」な社会で「外側」という概念をかんがえると、征服王朝はありますから、これは「外側」と「内側」が絶えず同一性として交替しているわけです。ただ末端の村落共同体あるいは農耕の共同体では、紡績が家内工業の域を脱しないうちは「外側」という概念を作れなかったわけです。だからインド社会でいえば、一九世紀の初頭までは「外側」という概念はなくてすんだし、またなかったとかんがえてもよろしいとおもいます。イギリスがインド社会を植民地化するために入りこんできまして、インド社会の農家の家内工業としてあった紡績を、産業革命の産物である先ほど云いました蒸気ミルで紡績機をつかって、大規模な紡績産業にかえてしまったとき、はじめてインド社会は本格的な意味での「外部」を、つまり農耕社会にたいする「外部」、あるいは「内部」観念にたいする「外部」という観念を産みだすことになりました。

日本でもまったく同じことです。小さな細工物や農器具の製造業とか、鍛冶屋さんとかは、近世までに大きな規模に発達したわけではないんです。それらは農耕社会にたいする「外部」という概念を作れる唯一のものですが、その唯一のものがそんなに勢力をもって農耕社会と相対立してきたのではありません。本当の意味で日本の社会が「外部」というもの、つまり「アジア的」な型の農耕社会に対立して「外部」という概念を作れるようになったのは、明治維新の近代化がはじまってからです。それから日本の社会が農耕社会における思考にたいして「外部」的な思考、つまり非農耕的な産業思考を作り出すようになったのです。だから「アジア的」な社会の特質は「外部」という概念をなかなか作らなかったということです。それから社会の構成を論理的な階梯を踏んでつきつめなければ、支配と被支配とに到達しなかったことです。支配共同体と被支配共同体の関わりはむきだしの対立とみなせばいいし、その関わりは単純に、貢納制、つまり貢ぎ物を納めるか受けとるかという関係をかんがえれば成りたつわけです。そんな関わりしかない社会では、この階層にある者には、こういう論理を使わなければ通用しないとか、その上にあるこういう社会にはちがう論理を使わなければ通用しないという差異の概念は作られ難く、また「外部」の概念も貧弱ですから、矛盾という概念が育たないわけです。出来事や事物は論理の階梯を踏んで、その繋がりがあるんだという考え方は「アジア的」な社会では作りようがないことになります。「外部」というようなもの、論理的な思考というようなもの、あるいは論理的な思考を促すに足るだけの非農耕的な産業が入ってきて社会の発達を促したのは、近代になってからです。

iii　日本のイメージ

　日本の近代社会の現在の状態をどこでつかまえるかは、「アジア的」という概念がどこまで残存し、どこまで脱「アジア的」になっているか、ということで測ることができます。近代日本の社会はおおまかにいえば、アジア的な専制君主、つまり「万世一系ノ天皇之《これ》ヲ統治ス」という旧憲法の「神聖ナル」君主がいて、その下で行われた近代化ということになります。この基本的な政治社会的なイメージは「アジア的」なタイプの君主を頭にいただいて、その下で「アジア的」な農耕社会の根幹に、近代西欧的な産業が導入され移植された過程になります。このなかで発生しやすかったのは、専制君主を頂点に棚上げしておき、農耕社会を主体にして社会の全体のイメージを作ってゆく考え方と、そういうアジア型の社会に西欧型の近代産業を急速に導入してきて、どんどんアジア型の農耕的な共同体を破壊して近代化してしまうという考え方との角逐《かくちく》として、日本の近代以後の社会の歴史をかんがえることでした。「神聖ナル万世一系ノ天皇」というアジア型のディスポティズムと、民衆の近代的な型の代表代議員のあいだを何が媒介したかといえば、明治維新の近代化の功労者と目された元老たちの「アジア的」というより仕方がない公私区別しがたい側近体《そっきんたい》でした。そしてこの元老的な側近体の消長は、農村の共同体の崩壊の度合とともに、日本の近代以後の政治社会の脱アジアの度合をはかる大切な目安だとおもいます。たぶん、日本の社会のイメージを作るばあいの大きな特質だとおもいます。

　近代以後の日本社会が大きな変革にさらされたのは第二次世界大戦期の太平洋戦争でした。この太平洋戦争の敗戦は「天皇ハ神聖ニシテ侵スベカラズ」という「アジア的」ディスポティズムを大きく変革してしまいました。新憲法でいいますと「天皇は国民統合の象徴である」という云い方に変えられています。これは江藤淳的にいえば、アメリカがこの憲法の草稿を作り、日本の支配関係者がそれに賛成したからできたことになりますが、どんなでき方にしても、「天皇は国民統合の象徴である」という云い方で象徴されるものは、まるで人工的だとはいえないので、日本の戦後社会の現代化のなかで象徴的な役割の必然をになっているとおもいます。「万世一系ノ神聖」な天皇から「国民統合の象徴」まで大変革したことは、戦後社会の大きな特徴ですが、さてこの戦後社会をどこでどうとらえているか、そのイメージのちがいが現在のさまざまな対立と論争の根本の種になっています。

Ⅳ　日本社会の現在

i　解体現象

日本は現在、西欧型の先進的社会に突入しています。そしてこの西欧型の先進社会という意味は、資本主義社会（現代社会）から、超資本主義社会（現在社会）への移行を指しています。これをどこでとらえたらいいのか、すこしかんがえてみます。

現在の西欧型の先進社会では、論理における絶対概念、真理概念、あるいは本質概念、つまりあらゆる論理的な思考や事物の在り方を説明するに足りる論理の移行の仕方についての理念、いいかえれば論理がそこから始まって流れ下ってゆくものだとみなされる至上概念が、空洞化にさらされて、規定性を構成することが危くなっているといえます。これは一種の論理的な段階性や構築性の解体現象です。現在の西欧の哲学思想者たちが、象徴的にさまざまな云い方でいっている言説の根柢には、この解体があるとおもいます。いいかえれば、絶対的なものから総体的な多様性へ、真理概念から反復概念へ、あるいは本質概念から拡散現象的なものへということです。宗教的な云い方をしますと、絶対的な神から流れくだって、あらゆる人間の思考や論理の存立の保証体系ができあがっている西欧の近代資本主義社会、つまり蒸気ミルの時代までを大きく統御していた思考方法が、現在の西欧のなかで危くなっている、すくなくともそういう疑念にさらされていることじゃないかとおもわれます。

それは脱－構築であったり、解体であったり、党派理念の死滅であったり、さまざまです。ここで共通にあるのは、西欧的な思考方法の根柢的な組み立てが、いわば西欧自身の現在の状態によってとても大きく揺すぶられている。あるいは解体と再構築が進みつつあるということだとおもわれるのです。解体してどこへ行くのかだれにも判りません。つまり、それは解体だと云っている西欧の哲学や思想自身にもたぶん判らないんじゃないかとおもわれます。

これは、資本主義から超資本主義へいくのか、あるいは資本主義は終るのかというイメージの問題とも関わってくるとおもいます。このイメージがなかなか作れないと同じ意味で、解体してどこへ行くんだなんて問題はだれにも判らないだろうし、またそういう問題を提起することじたいにあまり意味がないんだとかんがえられます。ただわたしたちが現在っていうところに入りつつあるひとつの徴候としてみればいいとおもうんです。

ii 二重性

すでに西欧型の社会に入り込んでしまった日本の社会でも、西欧が現在提起していると同じことが、とうぜん存在するはずです。ただ何が複雑かといえば、「アジア的」という概念がどうしても一枚加わらないと、完全なイメージが描けないんじゃないかという危惧があることです。

現在、「アジア的」という概念が日本の社会で通用するとすれば、どこで通用するのかかんがえてみます。農耕の村落共同体は壊れてしまってかんがえる必要がなくなったし、資本主義はもちろんすでに西欧型の高度な資本主義社会になってしまったという意味でも、なにも「アジア的」残余《ざんよ》をかんがえる必要がないとおもいます。ただひとつ、意識・認知・感性に関わるものが「手段」の分野を染めあげているところだけは、「アジア的」ということを考慮せざるをえないんじゃないかとおもいます。そこでいうならば、日本の現在の社会のなかに「アジア的」意識がどんなふうに「手段」の分野で存在しているか、あるいはどういうふうに産業・芸術・文学の分野で存在しているかという問題は、残されているとかんがえます。それは別の基軸としてかんがえに入れなければならないとおもいます。「西欧的」と「アジア的」は、ふたつの分離した軸なんですが、重なった部分では混合してあらわれ、重ならない部分ではそれは分離してあらわれてくる、そんな現象がしばしば存在するとおもいます。

これは芸術・文学の分野でどうあらわれるか、なかなか云うのが難しいんですが、イメージの独特な柔らかさとか甘さとか、あるいは独特な優美さとかが、さまざまな構造で文学・芸術のイメージを染めあげているかもしれません。また産業の分野でいえば、独特のアジア型の経済体が残って、日本の産業をプラスにしたりマイナスにしたりする度合を強めているかもしれません。それはさまざまな具体的な場面で、具体的にかんがえていかなければ指摘できないでしょう。日本の社会は、西欧にくらべて、現在でも余計なものを背負いこんでいる気がします。西欧的思考の西欧における解体作業にどうしても必然的に参加せざるをえないし、あるばあいには、それを推進せざるをえないというところに日本の社会は置かれています。しかし同時にアジア的意識というものの「手段」の分野での在り方を、二重性として勘定に入れなければ仕方がありません。こんなことは、西欧社会では不要なことでしょうし、西欧社会が日本の社会をみるばあいに誤解しているところかもしれません。またあるばあいには、日本の社会が西欧の社会にとって、現在大きな意味をもって浮かび上ってくるようにみえる理由がそこにあるのかもしれません。

iii 「世界都市」日本

ガタリという思想家が、宇野（邦一）さんっていう日本の文学者の「日本とは何だとおもうか?」という質問に答えてこう云っています。これは外側からそうみえるってことですが、「日本は日本人のものではなくなってしまった」と云い、「日本はひと言でいえば世界都市なんだ」という云い方をしていたのが印象的でした。東京がではなくて、日本っていうのが宇宙の交通網のイメージのなかでひとつの「世界都市」なんで、これが日本の現在というもののいちばんありそうな意味づけです。ガタリが云っていた「世界都市」というのは、日本に入ってきたあらゆるもの、つまり西欧的な思考であれ、第三世界の思考であれ、アジア的な思考であれ、日本に入ってくると、「世界都市」的な修正を必ず受けてしまい、修正を受けたうえで必ず通用させてしまうという意味で云われていたとおもいます。

現在の世界のどこの社会、あるいは国家でも、ある文化は受け入れやすいけれど、別のある文化には大きな反撥をくだしてしまうことが必ずある。一般的な云い方をすれば、現在の世界ではどんな国家や社会でも受け入れの固有な選択性をもっている。ところが、日本はそうじゃなくて、アジア・アフリカからきても西欧社会からきても、あらゆる思考方法はこのなかで一種の修正を蒙りつつも受け入れられて消化されてしまう。その意味では日本は無選択で、これが日本が「世界都市」だということの大きな根拠だ。ガタリはそう云っているとおもいます。

またもうひとつ、こういうふうにも云っています。日本の高度な西欧型の社会構造とか生産構造とか、文化の構造のなかに、どこかしら古代性というものが挟み込まれている。それは日本の大きな特徴だと云うのです。つまり、あらゆる文化を修正しながら受容してしまうことと、古代(性)をどこかに挿入し、保存してしまっていること、この二つの理由によって日本は「世界都市」だとかんがえるということです。この云い方は、外側からの見方としてはたいへん鋭いとぼくはおもいます。

たいへん鋭いと同時に、もうひとつぼくにはお愛想というものも含まれているような感じもします。つまりこれは内側からみると、どうしてそんな大層なものじゃないんですよ、と云おうとおもえばいくらでもできるようにおもえます。しかし、大層なものじゃないんですよ、という云い方でいえるところと、「世界都市」という云い方でいわれているイメージとは、照射する光線の置き方はちがいますが、かなりな程度一致するとかんがえていいとおもえるのです。ただ「外側」からの云い方としては鋭い云い方なんじゃないかと、ぼくにはおもえます。

「内側」からぼくらがかんがえますと、アジア的意識の離脱の度合がひとつあり、西欧型社会に突入してしまい、それなりに推進してしまっているという問題がもうひとつあり、そしてその二重性の度合をどこで測るかということが、「世界都市」という云い方や「古代（性）」を挿入しているという云い方と関わっているとおもいます。また、あらゆるものを受容してしまうけれども必ずそれは修正してしまうんだ、逆にいえば修正してしまうけれども、あらゆるものを受け入れてしまうんだ、といわれているものも、「アジア的」ということのなかに入ってくるとおもいます。つまり、あらゆるものを修正するけれど無選択に受け入れちゃうっていうことは、内側から反省的にいいますと、創造性も独創性もなにもないんだ、ただ受け入れ、ひったくり、アレンジすればできちゃうんだという云い方もできます。

自惚《うぬぼ》れてかんがえようと、また反省的になってかんがえようとどちらでもいいのですが、どちらでかんがえようと、ある「世界」についてのイメージがあり、そのイメージの「世界」が、「都市」をもつとすればどんなものになるかのイメージが確かにあり、そのイメージに現在の日本の社会像は適《かな》っていると云われていることは確かです。

V 「権力」の現在

i 権力の解体

最後に「権力」というものの現在性について、すこしかんがえてみます。「権力」という概念をぼくらはどこから得てきたかといいますと、大ざっぱにいって西欧の近代から得てきたとおもいます。日本の社会では、アジア型の専制的ディスポティズムの性格や、その消長や、変化が、古代やそれ以前から明治以後の近代まで、永続してきた国家とその下にある社会についてのメイン・テーマでした。ぼくたちが「権力」という概念をもらってきた西欧の近代的社会は、どうできているかといいますと、国家が社会の上に民族国家として存在しています。国家が社会を包んで存在するというイメージよりも、社会の上に存在するというイメージのほうが、より正確なイメージです。国家の下に具体的な市民社会が存在していて、国家は社会にたいして法律その他、政治機構を介して、こうしてはいけないとか、これはいいとかいうある強制作用を及ぼしていく。その強制作用の総体の力が、いわば「権力」というものであり、それを国家がもっているとすれば、国家の権力であるというのが、西欧の近代的思考から得られた「国家」と「権力」についてのイメージです。

社会の上に存在する国家というイメージ、近代民族国家というものと近代市民社会というものとは対応するイメージなんです。近代市民社会の中枢は、資本主義的な経済社会制度です。そうすると、資本主義的な社会は、現在、蒸気ミルからエレクトロニクス・ミルに移りつつある、つまり超資本主義社会に移りつつあるようなところで、国家という概念も国家権力という概念も変っていきつつあるはずだということに、とうぜんなってゆきます。

それがどういうふうに変りつつあるかは、たとえば欧州共同体なんかをかんがえればいちばんかんがえやすいわけです。欧州共同体は、ある経済分野や産業部門に関するかぎりは、国家的障壁はやめにして、欧州共同体として振るまおうじゃないかというふうになっています。つまり西欧社会が資本主義から超資本主義に移るにしたがって、ある産業分野や、ある種の貿易においては、国家は国家連合体として振るまうところに移行しています。

それとともに、「権力」という概念も解体を受けつつあると云えます。つまり国家が社会の上にあって、社会にたいして法律を介して統御しているとかんがえれば済んだ問題が、もう少し微細に、タテとヨコの網の目としての「権力」というものをかんがえなければならなくなっているとおもうのです。また国家の「権力」の概念の変化だけではなく、たとえば社会のつまり地域の共同体のなかで、メンバーとメンバーとのあいだではどういう権力関係があるのか、ないのかということや、あるいは産業の場面でも、職場のなかでも、どういう権力関係がどうなっているかとか、この産業の部分は質的に進化してしまっているが、この産業ではまだ遅れていることが、どんな差異を産みだしているかといったことを、とても微細にかんがえていかないと、差額としての「権力」の問題は、簡単にはいかなくなってきたといえましょう。

これをフーコーみたいな云い方をすれば、じぶんは今日はここにいるんだけれど、明日はどこそこにいなければならないというふうなことは、いったい誰がどう強制したことなんだろうといったことも、「権力」が日常の生活の隅々までにどういうふうに浸透しているか、あるいはどういうふうに解体しているかという問題になりましょう。「権力」の問題はかんがえ尽すことができなくなってしまっているということだとおもいます。これは典型的な云い方です。現在、近代国家が作ってきた「権力」の概念が技術的に危くなってくるぶんだけ、云いかえれば、国家連合共同体として振るまわざるをえなくなっている必然性の度合に比例するように、「権力」という概念も微細な濃淡の異なる「権力」の分布図を丁寧に作ってわかってゆかないと、うまくかんがえ尽すことができないことに当面しているとおもいます。

ii 「裂け目」と「権力」

日常の隅々まで「権力」の問題をかんがえなければ無意味だというところまで、現在、「権力」の問題がきているとすれば、逆に「権力」の問題はかんがえなくてもいいとも云えそうな気がするんです。今日じぶんがここにいて明日はどこそこに行かねばならないということが、誰がどうしたからそうなったんだろうか、というようなところまで「権力」の問題をかんがえざるをえないとすれば、その問題はもはやとりたてていうのも晴れがましい日常の茶飯の領域の問題だともいえます。左翼用語が判りやすい人のためにいえば、そこには一見小さな問題にみえながら、じつは永続革命の問題だということだけしかないということです。

そんな意味では古典的な「権力」の概念と、そのとらえ方は崩れつつあるとおもえるのです。もう「国家」の権力が社会を統治しとか、何々権力が人を支配しとかなかなか云い難く、そういう意味あいでは、市民社会のなかにおぼろげながらぜんぶ組み込まれていってしまっていると云えそうです。

そして、社会のどこかに「裂け目」を作らずには、現在の権力は存続できないとおもいます。その裂け目は、「権力」は日常の隅々の問題までかんがえなければ、大ざっぱな体制とか反体制とかいう区分の仕方ではどうしようもなくなっちゃってるんだよという問題意識の正当性にたいして、どうしてもひとつの保留点とか空白点として、裂け目なのだといえるでしょう。

この「裂け目」とか「空隙」という問題は、「権力」の問題として、これからの社会で、とても大切に丁寧に問われるものではないかとぼくにはおもわれるんです。そこではもしかすると、古典的なイメージとしての「権力」が煮つまった形で多次元的なイメージの層を構成しているかもしれません。その社会構成の裂け目とか空隙という場処で、濃厚な「権力」の在り方のイメージを構成せざるをえないし、その場処はこれからエレクトロニクス・ミルの時代、つまり超資本主義の時代に入っても絶えることなく存続してゆくんじゃないかと、ぼくは漠然とですがかんがえています。そういう裂け目とか空隙とかを除いてしまえば、ぼくらに残された脱権力的なイメージはなくなっていってしまって、たぶん総体のなかに包括されてしまいましょう。しかし、その濃厚なイメージでかんがえられる「空隙性」はエレクトロニクス・ミルの時代にも存続するでしょう。そこでの濃厚なイメージというものが、「権力」の問題だけでなく、表現や「手段」分野の問題を、どう規定してゆくだろうか、このことは現在に立ってどうしてもかんがえざるをえない問題になってくると、ぼくにはかんがえられます。

今日は地図作りのテーマを与えられているようで、心もとない感じがします。地図作りの仕事には限界があるんですが、ある度合までいけば、本当の地図をどこまでか明晰にし、どこまでか整理することはできるとおもいます。今日のお話がすこしでもそういうことになっていたらいいと願います。

プレ・アジア的ということ

ヘーゲルが『歴史哲学講義』（長谷川宏訳）でやっている世界史の古典的な区分けには、捨てがたい魅力がある。まず同時代からみて活性ある歴史意識に入ってこない世界を、旧世界として世界史の枠外におく。アフリカ的な世界がそれに当たっている。新世界はヨーロッパとアジアの世界で、旧世界はこの新世界に接して活性化の部分を担うかぎりで、世界史的な視野に登場する。

ところで現在のわたしたちの眼には、ヘーゲルが世界史の枠外においたアフリカ的な世界は、プレ・アジア的な特徴を残しながら世界史の視野に現われている。わたしたちがここで整理してみたいのは、プレ・アジア的な世界としてのアフリカを、段階という概念にまで煮つめたとき、どんな特性があらわれるか、またどれだけ普遍性をもちうるかということだ。

ヘーゲルは『歴史哲学講義』のなかで、アフリカの特徴について、つぎのようなことを述べている。わたしなりの要約でいうと、

（1）そこの原住の人たち（黒人）は客観的なものを確かな輪郭で感受する意識をもっていない。

それで意志が関与しなければ成り立たない法律とか、人間の本質を至上物にまでおし上げた神の観念はもっていない。ヘーゲルの言い方では個としての自己と普遍本質としての自己を区別できない以前の、素朴な内閉的な統一意識のもとにあるから、自己と区別された高度な絶対の実在について認識がない。自然のままの、野蛮な奔放な人間たちの振る舞いがあるだけだ。畏敬の念も共同精神も心情にひびくものもない、とヘーゲルは決めつけている。

これは現在からみるとひどい外在的な言い方だ。いま単純に言い直すと、他の動物たちとおなじように、心身ともに自然にまみれて生活していると言っていることになる。もうひとつは、内在的な精神の動かし方がないように決めつけているが、それはとても信じ難い。

(2) 宗教というものを、人間が自己を超えた力（たとえ自然力であっても）をどう意識するかという面からとらえると、その力のまえでは、人間は弱いもの、劣ったものであり、人間を超えた至上の力が存在するという意識が、宗教のはじまりといえる。この超越する力はフォイエルバッハやマルクス流にいえば、人間が自己を至上のものにまでおし上げた自己意識のことだということになるが、アフリカの原住民（黒人）には、宗教はその意味ではまだ存在していない。たんに魔術や魔力があって、それは人間の最高の能力で、自然にたいして命令をくだすことができるときに発現されるものだ。雷鳴をとどろかしたり、雨季を中断したりする自然にたいして、雨乞いで中止させたり、雷鳴をやめさせたりすることができると信じられている。この自然の変化を統御できるものが祭司階級で、王の下にいて、魔術的な儀式のもとに自然を変える呪術をやっている。ヘーゲルの興味ある解釈では、特殊な能力をもった人間自身が人間によって自然を動かしうる至上の存在だとかんがえられていることになる。
（3）眼につくものは動物でも樹木でも石でもみな神にしてしまう。いわゆる物神（フェティッシュ）と呼ばれるものだ。そして物神が雨を降らしてくれなかったり、不作をもたらしたりすることを防げないときは、物神である自然物は叩かれたり、こわされたり、尻を叩かれて督促をうけたりする。
（4）アフリカで人間以上に力のあるものといえば、死んだ祖先だけで、祖先は力あるものとして祭られる。
（5）人肉は喰べられることがある。王の死は多数の人が殺され喰べられるきっかけになる。捕虜も殺されて肉が市場で売られる。敵を殺すと殺したものはその心臓を喰べることがある。
（6）アフリカには絶対の奴隷制度がある。道徳的感情が希薄で、両親が子供を売ったり、子供が両親を売ったりする。ヘーゲルによれば、これは野蛮で、残虐な本性から発すると信じられている。（このヘーゲルの理解は疑わしい。）
（7）生を尊重しないため、蛮勇をもって死をおそれず無雑作に殺したり殺されたりする。
（8）王は独裁的な権力をもち、臣下の遺産は国王のものになり、すべての女子は国王に帰属し、妻をもつものは国王からあがなわねばならぬところもある。
（9）逆に臣下が国王の失政のためにわざわいをうけ、気に入らないときは罷免したり、殺害したりできる。そして王が死ぬと王によってはじめて社会の絆が成り立っていたものは、すべて破壊と解体にさらされる。王の妻はみな殺されたり、無差別の略奪と徹底した殺戮がおこる。

（10）文明社会との関係は奴隷売買という形だけだといえる。奴隷として臣下の人民を売りに出すのは国王の権限に属している。

ヘーゲルのアフリカにたいする認識を個条にして抜きだしながら、だんだんとうんざりしてくる。ヘーゲル自身は「わたしたちにとって興味のある唯一の教訓は、自然状態（注　アフリカのような）というものが絶対の徹底した不法の状態である、という理念の正しさです。」（『歴史哲学講義』上）と述べている。ヘーゲルのアフリカ理解は不充分で外在的だが、見当が外れているとは、おもえない。だが事態にたいしてその洞察力の適確さが外在的になっている部分だけ、そのアフリカ理解は浸透力を欠いているとおもえる。わたしたちはこのヘーゲルのアフリカ理解から肝要なもの（アジア的世界の考察につながるプレ・アジア的なもの）を、わたしたちの洞察の及ぶ範囲で要約し直してみたい。さしあたりヘーゲルのアフリカ理解に沿うように個条にしてみる。

（1）アフリカ原住の人々（黒人）は、自然にまみれて生活していて、宗教といえるものを、まだ（ヘーゲルの時代）もっていない。また法律といえるものももたなかった。じぶんたちの意識そのものと、環境の自然、その他の客観物とを、区別してかんがえることがなかったからだ。

（2）宗教はヘーゲルが神学的にかんがえようと、フォイエルバッハやマルクスのように人間の自己意識が生みだした至上物の像とかんがえようと、人間よりも能力のある優れた超越的な存在を神的なものとみなすところに発祥する。アフリカ原住の人たちは、人間のもっている魔的な能力が、自然や客観物を変えることができ、その超能力をもつものを司祭階級とみなした。自然に命令し、懇願し、祈ることで雨を降らしたり、洪水をとめたり、雷鳴をとどろかせたり、病気をなおしたりすることができるとかんがえた。魔術的な力を信ずる段階にあった。
（3）眼に触れる動物も植物も山や川や岩や大地のような無生物も神とみなした。
（4）王権と絶対の奴隷制度とは一体になっていた。土地、女性、所有、財産などすべて最終的には王の所有とみなされていた。また奴隷は王の所有に所属し、生殺、労働、生活、生存は王の意志に帰せられた。奴隷が教育、文化、財産をもちうるという観念はなかった。ただの人身だとみなされた。
（5）王は絶対権力、絶対所有をわがものにしたが、凶事、不手際な失政、天変地異などがあったときには王は罷免されたり、殺害されたりすることで、障害の代償にされた。この意味では王は裏返された絶対奴隷だとも言えた。
ヘーゲル的にいえば、こういう習俗と信仰の状態では、文明社会との接点は奴隷の売買のほかなかったということになる。

わたしたちはここまでヘーゲルの旧世界であるアフリカについての記述を要約してきて、アフリカ的（プレ・アジア的）段階という概念を規定できる気がしてくる。

こういう対比によって煮つめられた個条が、それぞれの形態と色調の差で固形化したものを段階と定義すれば、プレ・アジア的段階とアジア的段階を、区別し、そして接続することができよう。
（1）プレ・アジア的段階とアジア的段階とは王制の問題としていえば絶対専制と相対専制の差異であるといえる。絶対専制のイメージは王（の一族）と奴隷的な臣下しか存在しない状態として描くことができる。王は臣下の土地・収穫・所有物・女性・生殺権のすべてを掌握している。この絶対的な専制は、王が不都合な状態を臣下の全般に出現させて障害を与えたときには、

アフリカ的（プレ・アジア的）	アジア的
総体的専制	アジア的専制
（1）土地・財産・奴隷（全臣下）などの全所有がひとりの専制的な王に属する。	（1）専制君主共同体にたいする貢納性。税金を物納したり、賦役、軍役強制によって、土地代償とする。
（2）このことは王の所有の崩壊はすべて他動的に起こりうることを意味する。いいかえれば王自身の意志なしに王は殺されたり、権力を失ったりすることがありうる。	（2）専制共同体は、食糧生産のための灌漑、河川の整備、軍事的保護を請け負う。
（3）全自然（動物、植物、無機物）の意識がじぶんの意識とよく区別されないため、自然にまみれて生存している。言いかえると自然物にはみな神が宿っているし、自己意識はどんな自然物にも移入できるとみなされる。自然にたいし魔術をかける。	（3）全自然（動物、植物、無機物）は宗教的な尊崇の対象となる。

臣下によって有無をいわせず罷免されたり、殺害されたりして、徹底した王権交替が行われる。いいかえればプレ・アジア的（アフリカ的）段階の王権の絶対専制は、全臣下による逆の絶対専制をも包括している。また絶対王権の経済的な基礎は原始的な贈与制とみなされる。王は呪的な利益、制度的な整合、鉄器、土器その他道具の製造など普及させるかわりに、臣下からの生産物、収穫物、労働の召し上げは自在になる。

（2）プレ・アジア的（アフリカ的）な段階では宗教は自然にたいする呪術的な働きかけであるとともに、自然物を神格とみなすほど深い自然との交霊になっている。動物も植物も土地も交霊が成り立つ関係に入ると、みな言葉を発し、人（ヒト）に語りかけたり、人（ヒト）の言葉を解したりできるものとみなされる。

わたしたちがヘーゲルのアフリカ理解といちばん離れる点は、ヘーゲルが原住民が人間や宗教の理解をまったく示さないとみているところだ。また、野蛮や未開を残虐や残酷と結びつけ、生命の重さを知らないものとみなしているところだと言っていい。わたしたちはそれを深く異質の仕方で自然物や人間を滲みとおるように感じ、言葉を交わし、文明が残虐で野蛮なものと見なしているものを、独特な視点からする万有の尊重とみる点だといえる。ヘーゲルはいわば絶対的な近代主義ともいえるところから、世界史を発展と進展の過程とみている。そこからは野蛮、未開、原始は、いわば迷蒙から醒めないものとしかみえない。たしかに自然史（あるいは自然対象史）からはそれは正当な見方ということになる。だが人間の内在史（精神関係史）からは、外在的な文明に圧倒されてぼろぼろになり、穴ぼこがいたるところにあって、外在の侵入を許す過程であるため、外在に侵蝕された内在の部分を削りおとすために、硬直した理性を編みだす歴史だということもできる。精神は複雑さと変形を増すかもしれないが、失うものもたくさんある過程だともいえる。わたしたちの現在が、ヘーゲルの同時代の精神よりも、自己を発展させたとは到底いえないが、発展ではなく深化の過程にたいしての認識を加えられるようになったため、過去の野蛮、未開、原始にたいする理解はいまでは深層にひろがったとはいえる。

わたしたちは、プレ・アジア的（アフリカ的）な段階の概念をはっきりさせるために、内在史としてのプレ・アジア的精神の動きを、どこまで理解できるかを問われるといえよう。いま文学作品のなかからいくつか実例を抜きだしてみる。

今、葉の茂ったサバクエノキの下に腰を降ろし、小鳥が黄色い木の実をついばむのを見ながら、彼は意識や思考の緊張を解いた。それから目を閉じて視覚と聴覚を遮断した。

ここでは、草や木たちが一つの共同社会をきずいている。百万年の昔、植物たちは南方から出発し、北上するにつれて環境への適応を深めてきた。水分を求めて根を伸ばし、蒸散をより少なくするために葉の茂りを抑制し、生きのびるために知覚力を高めてきた。

植物たちは母なる山と熱く乾燥した平原の中間地帯であるこの一帯を選んで、きわどい均衡を保って生きつづけてきた。生き残るために、危険に対する知覚力は研ぎすまされており、けっして鈍感ではない。

ジェロニモが低い声で歌いはじめた。その声音はまわりの草や木たちの生命のリズムに調和している。穏やかで美しく、途切れたりぶっきらぼうになることなく、ゆるやかに高まり、また低まる。しだいに植物たちの生のリズムが強くなってきた。クレオソート・ブッシュの葉むらから絡みつくような香りが彼の鼻孔に届く。ブッロの茂みは彼の歌に合わせて枝を揺らす。だが、やがて彼らの生のリズムが徐々に張りつめてくるのをジェロニモは感じた。もしも危険が遠のきつつあるのなら、そのリズムはもっと間のびし、ゆるやかなものになるはずだ。今、かすかではあるが植物たちのリズムの流れの中に興奮による途切れが混ざりはじめているのをジェロニモは感じた。追っ手の兵がやって来るのを彼は知った。

ここでは植物は人（ヒト）とおなじレベルと意味で、生存のための感覚力を発揮して集落をつくり、人（ヒト）の声音と感応して生命のリズムをつくり、人（ヒト）が理解可能なかたちで、枝を揺らし、危険が迫ってくると人（ヒト）にわかるようにリズムを緊張させて感応することが語られている。この感応を文字どおりうけとれば、いわば樹木の言葉がわかり、その感覚の意味を人（ヒト）が解することができる状態があることを記述している。これがアフリカ的な段階のアメリカ原住民が、自然にまみれて生きていることの内在的な正体を語っている。鋭敏な感覚というに違いないが、すこし質がちがっていて、植物とおなじ次元で交感がひらかれている。わたしたちは現在こういう交感が成り立たない次元差になってしまった。そこで植物の言葉がわかるということは、思い込みとか妄覚とかいう意味に転化してしまった。しかしこの引例の主人公ジェロニモの感覚を、思い込みとか妄覚とか呼ぶことはできない。それをわたしたちはプレ・アジア的（アフリカ的）な段階の内在性のひとつとしてとらえる。

夜が退こうとしていて、しかもまだ夜明けとは言えない時刻こそ、闇が最も濃く深い。コヨーテも狼も吠えず、木々は凝《こご》ったように動かず、鳥も羽根をふくらませない。重い病人が死の扉の向こう側へ吸いこまれていくのもこの時刻だ。生と死、光と闇は別のものではなく、めぐりめぐる輪をなしている。ふたたび生を蘇らせる曙光が死の夜を押しやるにはまだ間があるこの時刻、人も動物も植物も闇の底に沈んでいる。四方から敵に追われているアパッチは、この時刻を選んで集まる。この時刻の霊的な意味を知っているからだ。霊的な意志など持ち合わせない敵は、無明のうちに眠りこけている。

ジェロニモはもう五十に手が届く年齢だった。いつも眠りはじめにつきまとう不安な夢は、ますます現実味を帯びてきつつある。その夢は「もう一つの時」の中へはいっていく感覚に似ている。

今まで彼はそれを千回も夢見てきた。彼はけばけばしい装飾品に取り巻かれて馬車の上に立っている。護送馬車は大きな都会を走り抜けていく。道路沿いに立つ白人たちが金管楽器を大きく高く吹き鳴らす。

だが、いつの間にか彼は光りのない場所にいる。そして、形のないうごめく筋肉に取り囲まれてぬくぬくと居心地よく、静穏な気持ちにひたっている。その居心地のよさこそ生命そのものだ。だから、彼はそこから離れたくない。そこを去ることは死ぬことだ。それなのに彼は押し出されるようにとうとうこちら側に生まれてしまった。彼は自分を見ている目に気がつく。その目の中に宿っている魂は、ついさっきまで彼が安らいでいたもう一つの場所でもなじみのものだった。その女の人が彼のために子守歌を歌い、奇妙な言葉で話しかけてくるので、彼はこちら側の世界ではその魂は母親というものなのだと知る。そばに男の人がいるが、同じことを彼は知る。もう一つの世界ではただ魂として出会っていたものが、こちらの世界では父親として現われるのだ、と。

ここには生と死がわかれる曙の時刻のことや、眠りはじめのときにみる不安な夢が、生と死の世界の感覚の仲介をしていて、こちらの世界から向こうの世界へ、向こうの世界からこちらの世界へと往き来する感覚を伝えている。わたしたちは現在、こういう眠りやこういう夢を失ってしまっている。眠りははっきりと眠りであり、夢ははっきりと夢として分離されている。しかしここでは、生、眠り、夢、死は、まだ連続した感覚体験としてとらえられている。妄想に類した感覚といえばいえるとしても、かつて人（ヒト）はこの感覚の連続性のうちにあったことを類推することはできる。

彼は走った。からだにぶつかる風を初めて感じたとき、彼の中に何かが満ちあふれてきた。彼は生命の沸騰に身をまかせた。初めのうちその野性的なエネルギーにやみくもに従っていたが、やがて、走ることを通じて感覚が研ぎ澄まされてきた。遊びの楽しさにも徐々に変化が生まれ、ときにはずきずきと胸の痛む気分を感じることさえあった。いらだち、憂鬱、不安、警戒あるいは発作的な怒りなどの感情が芽生えてきたのである。彼はそれらの気分に身をまかせ、風に乗って伝わってくる生きとし生けるもののあらゆる感情の一部となった。彼は赤ん坊が目に見えるものの意味を問わないのと同じく、「なぜ?」と問うことをしなかった。感覚に触れてくるものは何でもそのままに受け入れたのだった。

赤ん坊の視力がそうであるように、初めのうち感覚はあてどなく不鮮明だったが、まもなく彼は気がつくようになった。岩の隙間に危なっかしく立ち上がっているずんぐりした杉の木、砂漠のサボテン――それらは生きのびるための特別鋭敏な感覚を持っているではないか。彼は杉やサボテンの持っている感覚を感じ取り、それらの感覚の働きが伝えてくるリズムを利用することを学んだ。杉やサボテンが危険を感じて警戒するときに打ちはじめるリズムは早い。それは、不安を示している。

ひと休みしたくなると、彼は川のそばに生えるメスキートの木を探した。メスキートは水と泥に守られて安泰に生きている。メスキートが伝えるリズムはのんびりとけだるい。彼は木の下に寝ころんでくつろぎ、あくびをし、自分の取り巻く気配のゆるく穏やかなリズムに同調した。

(フォレスト・カーター『ジェロニモ』和田穹男訳　めるくまーる社より)

これはアパッチ・インディアンの英雄ジェロニモを主人公とする小説のなかで、主人公が樹木と夢に感ずる感受性を描写した個所だ。この作家について何も知らないが『リトル・トリー』というインディアンの少年を主人公にした小説の、自然にたいする感受性に感銘をうけたことがある。ここで利用された個所もおなじ質のものだ。わたしにはヘーゲルが旧世界の野蛮な感性生活として総括してみせたプレ・アジア的な世界（アフリカ的段階）の感受性の質を内在的に描けばこうなるとおもえる。ヘーゲルが野蛮、未開、人間らしさのない残虐な世界とみたものの裏面の深層は、自然の植物と一体にまみれ、交感することのできた段階の豊饒な感性に充ちている。これはヘーゲルが旧世界として世界史の成立から除外してみせたものの裏面にあるアフリカ的段階の謎を解く一つの例をなしている。外在的な野蛮、残虐と内在的な人間味あふれる豊饒な感性や情操と。

わたしたちにとっては、神は岩の中、木の中、空の中、至るところに遍在した。太陽はわたしたちの父だったし、大地はわたしたちの母、月や星はわたしたちの兄弟姉妹だった。
わたしは半ば川となってさまよった、
水はどこへも流れてゆかなかった。
わたしは影もなしにさまよった、
体だけ陽に照らされて。
わたしは根のない木になってさまよった、

土はわたしを知らなかった。
わたしは翼のない鳥になってさまよった、
空はわたしを忘れていた。
わたしは雷鳴のない稲妻だった。
雨を奪われた花だった。

キンイロ・アスペンの木の幹に、死ぬために来ていた二匹の蝶がとまっていました。羽根をゆっくり、開いたり閉じたりしていました。息をするのがやっとだったのです。太陽が彼らを暖めると、蝶は互いに踊りはじめました。「最後の踊り」でした。流れのゆっくりとした音楽、そして風の優しい声は、それにつれて死ぬべき美しい調べを、彼らに与えてくれたのです。蝶々は怖がってなんかいませんでした。夜が来て、太陽が地平に沈むまで、彼らは踊っていました。それから地上に落ちて、地の肥やしとなりました。


わたしの部族の人々は、一人の中の大勢だ。

たくさんの声が彼らの中にある。

様々な存在となって、彼らは数多くの生を生きてきた。

熊だったかもしれない、ライオンだったかもしれない、鷲《わし》、それとも岩、川、木でさえあったかもしれない。

誰にもわからない。

とにかくこれらの存在が、彼らの中に住んでいるのだ。

彼らは、こうした存在を好きなときに使える。

（ナンシー・ウッド『今日は死ぬのにもってこいの日』金関寿夫訳　めるくまーる社より）


これらは全自然物が鳥や獣や岩や樹木や河川であれ、そこで神が（霊が）ひそんでいるというプレ・アジア的（アフリカ的）段階の自然まみれの意識が、逆にいえばいつでもじぶんの意識がこれらの自然物に入りこんで、じぶんの存在でありうることを示している例になっているといえる。そしてここまでくると日本神話『古事記』や『日本書紀』の初期の自然認識とおなじ質のものだということがわかる。たとえば『書紀』の一書のイザナギ・イザナミの国生みの記述をとってくると、イザナギノミコトとイザナミノミコトが大八洲国を生んだあと、国が朝霧のようなものに覆われているのをみて、イザナギが呼気で吹きはらうところにシナトベノカミという風の神が生まれる。また飢えたとき生まれるのはウカノミタマノミコトという稲の神である。また海に生まれた神はワタツミノミコト、山の神はヤマツミノカミであり、水門（港）の神は、ハヤアキツヒノミコトであり、樹木の神はククノチノカミであり、大地の神はハニヤスノカミである。この全自然物は神として存在しているという初期日本神話の記述は、はっきりとプレ・アジア的（アフリカ的）な段階にある特徴のひとつということができよう。ついでにいえば黄泉《よみ》の国に出かけたイザナギがイザナミの身体から蛆虫のわいた腐敗した姿をのぞき見て逃げ帰るとき、黄泉と生の世界の境目のヒラ坂で、桃の実を三つとってイザナミの軍勢に投げつけて却かせた。そのときイザナギは桃の樹に告げて、この国の人々がわざわいにあったときは、今日のように人々を助けてもらいたいと言葉をかけ、呪的に交感が成り立つ。この樹木にたいするイザナギの振る舞いは、そこに神が生きて宿っているという認識と、樹木がじぶんとおなじ次元で交感できるという認識が、もとに成り立っている。日本神話は初期の国生み、山や川や草木、土地を造りだして神の名を与える記述のところで、プレ・アジア的（アフリカ的）段階の存在感を語っている。「神武紀」以後の記述では、山は神体として頂きの磐石を祭り、河川もまた源流に坐す神として祭るようになり、樹木も神格を与えられた神社になり、自然現象もまたそれぞれ、雷《いかづち》、科戸《しなど》（風）の神などとして、村里の周辺や要所に分離されて神社信仰にかわってゆく。この最初の自然物の宗教化、自然と人里の住民との分離の意識からアジア的な段階がはじまるといっていい。経済的にいえば王権による河川や山の傾面の灌漑水としての管理と整備、平野の田、畑の耕作など野の人工化がはじまったとき、アジア的な段階に入ることになった。なぜなら耕作地を王権から貸し与えられるという名目を獲得した農民層は、貢納いいかえれば農産物、漁獲物、織布などの形で、租税を収めることになった。ここで貢納制を支配の核心においたアジア的な専制の形が成立することになったからである。

III

遠野物語《別考》

1

わたしはかつて『遠野物語』の挿話群を農耕共同体の内部にある村落人の共同の幻想として読もうと試みたことがあった。ところでこの『物語』を遠野郷の伝承を集めた記録集とかんがえずに、柳田国男がじぶんの関心によって、収集した民譚を主観的に選択し、物語に純化したものとみなせば、またおのずからちがった読み方が成り立ちうる。たぶんそのばあいわたしたちは「山の人生」や「山人考」に象徴される「山人」にたいする編者柳田国男の深い関心にそって、この『物語』が無意識に誘導されているのを悟らされる。それをたどってゆけばどうなるか。この課題を「山人」の実体と在り方にそって実際にやったのは、内藤正敏の『聞き書き遠野物語』その他(註)に結晶した調査と探索である。かれは『遠野物語』の「山人」の背後に、鍛冶師や採金の山師たちへの柳田国男の強い関心が存在するのをつきとめ、実際の踏査で裏づけようと試みた。

『遠野物語』のなかで遠野郷の地勢や村落としての由緒、伝説を語っているのは、冒頭の「一」「二」と「七」「二四」などである。それを興味のおもむくままに端折って、列記してみる。

(1)遠野は近世においては南部家一万石の城下であった。

(2)太古においては遠野郷は湖の底であり、それが干き湖水が流出して盆地となった。

(3)遠野の郷は、以前は七つの渓谷のそれぞれの七十里の奥から売買する物産をもって人々が聚《あつ》まってくる「市」として栄えた町であった。「其市の日は馬千匹、人千人」の賑やかさだったと伝えられている。

(4)遠野の盆地をとりまく山々のうち、最も秀いでた山が北の方の早池峰《はやちね》で、東の方には六角牛《ろっこうし》山があり、もうひとつ石神《いしがみ》という山がある。大昔にひとりの女神が三人の娘を連れて遠野郷の外廓の高原に宿り、よい夢をみた娘によい山を与えようといって寝ると、姉の胸に霊華が降りてきたが、末の娘がひそかに目をさましてじぶんの胸の上にのせてしまったので、末娘が早池峰を得、二人の姉たちは六角牛と石神の山を得ることになった。それで遠野の女たちはいまもこの三山の妬みをおそれてこの山にゆかないのだという伝説がある。

(5)遠野郷の村々の旧家を大同というが、それは大同元年(八〇六年)に甲斐国から移住してきた家だからそう呼ぶといわれている。大同は坂上田村麻呂の蝦夷征討の時代の年号である。

(歴史上では坂上田村麻呂が征夷大将軍に任命されたのは延暦十六年(七九七年)、胆沢城を築いて蝦夷経営をすすめたのは、延暦二十一年(八〇二年)。大同年間よりすこし前にあたる。南部氏が盛岡城を築いたのは慶長三年（一五九八年）である。遠野の横田城はそれよりも後代に南部氏の支城として築かれたのか。〕また甲斐は南部家の本国である。この二つの伝説が混合されたのではないかと考えられる。

編者の註記も含めてこういった記載から、遠野郷についてすこしでも関心をそそられる中心を挙げれば、つぎのいくつかに帰着する。

第一は「市」としての遠野郷の性格である。七つの渓谷の奥から遠野の里の「市」にやってくるものは、いずれにせよ山住いの「山人」である。そしてこの「山人」について、わたしたちがすぐ想定するのは、(1)猟師(2)木地師（木こり、木挽き）(3)野の鍛冶師（山師、炭焼き）(4)箕作り(5)山合いの狭い平地に耕す山住みの農夫、などであり、それらの人々が、それぞれの物産をもって、食糧や身の廻りの必需品と交換するために遠野の里にやってくる姿である。

第二には、早池峰と六角牛山と石神の三つの山が女神の三人の娘によって婿として選ばれるという伝説は、蝦夷集団あるいは北方の異族伝承の匂いもするが、同時に女人が近寄るのを禁忌とする南方系（東南アジア、南中国、朝鮮）の鍛冶師や金山師たちの伝承の匂いもするということである。内藤正敏や考古学者森浩一の指摘するところでは、釜石の附近で産出する「餅鉄」という鉄鉱石は、鉄含有量が高くて、この附近ではこの「餅鉄」を原料にする北方系の製鉄法が、南方系の砂鉄を原料とする精錬法とはちがった製鉄技術として、蝦夷集団や山伏のような野の修験者たちによって行われていた可能性がかんがえられると云われる（註）。

第三に、遠野郷の村々の旧家を「大同」と呼ぶことのなかに、南部藩の家臣団の移住と坂上田村麻呂の蝦夷経営の伝承の混融がみられるという編者の註記には、一般的な種族神話と村落共同体の起源説話のわが国における重畳の構造が表出されているとみられることである。

㈠戦国あるいはそれ以後の時期に南部氏（と一緒に）本国である甲斐の国から移住した人々が新たな未開の土地に、遠野のそれぞれの村落を起こした。それらの最初に入植した人々は各村落が形成され、展開されるにつれて村落の宗家あるいは旧家として存続し、分家をつくり、親族に展開してゆき、現代にいたった。これは遠野郷のそれぞれの地域、一町十ヶ村がしだいに村落共同体としての形をととのえてゆくために、たどっていった必須の経路である。

㈡遠野郷にはもちろん縄文いらいの人跡がとどめられている（『遠野物語』「一一二」参照）。だが村落形成の起源をたどれば、坂上田村麻呂が胆沢城を築きこの地方を経営した前後の時期（大同年間）にさかのぼってもとめることができる。いま地名や遺跡としてのこされている蝦夷人跡と和人跡とをもとに、神話的形成が行われるとすれば、さらにさかのぼって、いわば村落の創生神話を成り立たせることができるはずである。

一見するとなんでもないようにおもえるが、遠野郷の村々で、旧家のことを「大同」と呼ぶことのなかに、それぞれの村落共同体が形成された現実的な起源と、いわば「神話」的な起源が重畳されるさいのわが民俗的な原理と構造が暗示されているとおもえる。表面的にみれば時間意識の混融から古代初期と近世初期とが一枚の板や紙のうえの平面に投影され、重ねあわされたことみたいにみえる。だがほんとうのモチーフは事実の〈聖〉化の仕方に含まれている。

南部家の転封にかかわって最初に甲斐国から遠野郷にやってきた人々は、甲斐国という本貫の地の空間を、いわば時間的な構造に転換する。するとそこに田村麻呂将軍の最初の経営にともなう移住の事跡が伝承的に現前化される。この現前化はいわばそのまま自己同一化を含んでしまう。わたしたちはこういう例を、琉球王朝家の起源神話と、久高島《くだかじま》における琉球への最初の入植伝説のあいだにも、初期畿内王朝の起源神話と大和国磯城郡や十市郡の村落共同体の起源伝説のあいだにも見つけることができるとおもえる。

わたしにはこの問題がいちばん興味ぶかいが、いまここで切実な問題になるのは、そんなことではない。わたしたちが山住いのかんがえられるすべての人々を「山人」と呼ぶとすれば、『遠野物語』が「山人」とみなしているものはそれと、どんなにちがっているか。このことが柳田国男の重要とみなしたことであった。どうしてかといえば、遠野郷の人々が周囲の山々に感受した「山人」が実際にどんなものだったか、また編者柳田国男が「山人」という概念で遠野郷の周辺にどんな人々を想定していたか。このふたつを明確にしてゆくこととつながるからである。

2

『遠野物語』のなかで「山人」と「市」とのかかわりあいを暗示する挿話がみえている。

上郷村の民家の娘が、栗を拾いに山に入ったまま帰ってこなかった。家の者は死んだんだとおもい、女のしていた枕を形代《かたしろ》として葬式をやり、かれこれ二、三年もすぎた。そのころ、その村の者が猟をして五葉山の腰のあたりに入ると、おもいがけずこの女に逢った。互いに驚きあって、どうしてこんな山にいるのかと問うと、女が云うには、山に入って怖ろしい人にさらわれ、こんな所へ来たのだ。遁げて帰ろうと思ったが、すこしの隙もないのだとのことである。それはどんな人かときくと、じぶんには普通の人間としかみえないが、ただ背丈がとても高く、眼の色が少し凄い気がする。子供も幾人か生んだけれど、じぶんに似てないからといって、食ってしまうのか殺してしまうのか、みなどこかへ持ち去ってしまうのだという。ほんとうにわれわれと同じ人間かとおし返して問うと、衣類なども世間なみなのだが、ただ眼の色がすこしちがう。一市間《ひといちあい》に一度か二度、同じような人が四、五人集まって来て、何事か話をして、やがてどちらへか出て行くのである。食物など外から持ってくるのをみると町へも出てゆくのだろう。こう云っているうちにも、いまにもそこへ帰ってくるかもしれないという故に、猟師も怖ろしくなって帰ったということである。二十年ばかりも以前のことかとおもわれる。

（『遠野物語』七）

遠野の「市」の日ごとに里に降りてきて、物資を交換してゆくものの一方に、この「山人」が存在することが示されている。そして、この「山人」の性格について漠然とした輪廓があたえられる。すくなくとも、猟師ではないことは、猟師が「山人」に出遇って怖ろしくなって帰ったという記載から、はっきりわかる。「六」のところにも「同じ村の何某という猟師が、ある日山に入って一人の女に出遇った」と「山人」にさらわれた長者の娘のことを記しているところがある。また「三」のところにも「この翁は若いころ猟をして山奥に入ったところ」美しい女に出遇い、これが「山人」の「女」になっているものだと示唆されている。また「笹を苅《か》り」に山に入るもの（「四」）でも、「竹を伐《き》り」に山へ行くもの（「三〇」）でも、「茸を採り」に山に滞留するもの（「一〇」「三三」）でも、「駄賃」を業とするもの（「九」「一三」「五一」）でも、ないことがひとりでに明示されている。

するとなりわいの必要上から山住みをしていても、また日ごとに山に入ってゆくものでも、平地の農耕の村落共同体の内部に根拠をおいているものは、『遠野物語』では「山人」とかんがえられていないことがわかる。そしてわたしたちは幻想や幻覚と境いを接した事実の場所にしだいに煮つめられ、その境いで「山人」の姿を追いもとめることになる。

この「山人」は遠野の町の「市」にやってきて村落から食糧を手に入れて山に帰り、じぶんは山の産物を町や村里に渡して交換していることが、この挿話に暗示される。わたしたちの習俗からいえば、異種（族）かあるいは異なった血縁の共同体が相互につよく閉じられているとき、その共同体「間」の物資の交換は、古くから山間部と平地の村落共同体の境い目にある峠や、河口や、神垣のある場所とかんがえられていた。大和国三輪山麓の海石榴市《つばいち》のように地勢的にも祭祀的にもこの条件にかない、そのうえ異なった共同体のあいだの集団的な族外婚の場としての条件もあわせてもったところもあった。

『遠野物語』のこの挿話が暗示するものは、このばあい、「市」に交換にやってくる「山人」と里人の属する異種の共同体が、農耕共同体と非農耕的な職業共同体だとかんがえられることである。アジア的な共同体では、しばしば同種の職業共同体が、同時に同族あるいは血縁集団だとみなされるばあいに出遇う。そのことが経済的にと血縁的にと二重に共同体を強固に内閉させることになり、いわば宗教的な禁忌に近い形で共同体「間」の差別を固定化する役割をはたしたとかんがえられる。これに反してわが国のアジア的な共同体では、異なった共同体が異なった人種である可能性はきわめてすくなかったとみられる。異なった人種であるばあいも、同一視が不可能なほどの差異は、たぶん蝦夷集団をのぞいては存在しなかった。柳田国男はしばしばかれの「山人」像を先住の原住民で、あとから列島に移住したものと異人種のように描いているが、それは考え過ぎで、『遠野物語』の「山人」像を異化することにおおいに荷担したとみられなくはない。遠野の平野部が湖水の底であったり、湿地の沼であったりした時代から、山間や山麓部に人々は生活していたであろう。それがしだいに時代がくだるにつれて平野部に移動して住居を営み、村落を形成してゆくことは、わたしたちの風土では一般的なことである。後世になっても山間部に残留したものと平野部に移動したものを異人種とみなすべき理由は見つけられない。ただ強固に内閉された、しかも血縁と職業を異にする共同体「間」では、つよい異化作用で他の共同体の人々の画像がつくられたにちがいなかった。

わたしたちはここでたしかに、柳田国男がいうように経済史や経済人類学がいう沈黙交易の像に出遇っている。だが異なった職業の、異なった血縁の共同体の人々を極端に異化してしまう恐怖感の心的なリアリティがおおきなほどには、種族的な差異はおおきいとはかんがえられない（むしろすこしもちがわない）。そういう人々のあいだに物品が交換される有様をこの種の挿話にみているのだ。これらに沈黙交易という概念をあてはめると、とても大仰に感じられ、たちまちその概念が砕かれるような気がするのは、そのためである。

内藤正敏がたどっているように『遠野物語』の「山人」の像は、柳田国男が集約し、配列した挿話群を手繰りよせると、もうすこし輪廓をせばめ、その像がいくらかでもはっきり結ぶところへ近寄ってゆくことができる。

遠野の町の池の端という家の先代の主人が宮古へ行った帰り、閉伊《へい》川の原台の淵というあたりを通ったとき、若い女がいて一通の手紙を托し、遠野の町の後ろの物見山の中腹にある沼に行って、手を叩くと宛名の人が出てくるから渡してということであった。ひきうけて路《みち》をゆくとき一人の六部《ろくぶ》にゆき会った。手紙を開いて読んで云うには、これを持ってゆくとお前の身におおきな災難がふりかかるだろう。書きかえてやろうとて、さらに別の手紙を与えられた。これを持って沼にゆき教えられた通り手を叩くと、はたして若い女がでてきて手紙をうけとり、お礼だといってとても小さな石臼をくれた、米を一粒入れて回すと下から黄金がでた。この宝物の力でその家は、すこし富裕になったが、妻が欲深くて、一度に沢山の米をつかんで入れると、石臼はしきりにひとりでに回って、とうとう朝ごとに主人がこの石臼に供えた水が小さな窪みのなかに溜っていたそのなかに、滑りこんで見えなくなってしまった。その水溜りは後に小さな池になって、いまもこの家の傍にある。家の名を池の端というのはそのせいである。(『物語』一一七)

鶏頭山は早池峰の前面に立ったけわしい峰で、ふもとの里では前薬師とも云う。山口のハネトという家の主人が、ある時人と賭をして前薬師に登った。帰ってからの話に云うには、頂上に大きな岩があって、その岩の上に大男が三人いて、たくさんの金銀をひろげていた。近よってゆくと気色ばんでふり返ったその眼の光が恐ろしかった。途《みち》に迷ったというと、送ってやるといって麓の近くまでくると、眼を塞げというので、そうして立っていると、そのあいだにその異人はいなくなった。(『物語』一一九)

白望《しろみ》山に行って泊まると、深夜にあたりが薄明るくなることがある。茸採りに行って山中に宿るとこういうことに出遇った。また谷のむこうで大木を伐り倒す音や、歌が聞えることがある。かつて茸採りに入った者が、白望の山奥で金の樋《とい》と金の杓とを見た。持ちかえろうとしたがきわめて重く、鎌で片端を削り取ろうとしたがそれもできない。また来ようとおもって樹の皮に白く目印しをつけておいて、次の日人々と一緒に行って探したが、ついにその木のありかを見つけられなかった。(『物語』三三)

この三つの挿話は、『遠野物語』の「山人」が採金の山師とかかわりがあることを暗示している個処である。「一一七」では金鉱石を粉砕するための石臼が富をもたらす宝物として伝説化される。「二九」では金鉱を掘りあてた山師が、それを里人に知られたくないという願望が説話化されている。「三三」では砂金流しにつかう選別の樋や杓子が黄金に昇華され、象徴化されているとみられる。『遠野物語』が「山人」というとき、これらの挿話は「山人」が金鉱をさがしあて金を採取しようとして山中を渡り歩き、住みつく人々と結びつくことを暗示している。それは山奥に住まうものを異族や異類とみなしたいような里人の農耕共同体の、半ば血縁的な封鎖された眼が生み出す、恐怖感や畏怖感と結びついて表出されている。もし里人の農耕共同体が強い血縁で閉じられていなかったならば「山人」の世界もまたひらかれた共通の幻想のもとで表白されたであろう。わたしたちは怪異譚の懐しさとおぞましさの奥のほうで、「山人」たちの姿を追いもとめる伝承の眼と、それをまたはげしい執着で刻みつける編者の眼をたどってゆくことになる。「山人」のこんな姿はまた、鉄の精錬につかう硬質の木炭をつくる「炭焼き」の挿話によってさらに確かめられる。

白望山のつづきに離森《はなれもり》という所がある。そこの長者屋敷というのは無人のところであるが、ここに行って炭を焼く者があった。ある夜その小屋の垂菰《たれこも》をあげてなかを覗いてみると髪を長く二つにわけて垂らした女がいた。このあたりに深夜、女の叫び声をきくことが珍しくない。(『物語』三四)

六角牛の峰つづきに、橋野という村があり、その上の山に金坑がある。この鉱山のために炭を焼いて生計とするものがいた。(『物語』四四)

長者屋敷は昔長者が住んでいたあとで、そのあたりに糠森《ぬかもり》という山がある。長者の家の糠を捨ててできた山だという。この山中には五つ葉のうつ木があって、その下に黄金を埋めてあるという伝承があって、いまでも稀にそれを探すものがいる。この長者というのは昔の金山師だったのだろうか。このあたりに鉄を吹いた滓《かす》がある。恩徳の金山もこの山つづきのところにある。(『物語』七六)

「炭焼き」と「長者」伝説とが採金と製鉄の鍛冶師に関連して結びつけられたこれらの挿話で、わたしたちは『遠野物語』が柳田国男の民俗的な関心にひきよせられている磁場を感得するようにおもえる(「山の人生」「山人考」「炭焼小五郎が事」)。かれはすくなくとも『遠野物語』では「山人」を、ほとんどすべて金山師や野の鍛冶師に結びつけてかんがえようとしていた。そこに一種の異族と異類の説話が結びつく。ほんとうは異なった前氏族あるいは氏族共同体が「山人」を形成しているかもしれないし、あるいは流浪の野鍛冶や血縁的な同業集団の共同体が「山人」の実体をつくっているだけかもしれない。しかし血縁性のつよい里人の農耕共同体の感性は、じぶん以外の共同体を異類のようにみなしてしまう。わたしたちが民譚とみているものの背後には、こういう特異なアジア的共同体の存続の仕方がみえかくれしている。

「山人」について、輪廓線上に出没して好奇心を刺戟するものとして、「二七」に片鱗をあらわした「六部」の姿がある。遠野の「池の端」の先代の主人が、宮古に行ったかえりに、「山人」の女から托された手紙を、ゆき逢った「六部」がよんで書きかえてあげようといって、別の手紙を与える。これによって主人は、打出の小槌のような黄金を産みだす「石臼」を手に入れる。この「六部」に似た姿は、もうすこし『遠野物語』にみえかくれしている。

はじめて早池峰に山路をつけたのは附馬牛《つくもうし》村の何某という猟師である。この猟師が半分ほど路をつけて山の中腹に仮小屋をつくって泊まっていたところ、炉のうえに餅をならべて焼きながらたべていると小屋の外から中を窺うものがいる。よくみると大きな坊主であった。坊主はこらえかねて手をのばして餅をたべた。猟師がこわくなって餅をさらに与えると、嬉しそうにたべた。次の日にまた坊主がくるとおもい餅にまじえて白い石を二つ三つ焼いておくと、坊主は案のじょうやってきてまえとおなじように餅をたべ、つきると焼けた白い石を口のなかに入れた。びっくりして小屋を飛びだし姿が見えなくなったが、あとで谷底でこの坊主は死んでいた。(『物語』二八)

和野村の嘉兵衛爺は、ある夜山の中で小屋を作るいとまもなくて、大木の下に寄って魔除けの縄をじぶんと木のまわりに三重にはりめぐらして鉄砲をかかえてまどろみかけていると、夜が深くなって物音がするようにおもって目を覚ましてみると、大きな僧形の者が赤い衣を羽のように羽ばたきして、その木の梢におおいかかっていた。おそろしくて鉄砲をうち放つと、また羽ばたきして中空を飛んでいってしまった。(『物語』六二)

土淵村の助役北川清と云う人の家は字火石《ひいし》に在った。代々の山臥《やまぶし》で祖父は正福院といい、学者であって著作がおおくあり、村のために尽くした人である。(『物語』九九)

ここでいう「大きな坊主」や「大きな僧形の者」はいわゆる天狗伝承につながってゆく幻影を記載しているようにもみえるが、また事実漂泊の修験者、聖《ひじり》のたぐい（「山臥」）が定着して村落内に住みついたり、金山師や鍛冶師と深いかかわりをもって『遠野物語』の「山人」を構成している現実の因子であった。これらの挿話はすくなくともそれを暗示していて、内藤正敏の執念を誘ったのである。

ここで「山人」は「丈高き人」で「顔は非常に赤く、眼は耀きて」（「八九」）とか、「極めて大なる男の顔は真赤なるが」（「九〇」）とか、「赭《あか》き顔の男と女」（「九一」）とか、「丈の高き男」で「色は黒く眼はきらくとして」（「九二」）とか、「丈高く面朱《しゅ》のやうなる人」（「一〇七」）とか、記されている。わたしたちはここに天狗伝説や巨人説話や、あるいは農耕の村落共同体の内部から畏怖心で異化された異族説話の断片をみるおもいがする。里神楽《さとかぐら》の八岐《やまた》の大蛇《おろち》のときでてくるスサノオの天狗面をおもいうかべるのだ。

それは半ば血縁的な農耕共同体の内側の人々からみられた非農耕的な共同体の人々の姿を象徴している。実際に山間を跋渉《ばっしょう》する金山師や鍛冶師や修験者たちの日光や風に焼け焦げた容貌が誇張されたものだったかもしれなかった。あるいは蝦夷集団のような異人種の面影を空想すべきなのかもしれなかった。だがそれを明確にすることができないのである。ただ編者柳田国男の意図は、明確化よりも朦朧化に、事実化よりも物語化にあったことは確かであった。『遠野物語』の特徴は、村落に語りつたえられた伝承と、事実の記録譚の中間のところに、新しい語りの位相をうち立てた点にあった。その言語の位相に柳田の思想が封印されていたのである。『遠野物語』の言語をもうすこし伝承に近づけてゆけば、これらの「山人」の挿話群は、かぎりなく炭焼小五郎説話や一目小僧の説話に近づいてゆくだろう。また、この『物語』の言語をもうすこし事実譚に近づけてゆけば、「山人」の挿話の背後に、山間部の非農耕的な共同体の実体の記録を透視することになる。だが柳田が『遠野物語』で意図し実現したのはそれらの微妙なはざまに、独特の語りの言語をうち立てることであった。

3

わたしたちはこの「山人」に与えられた幻想的な、おどろおどろしくされた体軀と容貌とから、かくべつ戦争状態ほど絶ち切られてはいないが、ほとんど相互に踏み入ることができない閉じられた異空間をつくっているふたつの異種の共同体の人々を想像する。こんなふうに生活圏を異にし、一方が山間や渓谷の奥処を居住圏とし、一方が平地の農耕村落の共同体を住む圏域としている異種の共同体のあいだで、男女が交通しようとするとき、それぞれの共同体は、他の共同体と合意でない婚姻を強行するよりほかなかった。そういう時代の匂いがそれとなく『遠野物語』の「山人」の挿話にただようのを感ずる。ほんとうは異族ともいえず、たんに氏族を異にする職業共同体「間」のことかもしれないし、実際に異種族の共同体であったのかもしれなかった。そこを共通に流れている男女の恐怖と拘束の挿話は、わたしたちにきわめて原始的な習俗の名残りを垣間見させるのだ。

異種の共同体「間」の族外婚がすべて禁制であるような強固な共同体内婚制があった時期から、婚姻可能な共同体と婚姻が禁止された共同体が、それぞれ個々の共同体によって選別されて分離してくる時期がやってくる。この選択の根拠は、宗教的な禁忌によるものか、職業的な相違によるものか、身分圏の差か、あるいは異種族間の異習俗に由来するものか確かめることはできない。ただわたしたちが想像からひき捽ることができるのは、原始仏教的な差別観（身分圏と男女についての）の直輸入的な影響と、共同体の強固な枠組に由来する規制力の強大さとである。そしてもしかするときわめて太古に、もともと列島内に居住していた種族と、それぞれの個別的な時期に南北のアジア大陸の沿海と南方の島々から列島に流入してきたさまざまな種族の諸集団とが、まだ個別的な地域を守って孤立して分布していた時期の、異種族体験の名残りがこれに加わっていたかもしれない。

強固な共同体婚の名残りがあるところでは、共同体「間」の族外婚は、はじめの段階では掠奪によるほかすべがない。掠奪という言葉が大げさにすぎるとすれば、不同意や不同調のまま女性が連れ去られる形で、行われるほかなかった。

『遠野物語』のなかの「山人」と、神隠しみたいに失踪してその妻になっている里の女たちのあいだの関係の仕方には、出雲神話の八岐の大蛇が土地の神、脚摩乳《あしなずち》、手摩乳《てなずち》の娘たちをつぎつぎに掠奪する説話とおなじ発生源の、鍛冶にたずさわる山間共同体の成員と、平地の農耕共同体の成員のあいだの掠奪婚を象徴する鍛冶師集団の説話を連想させるものになっている。

『遠野物語』のなかで平地の村落人からみてそんなことが実際あったら、どんな蒼ざめた哀れを感ずるだろうとおもわせる女たちの失踪にまつわる挿話は、それを象徴している。

遠野郷では豪農のことを今でも長者という。青笹村大字糠前《ぬかのまえ》の長者の娘が、ふとものにとりつかれて隠されたようにいなくなって年久しくなったが、同じ村の何某という猟師が、ある日山に入って一人の女にあった。怖ろしくなってこれを撃とうとしたが、何おじではないか、撃たないでと云った。驚いてよく見るとかの長者の愛娘であった。なぜこんな処に居るのかと問うと、あるものにさらわれていまはその妻になっている。子供もたくさん生んだけれど、すべて夫が食い尽して一人こんなありさまでいる。じぶんはこの土地に一生涯を送ることだろう。人にも云わないでくれ。お前さんも危いからはやく帰れと云われるままに、その居所も尋ねはっきりさせることなく遁げかえったということだ。(『物語』六)

『物語』七(既出)

黄昏に女や子供が家の外に出て居る者はよく神隠しにあうことは他の国々と同じである。松崎村の寒戸《さむと》というところの民家で、若い娘が梨の樹の下に草履を脱いでおいたまま行方がわからなくなり、三十年くらい過ぎたところ、ある日親類知音の人々がその家に集まっていたところへ、とても老いさらばえたその女が帰ってきた。どうして帰ってきたのかと尋ねるとみんなに逢いたくなったから帰ってきたのだ。それではまた行きますといって、ふたたび跡かたもなく行ってしまった。その日は風の烈しく吹く日であった。それだから遠野郷の人は、今でも風の騒がしい日には、今日はサムトの婆が帰ってきそうな日だと云う次第だ。(『物

語』八）
遠野郷の民家の子女で、異人にさらわれて行く者が年々たくさんいる。ことに女性がおおいということである。（『物語』三一）

これらの「神隠し」や「物隠し」や「ひとさらい」は、幻想的な基礎ではなく、現実的な基礎を問えば、共同体の枠組が強固な鉄縄であった時代の、異種の共同体「間」の男女の交通のあり方を象徴しているようにみえる。そのばあいの共同体の個々の成員、とりわけ女性の哀切な存在の仕方がわたしたちの耳朶をうってくる。心的な基礎からいえば「神隠し」や「物隠し」や「ひとさらい」は、性のちがいを問わず、入眠状態になりやすい男女の資質をおとずれる失踪の憑かれ方を象徴していよう。「神隠し」や「物隠し」や「ひとさらい」の背後にある心的な共通性は恐怖や畏怖の共同性であり、その現実的基礎は共同体の成員に対する強固な威圧力だといえる。そこでは異なった共同体のあいだの交通は、戦争や掠奪のようなものとしてしかありえない。またそこでの一対の男女のあいだの結びつきは、共同体の強力な規制力のもとにあるため、「神隠し」や「物隠し」や「ひとさらい」のほかにかんがえられない。

『遠野物語』がこの種の「神隠し」や「物隠し」や「ひとさらい」を「山人」と結びつけて記述しているとき、遠野の村落によって伝承と夢幻と現実とのあいだのさまざまな位相のうちに入り込んでいる「山人」が、ほとんど異人種の共同体のような、まったく隔絶されたものとして受容されたことを象徴している。略奪婚しか存在しなかった遠い太古の時期の伝説による現前化は、共同体「間」の関係として、「山人」の世界がいかに遠野郷の平地の農耕共同体の人々にとって隔絶されたものとみなされていたかを証左している。

それと一緒に、支配共同体の所在地から隔てられ、外部からの働きかけが乏しかったため、ただ村落共同体の内在的な展開しかかんがえられなかった地域で、農耕の村落共同体「外」縁部にあるとかんがえられた世界を、「山人」の挿話は総体的に象徴することになったのである。

註　内藤正敏〈もう一つの遠野物語〉——あるくみるきく一二九号
内藤正敏〈聞き書き遠野物語〉——新人物往来社
新沼鉄夫〈古代製鉄と鉄鏃の製法〉——古代学研究第九一号
森浩一〈稲と鉄の渡来をめぐって〉——日本民俗文化大系・3／小学館

おもろさうしとユーカラ

『おもろさうし』は歌謡の形で、つまり韻文で書き記された寿詞とか祝詞とか呪言のたぐいとみるのが、いちばんわかりやすい。複雑な陰影をもった内容があるわけでもなく、胸を打ってくる意味のさわりがあるのでもない。それなのにゆるぎのない韻の安定感と様式の強固さがあって、それにたすけられて反復される音韻を聴くようにすると、まるで異国語の世界にさ迷うような未知の魅力にとらえられる。『おもろさうし』の成立は、最終的には十七世紀ごろだとおもわれるから、けっして古くはない。また使われている言葉もそれほど古いとおもえない。それなのに読むものを強い未知感と異語感で打ってくる。それが『おもろさうし』の特色だ。さいわいに寿詞とか祝詞とかの性格をつかまえやすい歌謡があるので挙げてみる。

893　東方《あがるい》の角《かく》の魚《よ》
向かて　飛ぶ　角わ魚

守る神さらめ
真強くあれ　見守《みまぶ》ら
てだが穴の角の魚
（第十三　船ゑとのおもろ御さうし）

「角の魚」は飛び魚のこと。字義とおりうけとると、飛び魚がとびながら向ってくる。神さま、飛び魚が活きいきとはねてくるように、強くそして見守ってください。こんな意味になる。「角の魚」の上についている「東方の」と「てだが穴の」は祝言、寿言の飾りにあたるので、字義通りにいえば〈ひがしの方の〉と〈太陽の洞穴の〉ということにちがいない。ここでは様式をととのえるためくっつけためでたい虚詞みたいなものだ。はっきりさせるため、おなじ様式で別のことを謡った歌謡をあげてみる。

896　東方《あがるい》の瑞嶽《みづたけ》
瑞嶽の　見居《めよ》り
真強くあれ　ころ〳〵
てだが穴の瑞嶽
（第十三　船ゑとのおもろ御さうし）

この歌謡では飛び魚の代りは瑞嶽という与那原《よなばる》地区にある御嶽《うたき》（神所）だ。それをたたえる祝詞・寿詞になっている。強い様式の枠組のなかで、たたえられる対象は置き換えができることになる。これは極端な、そしておあつらえむきの例だが『おもろさうし』の全歌謡は、大なり小なりこの例とおなじようなはっきりきまった様式をもち、讃えられる対象は神女や神所や建物や船や魚や樹木や、聞得大君《きこえおおきみ》（最高の神女）や按司、国王に置き換えられている。そうみれば大過がないとおもえる。

こんな単純な内容の歌謡の世界が、わたしたち読むものに強い未知感と異語感を与えながら、心を打ってくるのはなぜだろうか。内容は陳腐な繰返しなのに、それを超えて原始的生命のかたちで迫ってくるリズムがあるからだ。そしてこの原始的な生命のリズムが古層の日本語（日本語以前の日本語）からやってくるのか、日本古語と十二、三世紀ごろの沖縄、奄美方言の混合の異和音からやってくるのかについて、まだたしかな考えがもてない。この事情を説明するため、もうすこし例をあげてみる。

537　中辺《べ》綾《あや》の天《てに》
君ぎや　やぐめさす
みとろ金《かね》　みおやせ
雲辺綾の天《てに》
主《ぬし》が　やぐめさす

あふ雲の鎧は
積み上げて　みおやせ
精《すゑ》の精富《すゑとみ》に
積み直《なお》ちへ　みおやせ

（美しいなか空のように
神女のきみは　畏れおおい姿だ
御弓を　奉りませ
雲のあたりの美しい空のように
神女のぬしは　畏れおおい姿だ
美しい鎧は
たくさん積みあげて　奉りませ
舟の精富《すえとみ》丸に
積み直して　奉りませ）

およそ右のような歌謡の意味になる。でもここでとりあげたいのは意味ではない。

第一は「やぐめさす」の語義にまつわることだ。〈おそれおおいところの〉とか〈尊いところの〉といった意味になる。この言葉は古層の日本語（日本語以前の日本語）としてどんな原型かわからないが、日本古語（奈良期以後の日本語）としては、いちばん古い時代のものだ。出雲にかかる枕詞に〈八雲立つ〉と〈やつめさす〉とふたつあるが、その語義は、近世からずっとたどれないままに〈たくさんの雲が沸きあがる〉ということに定説化しそうになってきた。でもこころある枕詞研究者は納得できなかった。『おもろさうし』のこの歌謡は〈八雲立つ〉や〈やつめさす〉という枕詞の語義が〈神威のおそれおおいこと〉として、出雲という地名（国名）にかかることを示唆している。

第二に「あふ雲の鎧」と「精《すゑ》の精富《すゑとみ》」における「あふ雲の」や「精の」が枕詞の発生機（nascent state）状態の前置美称辞であること、歌謡脈のなかではそれ自体はほとんど意味機能をもたないことを示唆している。これは「みとろ金《かね》」の「金《かね》」が後置の美称辞で丁寧な言いまわし（様とかさんとか殿とおなじ）につけられるのとおなじだ。わたしたちはこの前置と後置の美称辞の以前に古層の日本語（日本語以前の日本語）の接頭語と接尾語の姿を想定できるとかんがえている。するとこの歌謡はわりにあたらしい言葉で記されているのに、とても古層の語法を含んでいるとみることができる。もうすこしだけさきまで考えをすすめてみる。

219

太良金《たらかに》ぎや細工《さいく》
神座《かぐら》ぎやめ　鳴響《とよ》で
首里杜
金《こがね》　寄り満ちへて
太良金《たらかに》ぎや細工《さいく》

おぼつぎやめ　鳴響《とよ》で
〈細工人である太良金〔人名〕よ
神のおられる座を　たたえ言葉でどよませる
首里の御嶽の神所に
黄金が　たくさん集ってくるよ
細工人である太良金は
神のおられるところを　たたえ言葉でどよませる〉

〈第五　首里おもろの御さうし〉

499
伊計の杜ぐすく
京寄《きやよ》せ接《は》ぎ上がりや
波　添《おそ》う　早み御船
大国杜ぐすく
小太郎若細工
〈伊計島の杜ぐすくの神が祝う
美しい船ができあがったよ
波がよりしたがう　早い船よ
大国杜ぐすくの神が祝う

すぐれた細工人である小太郎が造った船よ）

（第九　いろ〳〵のこねりおもろ御双紙《さうし》）

ここでは「太良金ぎや細工」や「小太郎若細工」の語法を問題にしたい。折口信夫がいう逆語序のことだ。すくなくとも日本古語の語順では〈細工人太良金〉、〈細工人小太郎〉になるはずだ。言葉はかくべつ古くないが逆語序として古層の日本語（日本語以前の日本語）の化石的な用法が生きているとみられる。地名の呼び方でもおなじだ。

868
聞ゑ押笠《おしかさ》
鳴響む押笠
やうら　押ちへ　使い
喜界《ききや》の浮島
喜界の盛《も》い島
浮島にかから
辺留《ひる》笠利きやち（以下略）

（名のきこえた神女押笠〔人名〕よ
名のとどろいている神女押笠よ
そうら　押して　漕げ

浮島である喜界ヶ島
盛りあがった島である喜界ヶ島
その浮き島から
笠利村の辺留まで)

(第十三　船ゑとのおもろ御さうし)

ここで「喜界の浮島」、「喜界の盛い島」というのは、喜界ヶ島に属する浮島とか盛り島とかいう意味ではなく、浮島とか盛り島であるところの喜界ヶ島という意味になる。また「辺留《ひる》笠利」というのは笠利村にあるところの辺留という意味になる。この逆序と助詞「の」の語法は古層の日本語(日本語以前の日本語)の名ごりとみなされる。日本古語以来の現在の語法では笠利辺留(何県何郡)のように大領域のあとにそのなかに包括される小領域の地名が呼ばれる。また助詞の「の」は前置語のなかに包括された後置語のように使われている。だが初期にはこの「の」は等価辞の機能をもつ接尾(または接頭)語であったとみなされる。たとえば「春日《はるひ》の春日《かすが》」のような枕詞のいちばん原初の形は、『おもろさうし』のさきに引用した「精《すゑ》の精富《すゑとみ》」とおなじように「の」が等価辞だったときの名ごりだといえる。『おもろさうし』の成立は十七世紀ごろまでとされていて、けっして古い言葉で書かれているわけではない。それにもかかわらず古層の日本語(日本語以前の日本語)の語法が保存されているところに、特異な位置を占めている根拠がある。わたしたちは分析しつくせるわけではないが、このような古層の日本語(日本語以前の日本語)の名ごりとおもえる特異な原始的な語法をまじえていることが、単純な祝詞、寿詞のたぐいである『おもろさうし』につよい未知感と異語感のリズムをあたえ、それがわたしたちを打ってくるのではないかとおもえるのだ。

アイヌ『ユーカラ』のいちばん初原にあるかたちは「神のユーカラ」（神謡）だ。そして「神のユーカラ」のうちでも初原的なのは動物が神として人称で人間とのかかわりを物語るというかたちのものだとおもえてくる。山や原野や森や川や海で人々が出あい、殺したり、食べたり交渉したりしている動物がこのユーカラには登場してくる。わたしは読んでないが植物神（トリカブトやオーウバユリやアララギ）なども出てくるし、自然神（谷や山や河の地勢、地形）も出てくると知里幸恵の「神謡について」は記している。わたしの読んでいる神謡ではこの「神のユーカラ」には物語（叙事詩）としての一定の型が感じられる。

まず主人公の動物がでてきて、いい人間だったので狩で弓で射殺されてやったら、その人間がじぶんを立派に祭ってあの世の国に送ってくれたといった場合もあるし、人間を侮ってからかってやろうとして殺されてやる振りをして、かわして逃げ出そうとおもったら、どうして相手は人間のいちばんの神のオキキリムイだったので、かえってじぶんの上をゆく策略にまどわされて矢を射こまれて気をうしなってしまった。こんな悪い死に方をしないように、人間を侮ったり、悪い心を起したりしてはいけない、そうでないとわたしみたいな死にざまになるから、気をつけなさいと動物神が語る定型になる。

例えば知里幸恵編訳の『アイヌ神謡集』をみると、出てくる動物はフクロウ、狼、兎、カラス、カケス、鹿、蛙、鮭、鯨などだ。いずれも人々が森や林や野原や海や河で出あって深く交渉し、追われたり追ったり、殺したり、祭ったりして幾世代にわたり馴染ふかく、まるでその言葉がわかるように、敏感にその習性を心得ているから創れるユーカラばかりだといっていい。その動物神に感情を転移し、いわば乗りうつって、その動物を主人公の語り部にして、一人称で人間との交渉を語らせ、じぶんは狩り殺されてどう振る舞い、人間はどう振る舞ったかという「神のユーカラ」の定型が生みだされるのだとおもえる。この『神謡集』に出てくるかぎりでは人間のもっている武器は弓だけだ。そして裕福は金や銀の弓で、貧しさは木の弓で、また毒性は胡桃の弓で象徴されている。

わたしがたいへん興味深く関心をそそられたのは、主人公の動物が人間の弓で射られて気を失い死の国にいったというときの描写の一つの共通性のことだ。

老夫婦は、東の窓の下に
敷物をしいて私（射られたフクロウの死体——注）をそこへ置きました。
それからみんな寝ると直ぐに高いびきで寝入ってしまいました。
私は私の体の耳と耳の間に坐って
いましたがやがて、ちょうど、真夜中時分に起き上りました。
（「梟の神の自ら歌った謡」）

富豪の家よりももっとりっぱにこの大きな家の
中を飾りつけました。私はそれを終ると
もとのままに私の胃の
耳と耳の間に坐っていました。
（同前）

もがき苦しみ、昼でも夜でも生きたり
死んだり、している中に、どうしたか
わからなくなりました。
ふと気がついて見ると、
大きな黒狐の耳と耳の間に私は居りました。
（「狐が自ら歌った謡」）

その時彼の男は私の首ッ玉を
したたかに射た。それっきりどうしたか

わからなくなってしまった。
ふと気がついて見たところが
大きな竜の耳と耳の間に私はいた。

（「谷地の魔神が自ら歌った謡」）

突然！　彼の若者がパッと起ち
上がったかと思うと、大きな薪の燃えさしを
取り上げて私の上へ投げつけた音は
体の前がふさがったように思われて、それっきり
どうなったかわからなくなってしまった
ふと気がついて見たら
芥捨場の末に、一つの腹のふくれた蛙が
死んでいて、その耳と耳の間に私はすわっていた。

（「蛙が自ら歌った謡」）

まさか犬たちがそんな事をしようとは
思わなかったのに、牙を鳴らしながら
河の底まで私に飛び付き

陸へ私を引き摺り上げ、私の頭も私の体も
噛みつかれ噛みむしられて、しまいに
どうなったかわからなくなってしまった。
ふと気が付いて見ると、
大きな獺の耳と耳の間に私はすわっていた。

（「獺が自ら歌った謡」）

「神のユーカラ」のなかで、主人公の動物が、じぶんでじぶんの身体の耳と耳のあいだに坐って、あたりを見わたす描写があるときは、死の世界との境い目にいることを意味している。そしてそのあとにくる描写は死んだ霊が見たり行為したりする世界になっている。これは「神のユーカラ」のすべての定型かどうかわからないが、主人公の動物がじぶんが弓で射られて死んだあとのことをじぶんで語るスタイルをとるばあいには、この「耳と耳のあいだ」に坐るということが、慣用の言葉のようにおもえる。霊魂がこの世とあの世との境い目にあることを描くばあいこの「耳と耳のあいだ」に坐るというのが、アイヌの既視感になっていることがわかる。この「神のユーカラ」の様式は、能狂言でシテが現実の姿から亡霊の姿に変換してあらわれるばあいの転換を思いおこさせる。また臨死体験者が語る上方から眼だけになったじぶんがじぶんの姿を見ているという視線ととてもよく似かよっているといえよう。アイヌの世界観でいえばこんなふうにして、あの世はこの世の有様とまったくおなじ風景で現れることになっている。これが「神のユーカラ」で主人公の動物神が人間神に弓で射られてあの世に送りこまれる物語（叙事詩）を主人公自身が語る様式をとるばあいの独自性だといえる気がする。

『おもろさうし』のいちばん単純な歌謡は、つぎのようなものだ。

1480　久米の世奇せ君
生け〳〵しく　栄《はや》え
（久米島のこの世を栄えさせる神女よ
あふれる活力で　栄えさせてくれ）

この歌謡はいってみれば祝詞、寿詞、呪言のたぐいのいちばん単純なかたちで、とりもなおさず『おもろさうし』の本質が祝詞、寿詞、呪言のたぐいだということをはっきりさせている。叙事的でもないし叙情的でもない。そしてこの祝詞、寿詞、呪言のたぐいは土俗のまじないごと、よごと、祭礼のはやし言葉などが洗練されたもののようにうけとれる。これにたいしアイヌの「神のユーカラ」は叙事詩ともいうべきもので、村々の語りごとが、伝承されるうちに昇華したものとみなせる。ただ何が部族のトーテム神や自然神にかかわる神謡といえるかといえば、弓で射殺されたり、生活のなかで深く交渉してきたりした動物、植物それに山河の地勢や地形を、気ごころをしりつくした人間みたいに感情転移したうえで、死と死のあとの思いもためらわずに述べて、生命あるものと同等に擬人化しているところにあるとおもえる。内容的にいえば『おもろさうし』は祭る神所と祭る神女と祝福される事物にしかゆきつかないし、「神のユーカラ」はトーテムがまだ生きものと同じように人間と交歓できていた未開や原始の生活を語りごととして伝承してきた形式にしかゆきつかない。このふたつを共通した岩盤にまでもたらすには、『おもろさうし』からは語法の原始性を、「神のユーカラ」からは動物も植物も地勢や地形も擬人であった時代の命名の原始性を生き生きと蘇らせるほか術がないようにおもえる。啼き声で動物たちのこころやことばがわかるように感じ、風を孕む音の響きで植物や岩や河や海のこころやことばが感受された融朗の世界に言語が近づくことができれば、そこが『おもろさうし』と「神のユーカラ」がおなじになった世界なのだ、とおもえる。

イザイホーの象徴について

イザイホーの祭儀は、十二年ごとにめぐってくる午歳《うまどし》の旧暦十一月十五日から五日間おこなわれる。沖縄の久高島で、この島で生まれ、この島で住みついている三十才から四十一才までの女性が、島の神女組織に加入する祭儀だ。その頂点に位している外間ノロ家と久高ノロ家に属する七十才までの神女はみなこの祭りに参加する。この祭儀がとくに関心のまとになっているのは、久高島が、伝承では沖縄にはじめて人が住みついた神聖な場所で、外間ノロ家と久高ノロ家は、そのとき最初に住みつき、この島をひらいた宗家だといわれているからだ。そうすると外間ノロ家、久高ノロ家は制度以前の時期の母系制の氏族社会で、家族の宗女が宗教的な祭儀を司ったときの神女のすがたを保存してきたことになる。そして沖縄の母系時代のいちばん典型的な神女組織に入社する祭儀がイザイホーに集約されているとみなせる。

現在に近ければ近いほど母系制時代の神女組織を純粋に維持することは、難しいことになる。結婚も職業も島内だけで行われることは少数になってゆくし、島内でさえ母系制が保持されているわけではないからだ。イザイホーの祭儀が純粋に保存される条件はふたつある。ひとつは母系制の氏族の組織が保たれていること、もうひとつは漁業と農業にたずさわるものが、大多数を占めることだということだ。このふたつの条件はいずれも現在では存在してない。そこで久高島の出身の女性で、しかも久高島に定住していることという限定は、このふたつの条件を擬制的に充たすことになる。かりにそうだとしても、その数はますます減る一方になるほかない。その意味では消滅しつつある祭儀だといっていい。

久高島(注1)には、三月三日の浜下り行事がある。これは十三才から十五才の少年に、五十一才以上の長老たちが、網のかけ方、魚の追いこみ方など、漁についての手業をおしえる。海の祭儀の主宰者のことをソーリイガナシと呼ぶが、かれは庭にアダンの木を植えて竿をたてておく。このソーリイガナシの地位にあるものは沐浴して海の神に豊漁を祈願する。人間にたいしてはどんな目上のものにも頭を下げて挨拶することをしない。これは本土における生き神(祝《はふり》)のかたちととても似ている。

諏訪の大祝、大三島の祝、初期天皇群の忌人《いはひびと》の継承のたぐいは、この自然採取の時代の単純な手業の継承を祭儀にまでひろげたもののようにおもえる。

お浜下りの行事でとれた魚の初ものは西側海岸の近くにある神アシャギと、外間ノロ殿と久高ノロ殿の三ヶ所に供えられる。そしてお浜下りの翌日に十五才の最年長の少年が外間ノロ家の神庭とイザイ家の御殿庭《ウドンミャー》に行って、海に向って「クカウ」と叫ぶのだといわれる。クカウとは大漁、豊漁であるようにという意味だとされる。

このお浜下りの行事は、久高島の男性が、はじめて漁人としての手ほどきをうけるイニシエーションの儀式だといえる。これは島の男性が現実の生活に従う方法を神からの守護と結びつけるもので、実生活の宗教の側面が海の神の祭りを司るソーリイガナシ（大祝）のもとに主宰されて所属することをしめしている。この久高の浜下りの行事よりも単純で素朴な宗教的な行事をかんがえてみる。八重山諸島では海岸の近くに、霊石や霊木を神体にしたウガン（拝所）の杜があって、獲物の魚を供えて拝み、そのあと魚を土中に埋めて漁の加護を願う形が、行われる。(注2) 祭儀としての華麗さや整いかたにいくつかの段階があるとしても、これらは海人－狩猟民系のヒコ－ヒコ制の神事の系列とみなすことができるようにおもわれる。これに対応してヒメ－ヒコ制の神事としていえば、イザイホーは島の女性が天上生活を司る神女となるためのイニシエーションの祭儀だということができる。そして外間ノロ家や久高ノロ家に稲や雑穀がはじめてもたらされてひろめられた宗家だという伝承がつきまとっているように、農耕にまつわる神事に性格をもっているといえよう。島の男性たちが舟を出して漁にたずさわり、女性たちが耕作と神事にたずさわっていた時代までさかのぼることができるとかんがえられる。イザイホーの祭儀の三日目には神女としてのイニシエーションをうけた女性（ナンチュという）の〈兄弟〉が米の粉でつくった団子をもって祭場にやってくる。そして根人からその印しである朱印を額と頬につけてもらい、また〈兄弟〉がもってきた団子でノロから印しをつけてもらう。四日目には兄弟たちとイニシエーションをうけてはじめて神女の資格をえたナンチュたちと向いあってひとつ綱をとって波うたせて、舟を漕ぐさまを演ずる。これらはイザイホーの祭儀が母系氏族の祭儀であり、その神女組織への加入が、氏族の漁や農耕生活を守護する宗教的な組織の加入であることの時代性をしめしているといってよい。奄美大島では漁夫のことを「久高」と呼ぶことがある。漁夫ははじめ久高から渡ってきたと伝承されているからだ。また、「久高する」という動詞化された言葉も使われたりした。いうまでもなく母系の氏族制では、女性は宗教的な氏の上であり、家もまた女系で相続される。そして女性の夫になる男子は他の氏族に属する。これにたいしその女性の兄弟は同じ氏族に属するから、氏族時代の後見者は夫ではなく男の兄弟だということになる。イザイホーの祭儀はこの時代の名残りを象徴的にあらわしている。この祭儀に男性として対幻想の役割をするのは、神女の兄弟たちなのだ。

神アシャギのなかで神女たちによって歌われるテイルル（神歌）のひとつから歌詞をすこし引用してみる。(注3) それはニライ・カナイにある神にたいし神女となったナンチュをたたえ島の繁栄、島の男たちの漁のための海のなぎを願い、拝むことが、この祭儀の眼目だということをよくしめしている。

なんちゅほーよ　（ナンチュホーよ）
ひやくにじゅーが　（百二十が）
たきぶくい　（嶽を誇り）
むいぶくい　（杜を誇り）
ふしゃていぶくい　（腰当てを誇り）

うんじぶくい
むとうさかい
にーんむてぃー
しまさかい
しまむてぃー
ぬばるゆーい
ぐーゆいしゅーい
にしぱいらー
ぱいにしらー
ふぼーりがー
あいくーはた
いとうはきてぃ
うたびみしょーり
うぬとうしぬ
いちにんじゅー
んなふみてぃ
にるやとうーし
はなやとうーし

（恩義を誇り）
（本を栄えさせ）
（根を繁盛させて）
（島を栄えさせて）
（島を繁盛させて）
（野原の畑も）
（ムラ人の畑も）
（北南の方でも）
（南北の方でも）
（クバ島〔久高〕の男が）
（歩く方は）
（糸を張って〔海上平穏〕）
（ください）
（この年の）
（一年中の）
（皆を讃めて）
（ニルヤに遥拝して）
（ハナヤに遥拝して）

てぃんぢとぅーし　（天地を遥拝して）
うてぃらとぅーし　（太陽を遥拝して）
たまがえーよ　（タマガエ〔神女〕たちは）
まふぇとぅーし　（真南に遥拝して）
しゅべーらき　（シュベー嶽を）
うがみやびてぃ　（拝みなさって）
はみやびてぃ　（祈願なさって）
ゆくゆいん　（いつまでも）
うがみやびら　（拝みましょう）
はみやびら　（祈願しましょう）

ここにでてくる「ニルヤ」・「ハナヤ」（ニライ・カナイ）には、いくつかの意味が重層している。ひとつは祖霊が死後にゆきあつまっているところをさしている。もうひとつはとおい祖先がやってきた故郷ということだ。まだかんがえられる。穀物や稲の種籾が人びとや空とぶ鳥や神威によりもたらされたもとのくにだ。言ってみれば、善なるもの、福なるもの、理想なるもの、清浄な祖霊などがあつまっている祖地、故地、浄土、ユートピアということになる。イザイホーの祭儀によってナンチュとなり神女組織に入社したものは、家族、親族、氏族、部族のそれぞれの次元と段階で「ニルヤ」「ハナヤ」にゆききする神霊の性格をつけくわえて、そこにあつまった祖霊

（神）と久高の島人たちの禍福との仲だちをとり、それを自分の兄弟を介して部族にまでひろげてゆく役割を背負うことになる。

イザイホーの祭儀によって新しくナンチュと呼ばれる神女の資格をえた女性たちは、神アシャギの裏口づたいにイザイ山の「七つ家」に三日間籠もることになる。外間ノロ、久高ノロのどちらかに属する神女たちは、籠もるナンチュを「七つ家」にのこして家に帰る。御殿庭にあった神女たちも、男神たちも家に帰る。籠もりのあいだは村の女性が「七つ家」の入口まで食事を運ぶ。乳飲み子のいる神女たちは女性が入口までいって授乳させてもどる。籠もっている期間中、「七つ家」のうちでは「子の刻（午前十二時）遊び」「寅の刻（午前四時）遊び」が行われるとされている。これがどんな儀事からできているのかうかがうことはできない。ただ久高の神女組織に、組織というよりも結社という意味に近いものがあるとすればこの籠もりの期間中の「子の刻遊び」「寅の刻遊び」の非公開性のなかにあるといえる。わたしたちは沖縄の最高位の神女である聞得大君の就任式である「御《お》新下《あらお》り」や天皇の継承祭儀である大嘗祭については、そのやり方のだいたいとそれが何を意味するかについて知りえている。イザイホーについてもどんなことが行われるか、外見からだけいえば知ることができる。（注4）（ここでは大城学「イザイホーの儀礼と歌謡（注3）」から抽出することにする。）

(1)ウグッンダティ（御願立て）

イザイホー祭儀は、十二年ごとの午年、旧暦十一月十五日から五日間行われるが、ふつうはその六ヶ月まえに、イザイホーの無事に行われるのを祈って、この祭儀が行われる。一九七八年（昭和五十三年、午年）には一ヶ月まえの末の日、十月十七日（新暦十一月十七日）行われた。午前中、外間ノロ家、久高ノロ家、外間殿、シラタル拝殿、大里家、ウブンシミ家で祈願が行われ、午後からタキマーイ（御嶽めぐり）が行われた。この日から島の全女性は精進潔斎をする。このあと神女たちは七回にわたりタキマーイをする。

(2)前日

旧暦十一月十四日（新暦十二月十三日）

祭りの準備で、午前八時半ごろ男たち（十六〜七十才）とノロ以下神女全員がウドウンミャー（御殿庭）にあつまり、久高の根人が御殿庭のうしろのイザイ山（フサティヤマ）に斧入れするのを合図に祭場づくりをやる。四日前にすでにナンチュやヤジクが庭の雑草を刈り、神アシャギを掃き清め、綱をつくるための藁をととのえてある。庭や路には砂を敷く。「七つ橋」をつくる。神アシャギのうしろにナンチュの籠もる「七つ家」（イザイ家）が建てられる。

(3)タマガエーヌウプティシジ

旧暦十一月十五日（新暦十二月十四日）早朝ナンチュたちは「イザイカー」（井泉）で髪を洗う。ティンユタ（家ユタ）と一緒に祖母の家へゆき香炉の灰をわけてもらう。これは祖先神の霊を継承したことになる。この灰を自分の家の香炉にうつす。

ユクネーガミアシビ（夕神遊び）

洗い髪をたらし、白の胴衣、下裳のナンチュとヤジクが、所属の外間ノロ家と久高ノロ家にあつまる。午後五時すぎ、外間ノロ家の座敷のウプグーイ（大きな香炉）に祈願して神歌をうたう。久高ノロ家でもおなじ行事を繰返す。

外間ノロ家に所属する神女全員が「エーファイ」の掛け声をかけながら庭におり、内門の石垣を右まわりに七回まわって久高ノロ家へ行き、久高ノロ家の神女たちと合流して、御殿庭へ向かう。ナンチュは神アシャギに入り、外間ノロの神女は右側、久高ノロの神女たちは左側に、「七つ橋」をはさんで表口を囲み、ナンチュたちの「七つ橋」渡りが行われる。七回繰返し、最後は神女たち全員が神アシャギに入る。中で神歌がうたわれる。

ついで神アシャギの裏口から出て「イザイ山」の「七つ家」に入る。ナンチュたちはこれから三日間「七つ家」に籠もることになる。籠もり中に「七つ家」で「子の刻遊び」「寅の刻遊び」が行われる。

(4) ハシララリアシビ（頭垂れ遊び）

旧暦十一月十六日（新暦十二月十五日）外間・久高ノロ家にあつまった神女たちが、「七つ家」へゆく。外間ノロを先頭に神女たちは御殿庭に入り、男神役の小鼓にあわせて、神歌をうたう。円陣をつくるのが内側に外間ノロ、久高ノロ、その外にナンチュの円、いちばん外側がヤジク。円陣は右廻りで、神歌にあわせ、ゆっくりした踊りになる。円陣をとき「七つ家」に向い、ナンチュをのこして神女たちは家に帰る。

(5) パナサシアシビ（パナアシビ）

シューテイキアシビ（朱付け遊び）

旧暦十一月十七日（新暦十二月十六日）

神アシャギとタルガナーの中間に木臼が三つ並べて逆さにおかれる。ナンチュの男兄弟が家でつくったモチ団子を籠に入れ、盆にのせてもってくる（モチ米を石臼でひいて粉にしたものを水でねり、楕円形にまるめたもの）。神女たちは「イザイバナ（花）」を前髪に二本ずつ挿している。ナンチュはこの日に洗い髪を結いあげ、白鉢巻をし他の神女同様に白衣に着かえている。久高根人が神女たちに向きあって額、左頰、右頰に朱印をつけていく。おわるとナンチュは年齢順に出てきて、木臼に腰かけ、久高根人から朱印をつけてもらう。次に外間ノロが米の団子をうけとって額、左頰、右頰におしつける。この団子はナンチュがうけとり、家族のものが食べる。

神女全員は小走りで「七つ家」にゆき、でてくると男神役の小太鼓の拍子で御殿庭の中央で三重の円をつくり、ゆっくりした歌と踊りになる。一旦「七つ家」に退くが、ふたたび御殿庭で三重の円陣をつくり歌いながら踊る。終わると「エーファイ」の掛け声で「七つ家」に退く。午後から御殿庭で米団子を蒸す。神アシャギとタルガナーのあいだにかまどが設けられ、大鍋をのせて、蒸す。

(6)ニラーハラー遥拝

アリクヤー（アリクヤーヌンナー）

アサンマーイ（家廻り）

グキマーイ（桶廻り）

旧暦十一月十八日（新暦十二月十七日）

午前、御殿庭の中央に桶がおかれる。神酒が入っている。クバの葉を敷き、神女たちが並んで正座する。全員東方に向かい、合唱して頭を三回さげる。「ニラー」「ハラー」（ニライ・カナイ遥拝）。神女たちは正座したまま神歌をうたう。

ついで久高根人が綱をもってきて綱をはさんで神女たちと向きあい、綱を両手でつかみ、上下にゆさぶる動作をする（舟を漕ぐ演技）。綱は男たちが「イザイ山」にもってゆく。神女は「七つ家」へ退く。神女たちはまた御殿庭にでてくる。頭には蔓草でつくった「ハブイ」（被りもの）をつけている。そのあと外間ノロ系と久高ノロ系にわかれて、ナンチュの家を廻る。

ナンチュの家（最初の家）では、ナンチュとその兄弟が正対し、お粥のやりとりが行われる。他の神女たちは座敷に向って四列にならび神歌をうたう。ナンチュの被りものは、ノロの手で男兄弟にわたされる。それにつづいてグキマーイ（桶廻り）が行われる。神女たちは外間殿の入口で整列し、入ってくる。ナンチュは右手にクバの葉の団扇をもっている。他の神女は表に太陽と鳳凰、裏に月と牡丹の大きな扇を右手にもっている。庭の中央におかれた桶のまわりを踊りながら右廻りにまわる。御殿庭でもおなじことが行われる。

正午すぎ御殿庭で区長がイザイホー祭りの終りを宣言する。そのあと自由な祝宴で、三線、歌、踊りになる。

また夜はナンチュの家で祝宴がある。

(7)後片づけ

旧暦十一月十九日(新暦十二月十八日)

(8)シディガフー

旧暦十一月二十日(新暦十二月十九日)全神が御嶽をまわりイザイホー終了の祈願をする。夜、外間ノロ家、久高ノロ家で祝宴。このイザイホー祭儀の主なところを外見から理解してみれば、

家の祖霊についての継承
氏族の祖霊の継承
島の女性から神女へのつなぎ
集団的な忌籠り
神女組織への入社
母系氏族時代の現実的なきずなの獲得
神女としての資格の獲得
農事漁事についての祈願

これらの小項目がイザイホー祭儀の経過のなかに象徴的に含まれているものだ。言ってみれば、

到れりつくせりの形をしているといっても過言ではない。

イザイホーの祭儀の意味は、聞得大君の御新下りや天皇の即位の大嘗祭などとおなじように、共寝（神と一緒に寝る）と共食（神と一緒に食べる）することが、根本になっているにちがいない。そしてこの共寝と共食の儀式に加わり、それを終了した女性が神女の資格をゆるされたことになっているとかんがえられる。祭儀の次第でいえば、たぶん「パナサシアシビ」がナンチュたちが神との共寝をはたしたあとを象徴している。

現在行われているようなイザイホーの祭儀は、さまざまな様式が混合されている。だいいちにナンチュの資格をうるこの祭儀に参加するのは丑年の三十才から寅年の四十一才までの女性で、十二年ごとに繰返されるというのは、すでに中国の十二支の影響をこうむっている。また祖先神の霊威を継承するための朱印づけも、「七つ橋」や「七つ家」の呼び方のように七の数を霊数とみなすことも、中国の土俗宗教の影響を感じさせる。また祖先神の霊威を継承するために祖母の家の香炉の灰を分けてもらうという儀礼もまた、中国の家族神の習俗によっている。しかしこれらの影響の外皮を剝がしてしまえば、母系の氏族制度のなかの宗教的な権威をもった氏びとの女性の継承祭儀の古い形がみえてくる。七十才をこえたときこの島の女性は神女の役割をおえる。また孫娘に香炉の灰をわけ与えて、じぶんの霊威を移譲したとき、母系氏族の女性たちの宗教的な生涯はおえ、同族の子孫のなかに再生をはたしたことになる。

注 ⑴国分直一「久高島の三月の祭」日本民族学第四巻四号

(2)喜舎場永珣「八重山に於ける旧来の漁業」所在不明
(3)大城学「イザイホーの儀礼と歌謡」砂子屋書房　田村雅之氏から貸借
(4)鳥越憲三郎『琉球宗教史の研究』
吉本隆明『共同幻想論』

島・列島・環南太平洋への考察

京都に用事ができ、賀茂川沿いの道路を伏見に向けタクシーで下っていた。あたりの風景が伏見に近くなるに連れて自然に変化してゆく。私はついつい「このあたりは昔、海だったのではありませんか」となじみのタクシーの運転手である石井さんに尋ねてみた。石井さんは「よく判りましたね」とすぐに返辞をかえした。私は地形と生えている灌木の在り方からそう思える所以《ゆえん》を喋った。

石井さんの説明はこうだった。その昔、賀茂川をガンジス川になぞらえて死者を川に流して葬る風習があったらしい。そのとき、海まで流れ出してしまう前に、このあたりで死者を火葬にして祀ったような所だったと言うのだった。

おなじようなことは、九州宮崎の都城《みやこのじよう》市でも感じた。この街は古墳群の近くまで海だったと思う。太宰治の「みみずく通信」という作品に、佐渡ヶ島に行って地面を踏んだとき、ここは日本列島の地面と異《ちが》うと感じたことが書かれていて、大変感心した。壱岐《いき》、対馬《つしま》や隠岐《おき》ノ島もたぶん地面が異うのではないかと思う。

沖縄本島の東に久高島《くだかじま》という島がある。十二年に一度行われるイザイホーという男子禁制の神儀が行われ、相互扶助的慣習「結《ゆい》」が今でも残り、原始共産制のかおりを感じさせる島だ。この地面も異う。日本の最南端とされる八重山《やえやま》諸島の波照間《はてるま》島、台湾と国境を接する最西端の与那国《よなぐに》島なども間違いなく地面が異うはずである。

※

地面が異うとは、一体どんなことなのか？　どうしてそんなことが言えるのだろうか？　太宰治に尋ねたとしても巧《うま》く説明できなかったに違いない。また地質学的な根拠を確かめたわけでもないと思う。単なる勘だと答えるかも知れない。要するに実際感覚の考古学とも言うべきものだ。地質学的な根拠からは出鱈目《でたらめ》であるかも知れない。だが実感の考古学からは理に叶っているのかも知れない。旨《うま》く言い難いのだ。格好をつけて言えば感性の考古学とでも言えばいいのだろうか。

たとえば島尾敏雄は日本列島のことをときどき、ヤポネシアと呼んでいた。この呼称には日本列島の南西と東北の果てに住んだことがある者の実感の痕跡が含まれていると思う。そして日本列島に住んでいる者の地脈のなかに南太平洋のオセアニア領域の人種と類似の種族を混血している人々だということの認識も語っている。もう少しうがったことを言えば、日本列島の住民の種族、風俗、慣習を南方か北方かの辺境から眺めたいという願望も含まれている。

おなじようなことを埴谷雄高の発言から感じたことがあった。大岡昇平氏との対談本のなかで、太平洋戦争の初期に日本の兵士たちはインド、東南アジア、中国内陸、アジア、ロシア、オセアアニア地区の島々に押し出して行ったが、あれは一種の帰郷運動ではないかと発言していた。私はこの対談本に憤怒を禁じ得なかったが、この埴谷雄高の発言だけはいたく感銘した。太平洋戦争は全方位の侵略戦争だ、悪の枢軸の帝国主義戦争だという自己本位の馬鹿話が横行していた最中に、共産党にも多少の花をもたせたがり、巧みにあの戦争を日本列島の住民の内部から言い当てている。この言い方には根拠があると思ったからだ。この対談に文句をつけたが、埴谷雄高のこの発言だけは見事なものと感じた。

戦後すぐの頃から日本列島の住民の起源について多様な論議が行われた。安田徳太郎の『万葉集の謎』から始まり、大野晋のスリランカのタミール族の言葉と習俗論議や江上波夫の騎馬民族日本征服説、その他パプアニューギニアの日本語起源説に至るまでの専門家の論議は、日本語と日本人起源説において、かくも異なっていて、私はこれでは全部を否定するか、全部を時期を区切って肯定するほかないではないかと思って、これらの論議をただただ驚いたり、あきれたりして眺めるほかなかった。

インド以東のアジアの内陸や沿海ぞいやオセアニアの全部の島は、埴谷雄高のように太平洋戦争で日本の兵士が拡散占領した地域はすべて帰郷運動の無意識の衝動と考える視点で見るのが、手っ取り早い考え方だと思えた。そしてインド半島以東の内陸と島々は時期さえ区切ることができたらすべて日本列島人の故郷だと思ってしまえば謎は解決されるということにしよう。私は冗談を半分、本気を半分で、そういうことにしておくのが現在までのところ、一番いいやと考えるようになった。

これは埴谷雄高説から容易に結論されるところで、そのうえ、あやふやな論議は風呂敷包みに包み込むことができる。日本列島をヤポネシアと呼んだ島尾説は、もちろん、日本列島を南太平洋に散在する島々のなかで同列に日本列島を含める考え方を基礎にしている。これが危うきを背負う点があるとすれば、インド以東の内陸アジアの住民が日本列島を先取していたか、オセアニアの島々の住民がこの列島を先取していたのか今のところ不明というほかないという点だけだと言える。わが敬愛する文学者はなかなかやるなあというのが私の感想だった。

日本列島をヤポネシアと呼べば、スリランカ、インドネシア、ミクロネシア、ポリネシアなどの環南太平洋の島々の多島人の種族が少なくとも半分の日本列島人の要素と見なすことができる。そしてあとの半分はインド以東の内陸人である中国やアジア、ロシアに分布した古アジア、モンゴルなどが占めていることになる。もちろん南北アメリカの先住人種や中近東人と混血した南中国の種族を構成要素に加えてもよいわけだ。また太平洋戦争での日本列島人の侵略、侵攻を一種の帰郷運動になぞらえるとすれば、インド以東のアジアの内陸とオセアニアの全域が包囲されることになる。大袈裟《おおげさ》すぎるというそしりは免れないが、嘘だとか間違いだとか言われることはないだろうと思える。

※

日本列島の多島的な風景といえば、私は二つの風景を想起してしまう。ひとつは東北の松島湾、もうひとつは南国の天草湾だ。

松島は十四歳ぐらいの頃、修学旅行の遠足で、天草湾は六十歳前後に先祖の地を訪ねる途中で、水俣《みなまた》から天草の牛深《うしぶか》へ船で向かったときだ。松島の島々は、風呂屋のペンキ絵なみに大きく、反面天草の島々は地図にも記載できないような小さな島々だった。

これは精神の地理学から言っても天然のなかの「偶然」にほかならず、多島としては同一のものだといえる。多島と列島とは異なるものだ。多島は海や湖をめぐらしたといえば同一だが、特色は水面と地面との関わり方の異いにほかならない。列島の特色は地底と海底との同一性（火山性）で、うかうかすると地球の起源の規模での同一性と異質な断続性の問題に帰着する。

ヤポネシアの特徴は大きく、二つか三つの異なった系列の島が弓のように連なり、その異なった系列から成る列島で、その列島が内部の周辺の海に多島を包括していると見なすことができよう。

ヤポネシア住民の特色の気質や人文性格も同じように言える。アジアの内陸からの性格を主としながら環南太平洋の住民の特色を混合している。また逆に、アジア内陸の種族像を表層に浮かべながら、基層は頑強に環南太平洋の多島と列島の性格を自然な傾向を保持していると言ってもよいのかも知れない。

ニーチェがインド・ヨーロッパはインド・アジアの広大な大陸のひとつの岬にほかならないと書いたひそみに習えば、ヤポネシアというのは、環南太平洋の多島性の一列島が押しつぶされそうな遠くまでインド・アジア大陸に引き寄せられた小さな島嶼のひとつにすぎないと言ってもいいのかも知れないと思う。

Ⅳ

インタビュー

贈与の新しい形

聞き手／赤坂憲雄

段階という歴史観

赤坂　昨年、吉本さんは「史観の拡張」という副題を持つ『アフリカ的段階について』という本を出されました。この本を読ませていただきながら、僕が思い出していたのは柳田国男なんです。柳田の歴史観は独特なもので、それはいわば現代の横断面には、その時代だけでなく古代・中世・近世・近代とあらゆる時代が露出している、それを比べ換えることで常民の歴史が浮き彫りになるといったものでした。それは欧米の歴史観、つまり自分たちが到達している現代を歴史の進歩の最高到達点として、そこから先進的な文化と後進的な文化を区分けし、遠ざかれば未開や野蛮であるという、価値観のヒエラルキーをもって歴史を見る「段階史観」への批判でした。その意味では、ここで「史観を拡張する」ことと「段階」ということに、吉本さんがこだわることがうまく了解できなかったんです。そのあたりのことを含めて、たとえば柳田の歴史観などをどう考えるのか、お話くだされぱと思います。

吉本　僕がいちばん影響を受けた歴史思想を挙げれば、日本で言えば柳田国男、西洋ではマルクスなんです。マルクスの元はヘーゲルですね。マルクスやヘーゲルの歴史観にどんな不満を持ったかを言えば、一つは精神史という視点がないんじゃないかということです。たとえばヘーゲルは、アフリカを野蛮で未開で動物と同じような生活だから世界史の視野の外に置いていいんだという解釈です。その考え方だと歴史は人間の精神史から離れてしまう。歴史を観念の理想型に近づけるヘーゲルの考え方も、唯物史観は経済構造を基盤にすれば人間の歴史を辿れるんだというマルクスの考え方もともに段階的で、人間の精神史をあまり考慮に入れてません。ですから、「段階」という考え方を括弧にいれながら、それを何とかひっくり返そうと考えたんです。

今ではアフリカについての探究も進んで、精神的にも倫理的にも実際的にも豊かだということが分かってきた。歴史主義的な未開・野蛮の旧世界ではなく、内面の精神史を顧慮すれば、アフリカは文明人よりもかえって豊かなんじゃないかと思います。この本も、最初は自分がヘーゲルやマルクスの考えから逸れてきたという意味で、始めは「史観の改訂」と付けようと考えたんですが、精神史を歴史観の中に含めて考えようじゃないかという意味合いで「拡張」としたんです。

ヘーゲルらの考え方は、未開・野蛮からヨーロッパの近代まで人間の歴史が進歩してきたことの区別を石器とか土器という道具で決めていました。そういう考えを変えたいという思いも一つありました。日本でいえば、縄文から弥生時代というような区分です。そういう道具の変化で文明や人間の暮らし方の変化をいうのは、どうも納得できない。それを「段階」の考えとして変えてみたかったんです。道具や生産手段で人間の歴史を考えると、最後にはもっとも文明の発達した西洋近代が頂点になるんだけれど、精神史から考えると西洋近代は本当は進歩したのか退歩したのか、停滞したのか分からない。そこで仮説的に僕は、「アフリカ的段階」を考えました。

この概念は何もアフリカ大陸に固有のものじゃなくて、南北アメリカの原住民や、日本でいえば、縄文時代も同じ段階にある。たとえばセイロン（スリランカ）の王朝は日本の王朝の初期の在り方とたいへんよく似ている。タイやインドネシアも大統領制の一方で伝統的王朝もある。もしそれを「アフリカ的段階」と名付ければ、中国から見て辺境の国では同じような体制の要素が残っている。日本でいえば、アイヌ民族や多分琉球も「アフリカ的段階」にある。そして、それが人間の精神史の母胎なんだ。人間の精神史も文明の発展もそこにあらゆる可能性があったと思います。そこから、西洋なら徐々に「近代」に進んできたし、アジアならよく言われる「アジア的専制」の位相に移ってきた。僕もそういう区分自体は、おおよそそれでいいんじゃないかと思いますし、その二つの相互影響の中からそれぞれの地域国家は固有の歴史を辿ってきたと思います。

僕の問題意識でいえば、日本の天皇制の初期は「アフリカ的段階」の王権と宗教的権力の在り方とよく似ているように思うんです。ですから、天皇制の問題も同時に大概においては解けるというのが、僕の考えです。中国を中心とする冊封体制の辺境地区の国家は、その頂点に立つのが一種の生き神様のような宗教的王権であることは共通に抽出できると思います。

たとえばチベットならダライ＝ラマのように男の生き神様で、ネパールなら少女の生き神様で、もともとは里の人の占いのようなことをやっていた。そういう生き神様が制度化すると宗教的な王権になって、記紀では日本の天皇も伝説的な神武天皇から十代くらいまでは、主には男の生き神様の様相が現れている。琉球なんかのユタは明らかに女のそれで、王権の宗教的な権力を女性が、政治的権力を男性が握る構造になっています。日本の天皇制はどこかの時代に、そういう宗教的権力と政治的権力を両方同時に獲得した。それは明治憲法でかもしれないし、もっと古代かもしれません。また中国の冊封体制から日本が独立したのは聖徳太子の時代か、あるいは近代になってからか僕はよく分かりませんが、とにかくそういう制度を持ったいくつかの国の一つだと天皇制を考えることはできると思います。

そんなふうに僕は考えました。道具や生産手段で「段階」を区切ることに疑いを持ったんですが、ただうまく考えられないことが一つありました。たとえばマルクスは「アジア的専制」の特徴を、民衆ができない水利灌漑工事を王権が担当すると考えました。でも僕は「アジア的専制」をそこで説明したくなくて、土地や産物の「貢納」がその特徴じゃないかと思うんです。ですから、生産手段より経済制度でそれを区切るべきだと思うんですが、その考えはまだうまく説明できません。また、貢納制以前の贈与制に関しても決定的なことが言えないんです。

文明の外在史と内在史

赤坂 『アフリカ的段階について』の中で、吉本さんは文明の外在史と精神の内在史を分けていらっしゃいます。それはこれまでの吉本さんの論理の中にはなかったことだと思うんです。つまり、文明の外在史は道具や生産手段などが指標になって、歴史を段階的に辿ることができるという歴史観に繋がっていく。そこに精神の内在史を媒介させてゆくとき、歴史はこれまでとは異なった貌を見せるはずです。

たとえば吉本さんはイザベラ・バードの『日本奥地紀行』を取り上げています。ひじょうに優れた歴史を見る眼をもった女性で、アイヌの人々の未開的な生活を見ながら、そこにとても高貴な印象を持つ。吉本さんが「アフリカ的段階」に人類史のもっとも豊かな可能性が埋もれているんじゃないかと語るときには、そうした文明の外在史ではなく精神の内在史に関わって歴史を見ているると思うんです。進歩しているにも関わらず、精神的には貧しく堕落してしまう社会があるといった見方は、吉本さんの論理の在り方としてはとても新しいものじゃないでしょうか。

吉本　その通りで、僕は今までヘーゲル‐マルクス流の歴史観をいちばん信頼して仕事をしてきたつもりなんですが、それから見ると、またオレは「転向」したということになるかもしれません。エコロジーの思想を持つ人は、極端にいえば、原子力燃料なんか要らない、牛の糞でいいという主張になっていくんです。僕はそれに対して、原子力を利用できるのは科学的手段としては必要じゃないかとさんざん対立する論議を展開してきました。しかし、ある時からそういう対立というのはおかしいと思い始めた。一方は、伝統的な昔の世界や暮らしの方がよかったといい、こっちは文明や科学が発達して便利になって悪いはずがないと、その渦中で論争もやってきたんですが、いつからかその双方を両立する考え方が成り立つんじゃないかと意識的に考え始めたんです。

現在の一般的水準の視野からいえば、日本の歴史的事実は遺跡を掘り出したり文献を調べたりで、数万年前の縄文時代くらいまではだいたいは理解できるんですが、未来については四、五年先のことを予測するのがせいぜいです。その視野の水準を、過去においてさらに「未開・野蛮」の時代まで掘り下げることが可能ならば、それは同時に、未来についての視野も広く見ることを可能にすると考えたんです。そうすれば、エコロジーと文明主義の対立を無化することができると思いました。すると、過去を掘るから伝統的であるとか自然を守るということじゃなくて、過去をもっと先まで探ることは未来の展望をもっと先まで伸ばすことと同じ意味を持つことになるんじゃないか。であるなら、伝統主義・保守主義と文明主義・進歩主義という立場で対立する必要もなくなる。

するると、歴史観として、マルクスの考え方と何が違ってしまうかといえば、先ほど赤坂さんが柳田を持ち出していわれたように、現在を平面で切ると、それまでの歴史的な未開や古代や近代の要素が全部幾分か入っているんだということになると僕も思います。マルクスはそんなことは大きな問題とは思わなかった。現在の経済制度を見れば、資本主義以前もこれから先のことも予測できるという考え方だった。それがマルクス主義がレヴィ＝ストロースらから反発された所以ですね。それぞれの地域差はあれ、現在はいろいろな歴史が全部露出してるんだという見方は唯物史観からの逸脱だと思います。

経済的な生産手段からいっても、マルクスの『資本論』の基礎は、空気と水は使用価値は無限にあるけれど交換価値はないんだ、タダなんだという認識なんですが、それが危なくなった。日本でいえば、七〇年代には水も商品になっちゃって、空気だってひょっとすれば売り買いされるようになるかもしれない。そういう現象は時代的にもマルクスの視野の外にあったように思います。そういうふうに、いろいろな意味で自分は考えを変えたなと思っている。変えたことが妥当だとは滅多にはいわないとして（笑）、ある時期からそうなりましたね。

果たして人類に国家は必要か

赤坂　僕はまだ自覚的に民俗学者となって日が浅いのですが、たとえば山形の山村を歩いていて、その昔ながらの暮らしに触れた時に豊かだなと感じる瞬間が何度もあります。ただ、僕はそれをもってエコロジーとか自然回帰を標榜する人たちと同列だと思われたくない気持ちがあるわけです。伝統的な暮らしが持つ、あるトータルな豊かな表情といったものは確実にあると思います。でも、それをどう言葉に表わすことができるのか、いつも戸惑います。柳田は彼の独特な歴史観から日本文化について様々なことを語りましたが、その根っこの部分には野蛮とか古代というものが自身の内部にもあるという自覚があったと思います。たとえばヘーゲルやマルクスがそういうことを認めていたかどうか。

吉本さんもアフリカの伝承とか習俗の記録を取り上げて、これらは自分たちの生活の実感から遠くないところで了解することができると書かれています。これも同じことだと思います。鶴見和子さんの言葉ですが、「内なる原始人」を自分の中に抱えているかどうかが、歴史を見る時の大きな分かれ目になるんじゃないかということを感じます。

吉本　それはよく分かりますね。西洋の文明の波をかぶって日本人は「近代」を受け入れたんですが、柳田国男はそれらを全部含んだ上で、日本の固有史、特に常民史を丁寧に探究した人だと思います。僕らは欧米の近代を自分の消化できるところだけを都合よく受け入れたような気もしますが、彼はそれを律儀に厳密に咀嚼しながらも、自分の方法や問題意識の表面に出すことなく組み立てた。その意味では、日本近代の代表といえば、この人だよなと思うんですね。

同じ意味で、日本語という言葉の代表者は折口信夫だと思います。比較言語学は朝鮮やオセアニアなど別の言語と日本語の比較をしますが、あの人は古典の発生から日本語を遡り、日本語以前のような言語を考察したのは折口だけだと思います。僕は、折口の方法は初期のマルクスや「道徳の発生」を論じたニーチェと同じだと思うんです。そういうものを読んでいながら表面に出さないで日本語を考察した人ですね。その延長線で行けば、伝統的なものと今後の文明を共に考えるやり方としてはいちばん近道だったと思うんですが、もう僕は片足を棺桶に入れちゃっているから、遅かったなと思いますね。

僕も米沢には学生時代に二年程暮らしてましたが、本当は「東北」とは何かがよく分からなかった。赤坂さんにお聞きしたいんですが、例えば「蝦夷（エゾ）」とは歴史的には何を指すんですか。アイヌ人と端的にいえばいいのか、「蝦夷（エミシ）」といわれていた東北人なのか、それとも混血しているのか。三内丸山という地名がアイヌ語と日本語の混成だから、柳田さんは共存していたといいましたし、それはとっても面白い解釈だと思いますが、本当はよく分からないんです。

赤坂　「東北論」のいちばんむずかしい部分だと思います。僕の見取り図でいえば、縄文時代には津軽海峡は文化の非連続をあらわす境界ではなく、東北と北海道はほぼ同質の縄文文化圏に属していました。弥生の稲作文化の北上は津軽が限界で、津軽海峡を渡ることはなかった。北海道では稲作を受容せずに続縄文文化が展開されます。その時代に稲作を部分的に受け入れた東北は蝦夷（エミシ）の地とヤマト王権から呼ばれる。一方、北海道は続縄文から擦文、擦文からアイヌへと移行します。北海道には以後、大きな民族的交替は近代まで見られないといわれています。つまり、アイヌは縄文的な文化の伝統を受け継いだ、その後裔の人々だと考えられます。

それでは、東北の蝦夷とは誰か。彼らもまた縄文の系譜に連なる人々であることは否定できない。彼らを南から来た弥生系の人が一部は北海道へ放逐し、一部は山の中に追い上げ、残った人々は弥生人としだいに融合することによって日本人になった、東北人の大部分は南からの移住者だと柳田は理解しています。しかし、この問題は語る人によってイメージが異なります。僕自身はむしろ、現代の東北人のかなりの部分は縄文人、また蝦夷の末裔だと想像しています。いずれにせよ、そうした東北の歴史や民俗を掘り下げることで、必ず縄文と弥生との接点が見えてくるし、北海道のアイヌの人たちとの繋がりも明らかになると考えています。

いま吉本さんがいわれたように、柳田は明治大正期にアイヌ語地名について語った時には、日本人とアイヌ人の雑居共存を想定していた。ところが、昭和に入るとそれを否定して、日本文化にはアイヌ文化との連続性はないんだと大きく転換してゆく。それ以降はアイヌ語地名についてはほとんど語らなくなります。ですから、僕は逆にそこに光を当てながら「東北学」を考えたいんです。

　話を少し変えますと、古代東北の蝦夷と呼ばれた人たちはヤマトの王権と何世紀にもわたって戦いを続けますが、ついに部族連合に留まり国家を作ることはなかった。アイヌも国家を作らなかった。また沖縄も国家への動きが始まるのは十二世紀以降と遅れます。吉本さんは以前「南島論」を雑誌に連載されていましたが、そこで南島神話には天地開闢や創世の物語がなく、それを持つ必然もなかったのではないか、村落共同体が部族国家になるためにはある跳躍があり、南島神話にそのような跳躍を思わせる創世の物語がないのは、南島にそれを内側から必要とする条件がなかったからではないか、と書かれています。日本列島の全体を眺めますと、東北にもアイヌにも沖縄にも国家を作る国生みへの内在的な動きは見られず、列島の中で唯一国家を欲望したのは大陸から稲作文化を持ち込んだ西日本の弥生人たちだけであったことが見えてきます。そこから古代東北やアイヌや沖縄についての新しい見方が出てくる可能性があると感じています。

　人類史にとって果たして国家は必然なのか、と問いを立て直してもいいと思います。アフリカでは、近代的な意味での国家を今でも部族社会の人たちは作れないし作ろうともしない。僕らは国家をあたかも必然のように考えてしまいますが、本当にそうだろうか？　吉本さんはどう思われますか。

吉本　僕は、中国の冊封体制の地域国家としては、日本国と琉球国は同等だったという認識をもっているんですが、それは外在的なもので、多分中国から国家の作り方を勉強したからだと思うんです。僕なんかはマルクスの国家についての考え方がいちばん染みついていて、彼は、部族までは、よその部族から争いを仕掛けられた時に自分たちの村落共同体の利益を守るために協同して自警したり争ったり、あるいは長老会議を開いて話し合ったりするレベルだといっています。それと違って、全体の合意がなく共同体の首脳だけで編成できるし自由に動かせる武力や専門の軍隊組織を持ってしまえば、それは国家だと定義します。

すると、アイヌの人たちはそれを作れなかったし、作る必要もなかったわけでしょう。多分赤坂さんがいわれるように東北の人もそうだったと思います。というのも、一度遠野に行った時に、村はずれにすごく大きな農家があって見学したのを覚えています。その家を見た時、これは関西なんかではお城になっているはずだと思った。お城にしないで大きな農家にとどまっているのは、多分国家を作る意志も必要もなかったからじゃないかと感じましたね。アイヌも古代の東北も部族で武装集団を作って中央の追い上げに抵抗したんでしょうけど、専門的な軍隊にはかなわなかった。琉球も同様なところがあったでしょうが、あそこは中国の影響を直接受けやすかったから、真似事で王朝を作ってしまったんだろうなと思います。

僕自身の体験でいえば、国家に対して実感的に疑いを持ったのは太平洋戦争の敗戦時なんです。軍人はともかく、どう考えても、時の政権担当者たちは政治や行政の舞台からいなくなっちゃった。誰も指示してくれないし、食糧配給もない、にも関わらず生活は続きますから、芋や物資を買い出しに行って食い繋いだ。いざとなったらこんなもんかという国家空白の時間が、別の人たちが出てきて平和な国家を作ろうと言い始めるまで少なくとも数カ月はあったんです。その体験が、国民の土地も体もすっぽり包むような東洋的な国家のあり方は怪しいぜ、戦争中は信用していた強固で天皇への忠誠心に溢れた国家ってのはこんなもんかよと感じさせました。そこで西洋的な、国家とはせいぜい政府機関を意味するという考え方を受け入れやすかったんでしょうね。

国家なんて怪しいぜと、そこで実感したわけです。ただ、その中で唯一、僕もなくなったらちょっと困るなと感じたのが天皇制でした。これは和辻哲郎たち年配のリベラリストも、天皇制がいま壊されるのは困るから護持すると主張しました。この天皇制が何かということがその後はすごく疑問で、王権打倒を掲げた三二年テーゼなんかは当時なかなかいいとも思いました。たとえば王権が水利灌漑工事を請け負うというのが「アジア的専制」の特徴でしょうが、日本の天皇は、『古事記』では依佐見（依網）の池を掘ったなんて記述があるだけです。これだと思った。日本の天皇制は池や井戸を掘るくらいのことはした（笑）。そしてだんだんと考え詰めてきて、結局あれは生き神様だよ、天皇を打倒して覇権を握った中世の武家政権も天皇制を維持してきたのは、生き神様だからだと考えを修正してきたんです。

今でも石原慎太郎さんなんかは、日本国はだらしないから主権をちゃんとしろと民族主義的な主張をするでしょう。僕らもだらしないまでは同意して、アメリカの言うことを聞きすぎるなんて感じも持ちますが、敗戦の時の実感から国家を本来的なものとして当てにしすぎることはおかしいんじゃないかとも思います。日本みたいに経済が発達した国は、欧州共同体のように国家の枠組みもだんだん要らなくなるんじゃないかとも感じますね。

しかし、にも関わらず、近代の国民国家や民族国家の強固さはたいへんなもんだとも思います。近代国家が大昔の共同体に比べてどうしてこんなに特別に強固なんでしょうか。これでいいのかとも思いますが、絶対的とは少しも思わないですね。それに較べ、アイヌの人たちは典型的に平和でぎすぎすしないで歴史を営んできて、本来ならばそれでやっていけたはずなのに、と僕は彼らの歴史が模範的であるように感じます。

「南島論」の次なる展開

——吉本さんは以前「文藝」で「南島論」を連載していましたが、途中で中断しています。南島を探ることで同時に日本の歴史や日本人のルーツを掘り返す意図がそこにあったと思いますが……。

吉本　琉球・沖縄の人はいつ頃から日本列島の南部に住んでいたのかは、実は僕はよく分からないんです。琉球語は日本の本土の言葉との齟齬を辿れば六、七千年で同化するんだと服部四郎さんがいっていて、それは何となく実感できますね。ただそれ以外の日本語の類縁関係は学説も種々さまざまです。江実さんという学者はパプア・ニューギニア語と比較している。敗戦後に安田徳太郎という民間言語学者はインド北部のレプチャガ族の言葉と似ているといい、最近では大野晋さんはスリランカのタミール語と似ているという説を出しています。専門家の説がこれだけ多様であるのは、全部似てないんじゃねえかと最初は思っていましたが、今は時期を区切れば全部当てはまると考えてもいいいと思います。でも、日本語が明らかに対応できるのは琉球語だけでしょう。

日本人がどう移動してきたかを考えれば、いくつかのルートが考えられる。マレー半島やインドネシアやニューギニアから舟に乗って流れてきた人の経路、インドから沿海を辿って移動してきた人々、もう一つ古アジア人と呼ばれている今のロシア領から川の鮭なんかを追いながら日本に渡ってきた人もいる。いろいろな言語類似説があることからも、おしなべて北から南まで古い時代からいろいろな移動民たちが分布していたと思います。もちろん新しい時代には大陸から渡ってきた人が大部分だと思います。

以前、埴谷雄高さんと大岡昇平さんが対談の本を出して、その中で埴谷さんが面白いことをいっていました。本当はそんなことというなんてあまり想像もできない人なんですが、太平洋戦争は日本人の帰郷運動じゃないか、東南アジアや中国に侵略したのは日本人の望郷の念からじゃなかったか、と言うんです。面白いなーと思ってイメージでは納得できる感じを持ちましたね。

南島を考える上でもう一つ補えば、折口信夫は、例えば三内丸山のようにアイヌと日本の地名が一体化し人々が共存したのは宗教が似ていたからだと考えています。同様に、南島と本土は宗教的に似ていたことがあると思います。そのあたりまでは分かっているんですが、他のことはもっと探究しなければなりませんね。

赤坂　「南島論」には二つのモチーフがあったと思います。一つは『母型論』や『アフリカ的段階について』に繋がっていくような、南島の文化や習俗を掘ることで人類の普遍的な岩盤のようなものを探り当てること。もう一つは、今お話された日本人や日本文化のルーツを探ることだと思います。もし「南島論」に次の展開があるとしたら、それはどんなもので、どちらに向かうんでしょうか。

吉本　初期の日本の王権に見え隠れするのは母権的なあり方で、皇后がご託宣のような宗教的な力を発揮して、それに伴って男の天皇が政治を司り勢力を敷衍していた。婚姻も婿入り婚の形式で、皇后が代わるごとに政治を行なう宮殿を一代ごとに変えてしまう。しかし『古事記』が書かれた八世紀頃には現実的な政治が優位になってしまって、皇后は宗教的な役割もなくなり、伊勢神宮あたりに移されてしまう。これが考えられる一つのパターンです。もう一つは『古事記』の神武天皇と長兄の五瀬尊《いつせのみこと》の支配構造の記述の通り、政治的権力も宗教的権力も男の兄弟が司っていたのかもしれない。どちらとも思えるんですが、それは大きな要因で、そのことが確かめられないと確かなことがいえないんですね。

諏訪地方に残っている民間文書と、瀬戸内海の大三島の海賊のそれには、兄が宗教的な行事を司り、弟が一帯を支配するという構造が描かれている。僕の考えでは、中部地方から東北にかけては男の兄弟で宗教・政治を司っていた、男と女で宗教と政治を分担したのが西の地方や沖縄に類するんじゃないかと思っています。そこがはっきりすれば南島の問題を解く鍵になるんですが、今のところはまだはっきりしていない。そこを明確にさせる傍証が必要じゃないかと思っています。

折口信夫は南が日本のルーツだったんだと盛んにいいますね。村山七郎さんという言語学者はアイヌが本拠地だったという。梅原猛さんも宗教的にも言語的にもアイヌ語と日本語は同根だといいます。でもどちらからどちらに影響があったのかは分かりませんね。僕は日本語の方言と異民族語は地続きではないかと思います。以前米沢に住んでいた時、近郊のお百姓さんが話す方言がまるで僕には理解できなかったんですね。こちらの言葉は通じるのに、むこうの言葉は一言一句分からなかった。その時、一概に日本語といってもたいへんなもんだぞと感じました。

そのへんは、遺伝子学の人は遺伝子が同じだから同じ民族だと、簡単に結論付けてしまいます。でも、いくら同じでも、いろいろな経路で移動してきたわけですから、そんな簡単じゃないよと思いますね。

新しい贈与制

赤坂　確かに、形質人類学などは遺伝子レベルで、もともと北方系の人々が日本列島に入ってきて暮らしていたところに、南方系の人々が入り、先住民は北と南の果ての地域に移動したと仮説を立てますね。それはある部分では説得力があると思いますが、しかし現実のアイヌ語や琉球語や日本語の関係や宗教のあり様を考えれば、そう簡単にいえない問題がたくさん出てきます。
いま吉本さんのお話に諏訪の大祝（オオハフリ）のことが出てきましたが、あの即位儀礼はひじょうに独特ですね。『アフリカ的段階について』でもそのことに言及されていましたが、僕はあの儀礼は狩猟文化の匂いを多く含んだ北に繋がる縄文的なものではないかと考えています。たとえば記紀神話の中では、日本の国土のイメージを「葦原の中つ国」と表現しますが、それは稲作農耕民の眼差しそのものだと思います。現実的には、あの時代は日本列島の景観は九割以上が森林であったはずです。ところが、それが「葦原」としか表現されていません。つまりそこに、平地の稲作農耕民的な世界観と、それ以前の山や森を背景にした狩猟採集的な文化との対立が見えにくい形で隠されているように思えるんです。
それは被差別部落の問題にも関わっていると想像しています。被差別部落はアイヌにも沖縄にも東北の中世にもありません。東北の被差別部落は近世の初めに西から移植されたものです。いわば、差別の背景にある穢れのタブーは稲作農耕民に独特なものであって、それとは異なった縄文以来の狩猟文化の伝統は被差別部落を必要とはしなかった。だからこそ、東北や北海道や沖縄は内側から被差別部落を産まなかったのではないかと考えています。従来の日本文化論は稲作中心の世界観を無意識に自明の前提としていますが、日本列島の社会や文化はそれだけでは了解しがたい。東北は時間的には縄文と弥生が重なり、空間的には北と南が重なるボカシの地帯であり、それゆえに、その両方に開かれてゆく豊かな可能性があるのではないかと思っています。

吉本　なるほど、面白いですね。

赤坂　折口信夫が大正十年に初めて沖縄に行った時の採訪ノートに、ほんの数行なんですが、沖縄では獣を殺して皮を剝ぐ人も死者の埋葬をする人も差別されていないと書いています。大阪人であった折口はそういうことに敏感だったはずです。その問題も含めて、先ほどの国家を生まなかった社会とは同時に被差別部落を生まなかった社会でもあることに、関心をそそられています。

吉本　逆に、大陸にストレートに繫がりながら国家を生み、被差別部落を生んだ西日本はある意味では、日本列島の中で特殊な社会だったのではないか。そういう列島社会の歴史や文化を見る新しい物差しが求められている気がします。

吉本　そうですね。面白いですね。生産手段で歴史を区切るのでなく、経済制度でそこを考えるといいました。じゃあどう考えるかをいいますと、贈与制と貢納制と貨幣経済的な資本制を考えて、その詳細をより深められればいいんだと思っています。

贈与制にもいろいろな位相があって、僕が考えるもっとも古い贈与制は「循環贈与」とでも呼ぶものです。それは、たとえばある部落がその中でもっとも大切にする物、たとえば天皇制でいえば三種の神器のようなものを、連合する別の部落に譲ってしまうことです。その経緯には最終的には儀式のようになる問答があって、それがまた別の部落に代る代る譲与されるものが「循環贈与」です。記紀には、北陸地方に継体《けいたい》天皇という人がいて、皇位継承がなぜか万世一系ではないこの人に行ってしまう。そういう贈与制です。

僕は、やがては贈与の新しい形が出来るんじゃないかと思っているんです。差別が起こったり、経済的な格差があったりを民衆がどうしたら解消できるのかは、マルクス主義では世界同時に革命を起こせばいいんだといいます。でもそんなことできやしないとしたら、僕は新しい贈与制しかないんじゃないかと思うんです。それはたとえば、この地域は食糧を担当して、ここではハイテクを担当して、そういう特権的なものだけでは暮らしが成り立ちませんから、それを平等に均等にするためには、相互にその特権的なものを贈与するという形が採れれば新しい贈与制になるわけです。つまり格差を贈与で均等化することを考えるほかないようにイメージするんです。贈与の最初と最後をそうイメージすると、その中間にまたいくつかの贈与の段階をいえるような気がします。

次は貢納制で、生産物を王に無料で提供する代わりに、王は灌漑工事や裁判を行なうというアジア的なものにもいくつかの段階が考えられます。そして、西洋を代表とする等価交換の貨幣経済を原理とする資本制がありま す。しかしこれにも不都合があるとすれば、新しい形の贈与制を考える余地はあると思っているんです。

宗教を絡めれば、たとえば資本主義はキリスト教のプロテスタントの倫理には対応性がある。だから福祉をしたり、貧しい人に無償でお金や衣食住を提供したりするモラルを形成してきた。おおよそはそれでいいのかもしれませんが、日本のように生き神様的なものが残っているとすれば、プロテスタントとは違った倫理が通用している。そのあたりはちゃんと考慮しなければ駄目で、イスラムなんかでも宗教的には違う原理が働いてますね。それを考慮しないと、アメリカとイラクのようにお互いが通用しない理屈や倫理で戦いあう結果を引き起こしてしまいます。これは単に先進国と後進国という問題じゃないわけです。ユーゴの民族紛争など、現在の紛争の問題は結局は、宗教や倫理と経済制度との矛盾、つまり特殊性と普遍性の行き違いが主である気がします。

すると、資本主義がいうような、交換可能であれば経済が成り立つんだという単一な言い方だけでは駄目だと思われます。もし新しい贈与制をそこで考えられれば、たとえば海外援助資金を出せばそれに見合う見返りをもらわねばいけないという考え方も怪しくなる。そういうふうに、贈与制の形をきめ細かく検討することと、各社会の貢納的な習俗や資本主義的な市場原理などをもっと詳細に区分けしながら検討することが、僕の関心の中心にあるんです。でも自分なりにそれを検討することしかできないわけだから、いろいろな人が自分の問題意識から徹底的にそれを考えてくれればいいなと思います。

赤坂　お話を伺いながら、宮沢賢治の「狼森《おいのもり》と笊森《ざるもり》、盗森《ぬすともり》」を思い出していました。あの作品には人と自然との贈与の関係がみごとに描かれていました。人間は山や森からその幸をもらう、そして人間は粟餅をもってそれに返礼する。贈与のもっとも原型的な形は人と自然との関係じゃないでしょうか。新しい時代の贈与のシステムが求められているのかもしれません。

付

吉本「アジア的ということ」で提起された諸問題

山本哲士

〈民俗〉と〈日本〉の不一致／対立を表出しうる視座として、吉本隆明は「アジア的ということ」を描いたと位置づけられる。「アジア的ということ」の問題設定は、実態基盤を探ったというより、天皇制／アジア的専制の国家を無化しうる存在様式を理念的に探ったところにあると考えたほうがよい。それが、しかも、日本にかぎられない世界性の普遍的本質を抽出したところに、実態をこえる思想史上の大きな意味がある。

「アジア的ということ」という論稿は、次のように書かれかつ公表された。

1　『試行』54号　1980.5.30
2　『試行』55号　1980.11.10
3　『試行』56号　1981.4.20
4　『試行』57号　1981.10.30
5　『試行』58号　1982.3.30（1981.7.4の講演録）

6　『試行』60号　1983.2.25
7　『試行』61号　1983.9.30

そして、吉本自身によってまとめられることはなく、『document 吉本隆明1　特集＝アジア的ということ』『DOCUMENT 1　特集＝続・アジア的ということ』（いずれも弓立社）として、全二冊で刊行されたにとどまる。問題提起はされたが、答えを出すまでにいたっていないにもかかわらず、いいたいことはいいきったとみなしてよいし、よく編集された先のドキュメントに併録された講演や小論にはニュアンスが十分によみとれる。

この連載は、三つのトーンからなる。

第一は、マルクスによって開示されたアジア的ということの位置づけ（1）。

第二は、アジア的ということのうえに立脚したロシア社会主義／レーニン社会主義論の掣制についての批判的考察（1の後半、2、3、4）。

第三は、アジア的ということが日本にとって何を意味するのか、日本をめぐる考察への踏み込み（5、そして6、7）。

『document 吉本隆明』の最初におさめられた新稿で、簡潔に吉本は、アジア的ということを明瞭に位置づけている。

わたしたちは「プレ・アジア的ということ」「アフリカ的段階」を含めて、吉本思想のなかだけでなく、世界思想として、この問題構成はきわめて重要であるとみなす立場にたちたい。その根拠は、次の通りである。

1　〈日本〉から世界の普遍が示された。
2　それは同時に、〈世界〉から〈日本〉が照射された。
3　ロシア社会主義のみならず、社会主義国／社会主義の根源的な限界が示された。
4　天皇制／古代国家をこえる前古代的なものの意味が開示された。
5　共同幻想と国家とのへだたりにおける国家の限界が本質的に示された。
6　民俗の存在が、国家／天皇制／ナショナリズムといった共同性とは別の次元にあることが示された。

つまり、語りえたことをこえて、ある本質的な思想・思考の力が、これほど世界レベルの線上で示されたものはない。ヘーゲルが〈自然〉と〈自由〉を対立させたヨーロッパ的な世界思想にたいして、アジア的な世界思想の可能性の地平が明示されたのだ。それは、アジア的な停滞という負の意味をも示すことによって。

いずれ他にも、多々開示された地平がこれから論じられようが、いうまでもなくアカデミズムは、吉本の視点をうけいれることはあるまい。わたしたちは、学会という学者の利益集団の社交性にゆだねることなく、自らでもって、吉本思想を自らへ領有し同時に世界にむけて語っていけばよい。〈日本〉を考えるうえで、吉本思想は決定的な基軸であって、凡庸なアカデミズムの研究がエンピリカルにいかに精緻になされようと近づきえない、本質的な地平を切りひらいてしまっている。

近代では西欧が世界の普遍モデルであった。それが高度資本主義の段階になり、もはやモデルではなくなった。そのとき、ひとつは高度資本主義はこの先どうなるのかという問題、もうひとつは、アジア的なものが普遍的な意味をもつのはいかにしてかという問題、それが共時的に生起している。〈現在性〉は、かつて過ぎ去ってしまったことのなかに、とくにアジア的ということ、さらにさかのぼってアフリカ的ということに、次の可能性をいだいて示されているという吉本の視座は、政治思想上、前例のない力と深さをもって、わたしたちに語りかけて説得力がある。

1 アジア的共同体の普遍性と歴史性
――アジア的専制とロシア社会主義

世界思想としてアジア的なるものは三つの点から考えられると吉本はいう。

1 アジア的な〈共同体〉
2 アジア的な〈生産様式〉
3 アジア的な専制〈政治形態〉

である。第二の点を、吉本はあまり語らないのも、マルクス主義的な思想によって占拠された域であるからだが、第一の共同体「内」の性格を明らかにすることと、第三の共同体の「外」関係を明らかにすることの相互性から、アジア的な共同体とアジア的専制との構制をよみといていく。それはマルクスによる東インド会社をめぐる述論と、ロシア農業をめぐる述論の二つに「驚愕」をもって見いだされたと、吉本はいう。そして、レーニンが、ロシア社会主義の実行にあたって、いかに誤謬にみちた方針をたててしまったかが、やはりアジア的なものに直面した困難さの問題から示された。

a　アジア的ということの問題設定

アジア的な段階は、原始的なものと古代的なものとの中間にあると位置づけられている。西欧はそれを速やかに通過し、日本はいまアジア的なものから脱出しつつあり、第三世界はアジア的なものに到ろうとしているという〈現在〉の時間的な位置が設定されている。時間的に、日本はとうの昔に古代をこえたのに、原始的なものと古代的なものの中間を脱出しつつあるというのは、いささか奇妙な設定であるようにみえるが、〈時空の変容〉という概念をもってこないと了解しえない。過去におきたことと現在おきていることとの、時間の相互変容による空間の相互変容が考えられている。本質論的な視座の基軸といえる思考技術がそこにある。

「過去をもっと先まで探ることとは、未来の展望をもっと先まで伸ばすことと同じ意味を持つことになる」（本書334頁）と語っているように、空間的には、超西欧的な地平とアジア的な地平とが〈いま〉共時的に切り開かれつつあるという問題設定がとられているのだ。

「かつてはせいぜい〈アジア的〉という意味を〈ヨーロッパ的〉ということと対立的に考えればよかったのです。――（中略）でも、現在、――（中略）世界史的な意味で〈アジア的なもの〉を把握することが、おおきな、またはじめて世界水平線上に現われてきた問題です」（本書92～93頁）

というのは、かなり切実な示唆であるとうけとめてよいだろう。

かかる時空からの世界史的／世界思想的な問題設定が、「西欧の近代文化が世界文化の普遍性だから、無邪気に模倣することに進歩の方法を考えていくだけで、あるいはそれを受け入れるものを進歩の方向で考えることだけで」やってきた日本が、「どのようにしたら、いいほうに働くのか。どうしたらよくないように働くのか。どうしたら自然に亡びてしまうものなのか。それがわれわれに課せられている〈アジア的〉ということの問題」（本書208頁）であることに直面している。

「段階」という考えを吉本はとる。「道具の変化で文明や人間の暮らし方の変化をいうのは、どうも納得できない」「内面の精神史を顧慮すれば、アフリカは文明人よりもかえって豊かなんじゃないか」（330頁）「精神史から考えると西洋近代は本当は進歩したのか退歩したのか、停滞したのか分からない」こういう精神史を歴史観の中に含めて、ヘーゲルらの道具史観にかわるものにしたい、と。「日本でいえば、アイヌ民族や多分琉球も「アフリカ的段階」にある。そして、それが人間の精神史の母胎なんだ。人間の精神史も文明の発展もそこにあらゆる可能性があった」（331頁）と考えたいというのだ。

そして、道具や生産手段で「段階」を区切るのでなく、また「アジア的専制」を水利灌漑工事を王権が担当するという観点から説明するのではなく、土地や産物の「貢納」という経済制度で区切るべきだとする。

アジア的段階とは、このように心的な世界史の位置づけをもちながら、実際には貢納制の性格から客観化され、前古代的なものとして古代以前の本質性を表象するとされた。

それが、過去の見直しの問題にとどまることなく、現在から未来の本質的な課題として高度資本主義に突入した〈日本〉が、世界線上でつきあたっている課題だというのだ。

ふりかえってみると、電気製品、自動車、そしてエレクトロニクスと、日本の科学技術上の量産が世界でも高度な技術地平をひらき、一見すると経済大国になったかのようでありながら、ビジネス上ではアジア的な共同体感覚を企業社会へひきずったまま、ビジネスができない（生活費を制度依存してかせぐだけ）、マネー運用、つまり資本運営ができない日本の現状が、脱出できるのかそれとも停滞するのか、停滞のなかで別の方途を見いだすのか、アジア的な課題に先進産業主義国としてまさに〈いま〉直面している。また、技術進歩も、アジア的な先端技術として発展させたゆえ、不思議な魔力をもった、魂をもった製品として他国とくに低開発諸国へアジア的心性によってうけいれられたのではないかと、最近世界各地を歩いて、わたし自身、感じさせられることが多い。

たんなるモノをつくったアメリカ合衆国の冷たい製品にたいして、またヨーロッパが文化を基盤としつつも外的な表象・デザインへむかったのに比し、日本の高度技術製品としての「モノ」は内的な魂を非分離にうめこんでいるようである。表層の機能としては同じでも、まったく異質の「モノ」（もののけ）がつくられているように思われる。これもモノ＝道具史としてでなく、精神史／心性史上の技術の視座から考えていくことだ。

b　アジア的共同体とアジア的専制（政治制度）

吉本は、アジア的な〈共同体〉という内をみることと、アジア的な〈政治制度〉という外をみることとは、区別せねばならないとする。

アジア的な共同体の特徴は、中からみた場合「農村の共同体」で、土地が共同体所有であり、住んでいる周りに私有があるのみであるが、それも、本来的にいうと共同体が持っている土地であるという観念がある。

そして「外」制度として、支配共同体が上位におかれ、貢納関係をとるが、「内」制度には手をつけない特徴をもつとみなす。

アジア的な〈内〉共同体は、古い「迷信と伝習と蒙昧な儀式と従順さ」をもっていると同時に、「貧困であっても平和で安楽で融和的な親和関係」をもっている。そんな共同体が、いままでいかなる支配集団が来ようが飢きんが来ようが存続していたのに、東インド会社が入ってきて、まったく破壊されてしまった。マルクスは、アジア的な普遍的特質の、要素的な消失と残存が、それらの精神的な遺構の存続と消滅が、いったい何を意味し、どうみなしたらよいのかを問題にした。

たんなる奴隷的共同体でも永続的共同体でもなく、イギリス資本主義によって、物質上は完全に破壊されたが、精神上は残存し続ける「アジア的なもの」を読み取ったマルクスをうけ、吉本は、日本の〈内〉共同体の貢納関係をひもとき、琉球的／南島的なものと畿内的なものの差を示し、畿内から遠く（東北）へいったからといって、独立／国有化しない、アジア的なあり方をみつけだしていく。

アジア的なものをみていくうえで、いくつかの重要なポイントがマルクスから読み取れると吉本はいう。

第一に、社会的——わたしたちは「場所的」といいかえたい——な勢力と国家の政治的な勢力とは原則的に異質なものであり、異質の根拠をもって挙動する。

第二に、アジア的または古代的な文明と文化は、自己完結的なものであり、人類の考えうることの全域にわたってすでに完結した解答を与えてしまっていた。

そして第三に、アジア的共同体にたいして決定的な近代の悲惨がもたらされると同時に、近代化は不可避であるということ。

そして、アジア的な共同体の特長は、

第一に、共同体的な政策にたいしては私的な利害を徹底的に我慢してしまう心性、

第二に、貧困であっても平和で安楽で融和的な親和関係があり、迷信と伝習と蒙昧な儀式と従順さをもっている。

そして第三に、国家を異常なほど全体化するアジア的な専制の政治形態を上にいただき、

第四に、このアジア的な専制は、したがえる共同体に手をくださないで、そのうえにのる、といったことだ。

わたしたちは、アジア的な専制を「アジア的な政治プラクシス」として、また「アジア的ということ」を《アジア的な民俗プラチック／エスニック・プラチック》として、概念的に識別して使用していこうと考える。

c　ロシア社会主義とレーニンの誤謬

ロシア革命においてレーニンが直面した本質は、革命によって遂行される「進歩」と、旧来から綿々とつづいているアジア的なものへの存廃をめぐる課題であったが、レーニンがいかに決定的につまずいたかを、吉本は明示する。

第一に、党派的な行動として、

第二に、プロレタリア独裁を、前衛集団の独裁へと偽装したことにおいて、

第三に、進歩の名においてアジア的なものを無視したことにおいて、

第四に、農業問題のアジア的な性格を誤謬したことにおいて、

そして、かかる誤りは第五に、レーニンの唯物論なる哲学から必然的に訪れているということにおいて、徹底して批判された。

つまり、吉本はレーニンにアジア的な専制の負的な性格がこびりついているのを読みとりつつ、普遍的な可能性をもつアジア的な共同体（プラチック）を見ようとしないその限界を示す。

(1)「プロレタリアート独裁」の専制化

なぜ、ロシア革命は、国家の死滅、プロレタリアートの死滅、階級の死滅というマルクスの理念／史観とちがって、「国家の膨脹と強大化、民族排外主義への転化の方向にむかったのか？」「プロレタリアート独裁」の理念をもったプロレタリアートの前衛集団に国家権力を掌握された近代民族国家が成立しただけであったのは、どうしてなのか？　と吉本は問う。

①「プロレタリアート独裁」は、〈プロレタリアート前衛党による国家権力の近代民族国家的な掌握〉へとおきかえられた。
②「生産手段の社会化」は〈プロレタリアートの前衛党による生産手段の強制的国家所有化〉へとおきかえられた。
③これは、ロシアのような〈アジア的〉な社会でおきた、前衛集団の内閉、密教化、プロレタリアートへの専制の転化、であった。

つまり、レーニン（ら）は、

「本質的な意味で、〈アジア的〉な社会と〈アジア専制的〉な国家においてコンミューン型の国家は可能か、可能だとすればどのようにして可能か？　この本質的課題のまえに立ったのである」（本書38頁）

が、「レーニンは知らず知らずのうちにコンミューン型の国家の画像を、ロシアの〈アジア的〉な専制国家の伝統的な画像に重ねあわせ、〝武装した労働者である国家〟を専制君主とする〝息のつまるほど有難い〟〝統制〟国家に仕立てあげてしまっ」たのだ。それによって、

●プロレタリア前衛集団、その掌握した国家権力は少数の〈アジア的専制〉集団の距離へおしあげられ、
●プロレタリアートと農民階級とは、〈アジア的共同体〉の所有形態の復元のもとで、国家権力から遠隔に押しあげられた、

という「統制を自己目的化した」レーニンの言説に導かれてしまった。マルクスが〈アジア的〉

に受容された負的なひとつの典型がそこにみられる。

「社会主義の理念にまつわる原則的理想を固執する」レーニンは魅力的であるが、「いかにも凄味のある現実主義者のように振舞う」レーニンは劣っていると、吉本はレーニンの矛盾性をうまくついている。

(2)《進歩》の信仰

レーニンら社会民主主義者たちと、第二インターの指導者であるヨーロッパの社会民主主義者たちのまえに、共通にたちあらわれた根底的な課題は、「労働者たちの〈階級〉という世界統一性は、資本主義的な民族国家のあいだの市場の世界性に基いた世界統一性（それは主としてまず経済的にと感性的な形とでおとずれる）を超えうるかという課題」（本書53頁）であった。

ヨーロッパの社会民主主義者たちは、民族国家の擁護に転じた。しかし、レーニンらロシアの社会民主主義者は、階級という概念の世界統一性を固守した。その理由はいったいなにか、そして「原則を強固に持続する要素は、原則に反するものを強固に排除する要素でもある」ことが、レーニンそれ自体へむけられる。〈戦争〉と〈平和〉をめぐる理念でそれははっきりする、と吉本は指摘する。レーニン的な自己欺瞞の根拠が、そこにみいだされる、と二つの決定的な欠陥が明示される。

①レーニンらの見解は、政治指導者の地平で被覆されているだけで、担い手である兵士、大衆の地平にたった視点がまったく切り捨てられ、「兵士、大衆とその指導者と」を無意識に同

一視し、社会主義の理念的原則と現実の社会主義国家の実態とを故意に同一視して、戦争を合理化している。

②レーニンらの見解において、戦争が是認されるか否かを、歴史上に進歩的であったかどうか、人類の発展に寄与したかどうかで決定づける倫理基準があり、しかも、封建時代から資本主義へ、そして社会主義へと発展していく「必然性」「進歩性」「正当性」が、単線的にくみたてられ、後者へいくほど善であるとされ、社会主義の名乗りを早くあげたほうが、歴史の進歩に寄与し、それに近づける、となっている。

「歴史はひとつの発展図式についての理念となり、この理念に合うものは〈善〉や〈正義〉を掌中にしている」という、「図式に沿って理念が未来を占有できるという史観」が、マルクスをひどく通俗化し単純化してなされている。

「レーニン（ら）のロシア革命は、マルクスのいわゆる〈アジア的〉という概念の謎を紛失して、現実を〈進歩〉や〈発展〉の理念の反映のように単純化してしまった」（本書62頁）。そこからは、現代史上の社会主義の停滞や錯誤や混乱が、つくりだされただけである。

(3) 農業問題の誤認

レーニンは、「農業共同体の枠組が徐々に消滅し、農業の資本主義的な私有の巨大化が増してゆき、農業賃労働者の雇用数が増大するという、それ自体では副次的でもあり、また社会の発展の自然過程にすぎないものに、格別の意味を見出そうとした」（本書78頁）ため、共同体の意味論を欠如し、それは、古代論の欠如につながり、「起源論と発生論なくして社会が現存するとみなす欠如と同義」の誤り、つまりアジア的な共同体／アジア的な段階を見失っている。

農業における資本主義化の進展度をみてもなんの意味もない。しかも、かかる資本主義諸制度が必然的にもたらす結果を、農業の資本主義的な経営のもたらす結果であると見違えてはならない。大事なのは、「農業共同体の共同体的な挙動が、社会経済的階級や階層による分割に、どういう変化、どういう規制、どういう意味を附加するかという問題意識」である。これを見失っていると、社会経済的な階級分割としての〈支配－被支配〉関係と、共同体的な枠組みにおける〈支配－被支配〉関係が、一致もしなければ併行もしないという農業共同体の場所的な特質をまったくとらえられないのだ、と。

吉本が、マルクスのロシア農業論をもってきながら、レーニン農業論を徹底して批判するところには、資本主義として進んでいってしまうものと、「農業が存続するかぎりは、この共同体規制力はいつも絶えず初源的な共同体の特質に収斂しようとする作用力」はやまないということとの同時性を、単線的な進歩史観で見失ってはならないという主張がある。

「マルクスはアジア的な共同体規制の強固な農民たちが、じぶんたちを主体にして（いいかえれば農本主義的に）、政治的な革命を企図するとすれば、かならずディスポット（専制君主）をじぶんたちの味方のようにかんがえて頂点に戴き、ディスポットの周辺で政策を壟断する貴族支配層たちを排除して、直接的で平等な農業共同体を基盤とした専制ユートピアを目指そうとするだろうことを指摘している。わたしたちはこのマルクスの洞察に驚嘆する」（本書73頁）というのも、日本の農本主義者はまさに、これを構想したからだ。

レーニンやスターリンたちは、それを「見ないふり」して、やりすごした。つまり、ボルシェヴィキ共産党が、専制的に居座ったのだ。

「農村、農業、地代」という界は、「人間の生命代謝の様式と手段という本質に、絶えず還元されるべき指標」の意味をもっており、「都市、工業、資本主義的利潤」という界は、「生産様式と生産手段の現在的な水準と様式を語る指標」である。これが、資本主義をまってはじめて対立概念になってきた。それから、「古来の」「長い年月」によって神聖化されたアジア的な農業体が破壊されつつあることの意味を問うべきなのに、レーニンはそれを無視した。

d　進歩史観とアジア的なもの

政治認識ないし革命論において、レーニンに、アジア的ということを見落とす欠陥があったことを、吉本はレーニンの哲学そのものにある欠陥とみなし論証している。吉本が、アカデミックな学者・研究者にくらべぬきんでてすぐれてしまうのは、単に社会科学的な現象を思想的に表出しぬくというだけでなく、レーニンの哲学的限界の根拠をも思想的に暴露させてしまうという、社会科学／自然科学／人文科学の科学的思考の虚構を見抜きさらけださせてしまう力にある。まさに、マルクスに驚嘆する以上に、吉本に驚嘆するのは、かかる地平までもが示されてしまうことだ。

吉本は、レーニンにマルクスよりもエンゲルスに近い自然観があるが、エンゲルスが限界づけしえているものを、さらにとり払い、まったくの「進歩史観」へ単純化してしまう粗末さにあると喝破する。

「エンゲルスには、人間の〈意識〉が外的な物質の反映や模像というだけではなく、〈意識〉そのものが自然の物質の〈延長〉であるといいたいような徹底した観点が、どこかに包含されて」いたが、「地史的な自然の延長としての人間、その構築物という考え」方が、「限度を超えて度外れに強調され」ると、「無意味ないし虚偽に転化する」。それをレーニンは「自然史的に客観的事実と呼ぶべきものを、〝客観的真理〟と呼んでしまって」、「客観的真理」という概念と、「客観的事実」という概念と「客観的実在」という概念を同一視する「頑強に固執された〈信〉として、人間的諸範疇のある領域に」、党派的真理として到来する論理をつくりだしている。これは、無意味なことを度外れに拡張している虚偽に転化されたものになりうる。認識論的に、虚像ではないが無意味なことに強調点をおく、レーニンの弁証法的唯物論と史的唯物論は、農業問題の考察で、完全に誤りにおちいっていったのだ、と哲学的な誤謬が明示される。

2 〈日本〉とアジア的ということ

マルクスのインド／ロシア論、そしてレーニンのロシア革命・農業・前衛党論、そこに示されたアジア的ということが〈日本〉にとってどのような関わりとして考えられていくのか。吉本思想が〈日本〉を対象にして世界線へと迫る、ダイナミックにして精緻な考察が、そこにある。それは、〈思想〉をもってしか論じえない地平であり、理論と実証がいかに蓄積されようと語りえなかった地平にある。

マルクスは、広大なアジアを対象に、アジア的という概念を構想した。それに比し、日本という島嶼では、一見すると根本的なちがいがあるようにみえる。吉本は、5点の相違を示す。
1　溜池や井堰を掘り、小さな河川の灌漑ですむ小規模なものゆえ、村落共同体が内政としてやれ、大規模な中央国家は必要なかった。
2　他民族による征服とか、存亡交替という体験をせず、平穏で持続的な支配王権のもとにおかれた。
3　そのかわり、祭祀的、儀礼的、宗教的な制度を高度にはりめぐらせ、無意識の深層まで浸透した禁忌と呪術的要素を蓄積し、国家的な宗教にまでひろげた。
4　親族的な血縁共同体からなり強固に閉じられる傾向が強く、地勢上の低丘陵、谷によって、小さな独立した閉地域をつくっている自然条件がそれを助長した。
5　未発達な非農耕的な産業の共同体が農村共同体に対応して血縁的に閉じられ、共同体的構造が解体されない傾向がうまれた。
こうした、小さな規模と閉鎖性を主要な性格にして、〈日本〉が〈アジア的〉にいかに構成されているかが示される。

a　共同体の内と外

村落共同体の「内」制度と、「外」関係との関係に、吉本はふたつの典型をみる。ひとつは、東北の、もうひとつは南西諸島の久高島のケースである。ともに「内」制度はアジア的に同じであるが、支配共同体との「外」関係が異なる点が示された。

まず、基本として、アジア的な専制の傾向において、支配共同体の所有から地理的に遠のいた場合、分立国家が成立する可能性がないのが、アジア的な特徴にある。血縁的な氏族制をただ保っていくだけで、上位に連合体をつくり独立した政治体制を結晶させていく過程をもたない。これは、西欧的なものからは考えがたい、逆の構成である。これを吉本は、「支配共同体との政治的な地勢の差異」というういい方でみる。

これは、「支配共同体から俯瞰されるような制度的な支配階級を、村落共同体内部の人口構成にもたない」というだけでなく、「奴隷とみなされる階層もうみださない」という〈内〉共同体の特徴をもつ。

また、「家族と、その居住単位と、婚姻によって展開される血縁が、氏族的な族縁にとどまる範囲内で村落共同体を形成するとき」、「前氏族的な関係、あるいは氏族を強固に保持したまま、分立国家制度にまでゆきつく可能性を残して」〈アジア的〉なものとよびうる、とされる。「外」制度的な関係を高度化せずに、集落内の分家作用と共同体「内」婚姻作用だけで村落共同体を形成して、長期に存続させる。

それに比して、南西諸島は、足元から共同体「外」の制度的な関係を強要されることで、「専制君主を頂点にした畿内の支配共同体の圏域〝内〟における村落共同体のあり方と類似の条件」におかれた。十三世紀以後、アジア的な「外」制度のもとに貢納が強要される。村落共同体の

「外」制度的な編成のヒエラルキーと、「内」制度的な編成のヒエラルキーが、異なった二重性として、徴税の政治制度だけでなく、祭祀制度にも存続する。「外」的な「ノロ」と内的な「根神」「神人」との関係が生じる。「内」に手をつけることのない存在として、「外」にのっかるのだ。「大家の長女が世襲する根神と各家族の女子が補佐する神女を、村落共同体〝内〟的に自然発生的に編成」しているのと同時に、外部からこの村落を支配した王朝は、「この共同体〝内〟的な巫女の編成に見合い、覆い被せ、対応させる形で各村落、間切にノロという神女の組織を制度化し、その頂点に聞得大君を制度的な神女組織の大祭司として任命」したのである。

b 婚姻と神と統治

婚姻関係／婚姻形態の変化は、共同体の構成と共同体間の構成とを、支配とのかかわりで本質的に示すのも、対幻想／対関係を共同幻想／共同関係がいかにくみたてるかというパワー関係の本質を示すからだ。そしてそこに、神の自然形態的表象と人為的観念形態の表象との（――これをわたしは「対的な神」と「共同的な神」というように区分したい）決定的なちがいが、支配形態の決定的なちがいを指示する。

次に吉本は、族内婚と族外婚との差異からアジア的な特長をつかみだそうとする。

南島の久高島の族内婚をめぐる〈伝承〉と琉球開闢神話の族外婚の性格のちがいを示し、前者が母系制で、村落共同体の内部にとどまっているのに比し、後者は村落規模から国家規模への拡大があるとされる。そして婚姻制度の意味が無化され、神の降誕の意味も、天の最高神の命をうけて始祖神が降りてくるという観念にかえられる。また、父系優位の芽が、分家による世帯の分割からうまれてくる点が指摘される。

この南島の伝承と神話を、吉本は『記』『紀』と対照させ、後者の方が書かれた時期が逆でも、性格が新しいと解析する。

『記』『紀』の婚姻形態を、高度に解析しながら吉本は、支配共同体と被支配共同体との関係をときほぐして、族内婚的な共同体婚の段階がくずれ、族外婚が共同体の規制下で許容されるようになったあり方を明示する。それは、「伝承の初期天皇群の勢力が、はじめて村落共同体（連合）の次元の土豪的な勢力を脱し、部族（連合）の次元へ入りはじめた」象徴であると、通婚圏の拡大が記述されていく。それは「版図におさめた被支配氏族の伝承をすべてとりこんで神話や神話的伝承を作りあげる」あり方を示したもので、アジア的な専制の本質的特徴といえる。

第三に、吉本は〈神〉のあり方を区分する。〈天空〉から産出ないし生成という概念が由来する観念が、神格化／神名化された第一類と、自然景観として存在する物言わぬ自然その現象と作用が、人格神／神名的名辞の表象を第二類とし、前者が、神話的記述、後者が、もともとある種族が保有してきた伝承であると区分した。そして後者が前者へ変成されたとみなす立場をとるとする。

国生みの伝承／神話と神生みの伝承／神話が、高度にくみたてられている構成を、吉本は解読しつづける。そこに、海人部族の根底的な理念をみいだすのだ。

c　贈与制とアフリカ的段階

貢納制がアジア的な関係性であるとすると、それ以前のより本質的な存在に、贈与制をみられるのではないか、その固有のあり方を探りだすことが重要だと、吉本は位置づけ、それはもはや歳のいった自分には時間がない、と語っている。

貢納とは、支配・被支配の構造的な上下関係であるが、贈与は、たとえ王から下僕への贈与であれ、上下制でなく対的な等価性の相互関係を表象する。その間、人類学的に、互酬性が、交換をへて、利をうみだすというエコノミー関係に変節することが、示されているように、互酬性の共同体内／共同体間の構成が（沈黙交易等を含めて）あると考えられる。

つまり、贈与制とは、場所性が閉じた関係表象においてなされるが、互酬性は場所〈人間〉関係を差別化へとつくりあげ、純粋なモノの交換へと練りあげていくものと考えられる。贈与から互酬性が生成され、交換が生成するというのでなく、三つの次元の異なる原理が、本質的な下位関係から産出され、別次元で組成されていく。つまり、贈与は贈与として残存しつづけ、これはいまだに〈現在〉でも恋人や友だち同士や家庭間での〈贈り物〉として残存しているように、見えない関係表象として本質的に存続しているのだ。バレンタインデーのように贈与が商品化されていると、ホワイトデーのように対抗贈与の互酬性がくみたてられる。表象は、消費社会の商品交換からくみたてられているが、心性は、アフリカ的なものがアジア的なものとの間で生成した関係表象の残存とみなしうる（どうみても近代的合理性からみて、バカバカしい関係行為であり、意味がないと誰しもが了解しえるのに行使される非合理さがそこにみられよう)。

3　良寛のアジア的プラチック

ここで、わたしたちは吉本の「農業論／非農業論」へと歩みをすすめたいところだが、むしろ共同幻想上のアジア的ということをめぐる重苦しい考察に比して、日常の生活プラティックにおけるアジア的な感覚・感性を、吉本は良寛に見いだし、アジア的な生活プラクシスを「親鸞」に見いだした、とわたしは位置づける、そこへ歩みをすすめたい。良寛の非宗教的日常プラチックと、親鸞の宗教的なプラチック(宗教プラクシスへの非宗教的なプラクシスから表出されるもの)に、実は西欧的な宗教プラクシスのヴェイユが対照とされつつ、宗教的なものへの〈自己テクノロジー〉がそこに示されているのだが、わたしたちは、アジア的なプラチックとして民俗の日常感覚のあり方において、ここではとらえておきたい。

農民たちが汗水たらして働いているのに、子供たちと日の暮れるのも忘れて手鞠をついて遊んでいる良寛、飢えで明日食べる米もない農民からご馳走してもらい、「月が美しい」と感嘆して夜道を帰る良寛、それをアジア的な無関心とか無感覚とか、あるいは「貧の思想」だなどと倫理化してしまわず、アジア的な本質プラチックとして領有しておきたいのも、わたしたちの日常にある感覚で、西欧市民的なものからは、とても理解しがたい大事なものがそこにあるからだ。

吉本は、良寛の自然化に四つの階梯を見いだす。

Ⅰ　自然
Ⅱ　生活
Ⅲ　倫理
Ⅳ　宗教

である。これらは、自然への関わりの、アジア的に高度なプラチックである。

まとめ

なぜ「アジア的ということ」を「民俗の文化政治」としてとりあげたのかというと、民俗の世界性は、日本を世界普遍の視座からいかに位置づけるか、かつ日本の底にしずむものを世界普遍へいかに表示するか、この相互変容の思考に耐えられないものは、民俗の政治理論になりえないと考えるからである。民俗の文化表象はいくようにも論じられうるし、いくようにも政治変形されうる。それは、意味のない表出が悲惨な現実をつくりうるものになってしまう危うさとしてもある。吉本思想のアジア的ということの視点をもって、はじめて、わたしたちは、世界線での「エスニシティ／エスノ」の界へ関わっていくことができる。この規制的視座なしに、エスニシティを扱うと、混乱するナショナリズム論の数十倍、数百倍の混乱がまちうけているだけだ。エスニック集団の無数の実態へひたすら還元されていくものごとは、収拾のつかない愚かな政治を輩出するだけになろう。

〈民俗〉は、アジア的ということの本質を〈日本〉から描き出すものであって、日本に閉じられた独自性とみなされるとき、ナショナリズムへ連結してしまう危うさがある。柳田と折口は、つねにその普遍性と固有性との間で格闘していた。吉本の「柳田国男論」は、アジア的な視座から切りひらかれたものであり、村井紀の柳田批判は、閉じた柳田の界を示したものといえる。どちらも柳田の界であるが、折口にたいしても、藤井貞和の批判は、折口の危うさを示していると同時に、折口の可能性を引き継いでいる。

「アジア的ということ」は、ネガティブな「アジア的専制」という支配統治の仕方と、ポジティブなしかしなかなか実態がつかみえず「停滞」をネガティブにもちえてしまう性向のある「アジア的な共同体」との二つが折り重なって政治表象される存在である。それは、本質論的にいいかえると、支配的な共同幻想をもたずに、場所的に限定された共同幻想でもって、世界線にたちうることを、どうつくりだしていくか、といえる。このとき、場所的な共同幻想／共同プラチックを〈間〉場所において喪失させずに、画一化させずに、どう共存させて生かしうるのか、そこが前古代的なものが古代的なものへ変成されていったのと逆ベクトルで、つまり古代的なものを前古代的なものへどう編成するかという政治設計に対応する。

近代化にネガ／ポジの両面があるように、アジア的なものにもネガ／ポジの両面がある。ネガを処理し排除してしまえば問題が解決するかのような単純な進歩観は、レーニンのような誤りをうみだす。

ルーマニアとウクライナの間に、ソ連邦以前からゆれうごいたモルドバ国がある。その首都キシナウに降り立ったとき、まったく都市としての体をなしていないモルドバにわたしは〈日本〉を感得した。アジア的な停滞をみたのだ。ウクライナのキエフは、消費化へむけて急速に胎動しているが、反スターリンをうちだした犠牲のうえで、ロシア国より根深い文化パワーを〈内〉にいだき、アジア的段階とヨーロッパ的段階との相即した併存状態で動いている。ロシアのモスクワは、スターリン的近代化の都市空間のなかで、すでにかつて〈進歩〉したまま、なんのイノベーションもなく停滞している。この旧ソ連邦の三つの異なるアジア的段階は、吉本の思想視座の正鵠さを垣間みせてくれた。折口的に、その「場所」へいってみないと感知しえないもの、資料化も実証化もなしえないものが感得される。外象は、白人でヨーロッパ的でも、心性はまったくアジア的であるのは、直接プラチックに接してみないとわからない。

モスクワのレーニン廟はいまだにスターリニズム的な環界のなかで、厳粛に統括され、いちどこわされたらしいスターリンの銅像のみが、他の大理石の指導者たちの銅像とちがってコンクリートで、しかもひとまわり大きくつくられ、花束がもっとも多くささげられている。コミュニスト、社会主義〈国〉は終わったが、スターリニズムははっきりと〈アジア的〉に生き続けている。西欧史観では、〈社会主義〉の統括的考証はなしえない。アジア的段階の史観をもってそれははじめて可能となる。

最後に、『母型論』で吉本は、次のように述べている。

「わたしがいまじぶんの認識の段階をアジア的な帯域に設定したと仮定する。するとわたしが西欧的な認識を得ようとすることは、同時にアフリカ的な認識を得ようとする方法と同一になっていなければならない。またわたしがじぶんの認識の段階を西欧的な帯域に設定しているとすれば、超現代的な世界認識へ向かう方法は、同時にアジア的な認識を獲得することと同じことを意味する方法でなくてはならない。」（『母型論』、7－8頁）

世界・歴史へ向かう思想・理論の本質的な思考技術の方法である。「じぶんの認識の段階を現在よりももっと開いていこうとしている文化と文明のさまざまな姿は、段階からの上方への離脱が同時に下方への離脱と同一になっている方法でなければならない」という。〈アジア的ということ〉は、単なる客観認識の問題にとどまらない、初源・本質を歴史的現存性とつきあわせていくときの、「じぶんの認識の段階からの離脱と解体の普遍性の感覚」でもあるということだ。

解題

宮下和夫

吉本さんの「アジア的ということ」へのこだわりは、長い間続いた。最初は、小倉・金榮堂の講演「〈アジア的〉ということ」（一九七九年七月十五日）だったが、「試行」の連載が七回（一九八〇年五月～八三年九月）まで続けられ、その間、連載第五回の八二年三月には、弓立社での近刊案内が「試行」誌上に載せられた。

連載が終わった後も、まだ書くことがありますから、ということで、九三年一月の「イザイホーの象徴について」、九六年四月の「プレ・アジア的ということ」などが書かれたが、完結することはなかった。

そこで、弓立社で、「吉本隆明全講演ライブ集」を出した際、「ドキュメント吉本隆明」第一号（二〇〇二年二月二十五日）と「DOCUMENT」第一号（二〇〇二年十一月二十五日）に、「アジア的ということ」「続・アジア的ということ」という特集を吉本さんと相談しながら収録した。それが、本書の母体である。その際、「「アジア的」ということ」を書いていただき、それを巻頭に載せた。それを、今回、「序　「アジア的」ということ」として収めた。この間、二十三年間ということになる。

どこまでの射程をとっておられたのか分からないが、あと、「贈与論」を書けば終わりですとは言われ、特集の際に、赤坂憲雄さんのインタビュー「贈与の新しい形」(九九年十月)を載せたが、それとは別に、「贈与論」と題された論考は、『母型論』のなかにあり、九二年六月号の「リテレール」に発表されている。このあたりのことは、はっきりしたことは分からない。『母型論』とは別の形の「贈与論」を構想されていたのかもしれない。

今回、特集の時とは別に、以下の論考を加えた。「島・列島・環南太平洋への考察」。特集の時に気が付かなかったものである。

本年の三月刊と予告されている作品社の『全南島論』と、二つ論考がダブることになる。「おもろさうしとユーカラ」「イザイホーの象徴について」である。しかし、特集の際、吉本さんと協議しながら、決定されたものであるので、ダブっても仕方がないかと思う。それが、その時の吉本さんの「アジア的ということ」の構想だったのだから。

また、講演、インタビュー、山本哲士さんの論考以外は、晶文社の「吉本隆明全集」に収録されることと思われるが、全集は編年体のため、「試行」連載が一八巻に、「遠野物語《別考》」が一九巻に、「おもろさうし」が二六巻に、「イザイホーの象徴について」が二七巻に、というように別の巻になって、吉本さんの構想した「アジア的ということ」の全体像が見えなくなってしまう。そのため、全集とのダブリも承知の上、著作権継承者の吉本多子さんの了承を得て、このような形で出版することになった。

山本哲士さんの「吉本「アジア的ということ」で提起された諸問題」は、この吉本さんの「アジア的ということ」を論じた、管見によればほぼ唯一の本格的なものである。解説ともなるものと思われるので、乞うて収録させていただいた。

発表誌を録します。

序 「アジア的」ということ (「ドキュメント吉本隆明」一号 二〇〇二年二月二十五日)

I

アジア的ということ I (「試行」五四号 一九八〇年五月三十日)
アジア的ということ II (「試行」五五号 一九八〇年十一月十日)
アジア的ということ III (「試行」五六号 一九八一年四月二十日)
アジア的ということ IV (「試行」五七号 一九八一年十月三十日)
アジア的ということ V (「試行」五八号 一九八二年三月三十日 (小倉・金榮堂主催の講演「アジア的ということ—そして日本」) 一九八一年七月四日)
アジア的ということ VI (「試行」六〇号 一九八三年二月二十五日)
アジア的ということ VII (「試行」六一号 一九八三年九月三十日)

II

〈アジア的〉ということ (小倉・金榮堂での講演 一九七九年七月十五日 「本と批評」一九七九年十二

月号）
「アジア的」なもの（『講座　日本思想3』相良亨他編、東大出版会　一九八三年十月）
アジア的と西欧的（リブロ池袋店主催の講演　一九八五年七月十日『超西欧的まで』弓立社　一九八七年十一月十日）
プレ・アジア的ということ（「季刊 iichiko」三九号　一九九六年四月二十日）

Ⅲ

遠野物語《別考》（『内藤正敏写真集・遠野物語』春秋社　一九八三年六月十日）
おもろさうしとユーカラ（新潮古典文学アルバム・別巻『ユーカラ　おもろさうし』新潮社　一九九二年三月十日）
イザイホーの象徴について（写真集『沖縄・久高島　イザイホー』吉田純／写真　ジュンフォト出版局　一九九三年一月十九日）
島・列島・環南太平洋への考察（「別冊太陽・日本の島」平凡社　二〇〇三年六月六日）

Ⅳ

インタビュー
贈与の新しい形　聞き手・赤坂憲雄（「東北学」創刊号　東北芸術工科大学東北文化研究センター　一

九九九年十月二十五日）

付

吉本「アジア的ということ」で提起された諸問題　山本哲士（「吉本隆明が語る戦後55年」一二号　三交社　二〇〇三年十一月十日）

アジア的《てき》ということ

二〇一六年三月二十五日　初版第一刷発行

著　者　吉本隆明《よしもとたかあき》
発行者　山野浩一
発行所　株式会社 筑摩書房
東京都台東区蔵前二―五―三　郵便番号一一一―八七五五
振替〇〇一六〇―八―四一二三
印　刷　中央精版印刷 株式会社
製　本　中央精版印刷 株式会社

乱丁・落丁本の場合は左記宛にご送付ください。送料小社負担でお取り替えいたします。ご注文、お問い合わせも左記へお願いいたします。
筑摩書房サービスセンター
〒三三一―八五〇七　埼玉県さいたま市北区櫛引町二―六〇四
電話　〇四八―六五一―〇〇五三

ISBN978-4-480-84308-1 C0095

吉本隆明〈未収録〉講演集　全12巻

1　日本的なものとはなにか

2　心と生命について

3　農業のゆくえ

4　日本経済を考える

5　イメージ論・都市論

6　国家と宗教のあいだ

7　情況の根源から

8　物語と人称のドラマ——作家論・作品論〈戦前編〉

9　物語とメタファー——作家論・作品論〈戦後編〉

10　詩はどこまできたか

11　芸術表現論

12　芸術言語論